CARTAS a LARA

ELENA CASTILLO

TITANIA

Argentina • Chile • Colombia • España

Estados Unidos • México • Perú • Uruguay

1.ª edición Septiembre 2021

Plaza de los Reyes Magos, 8, piso 1.º C y D – 28007 Madrid
www.titania.org
atencion@titania.org

ISBN: 978-84-17421-28-1
E-ISBN: 978-84-18480-03-4
Depósito legal: B-12.510-2021

Fotocomposición: Ediciones Urano, S.A.U.

Impreso por Romanyà Valls, S.A. – Verdaguer, 1 – 08786 Capellades (Barcelona)

Impreso en España – *Printed in Spain*

Dedicatoria

Para Ignacio: escucha siempre los latidos de tu corazón,
porque ahí es donde nacen los sueños.

Mi ángel, mi amor, mi todo...

Carta de Beethoven a su desconocido amor inmortal.

Me pregunta si he conocido también amores que no fueran platónicos. Sí y no. Si se plantea esta cuestión de un modo un tanto diferente y se pregunta si he experimentado la alegría de un amor cumplido, entonces respondo: ¡No, no, no! A propósito, creo que mi música también contiene una respuesta a esta pregunta. Pero si me pregunta si conozco el poder, la infinita violencia del amor, entonces respondo: ¡Sí, sí, sí! Y repito que a menudo he intentado amorosamente, a través de la música, expresar la dicha del amor. No sé si lo he conseguido. Serán otros quienes lo juzguen.

Carta de Tchaikovsky a Nadezhda von Meck.

Créeme, estoy enfermo de amor.

Carta de Gustav Mahler a Alma Schindler.

Enséñame el lenguaje secreto de tu alma, conversemos en sueños.

Carta de Liszt a la condesa Marie d'Agoult.

Prólogo

Junio, 2005

Lara sonreía como lo hacen los que se saben ganadores de algo grande, de algo que se lleva tiempo esperando. Lucía una sonrisa digna de los que tocan los bordes de un sueño antes de zambullirse en él. No había un lugar con más magia para ella que aquel, subida a ese árbol y, aunque sabía que cuando Eliott la viera allí arriba negaría con la cabeza a la vez que imploraba al cielo, se acomodó en aquella rama y respiró hondo, llenándose de aire puro, de la melodía que originaba el movimiento de las hojas junto con el trinar de los pájaros, de la excitación que le provocaba el futuro. Su vida, la de verdad, la elegida por ella, estaba a punto de comenzar.

Eliott no era puntual, no lo había sido nunca, pero saberlo no disminuyó la frecuencia exacta de cinco minutos con la que ella comprobaba cada vez la hora en su reloj de muñeca. Le reprendería, como siempre, aunque ¿qué importancia tenían unos minutos de espera cuando tenía toda una vida por delante que vivir junto a él? La eternidad, eso era exactamente lo que tendría, porque cuando estaban juntos el futuro no tenía límites de espacio ni de tiempo para ella. Todo era posible, soñar era fácil, como creerse fuerte y sentir siempre el impulso de la posibilidad. Cinco minutos más que le hacían lamentarse de la rapidez con la que el sol se escondía tras el gran monte. No había nieve en él, pero seguía siendo un referente.

Se abrazó, aunque era junio y no hacía frío, pero dentro de su cabeza comenzaba a escuchar una voz que le advertía: «Solo era un sueño, Lara». Miró al frente, intentó distinguir una silueta en la penumbra, diferenciar unos pasos de los inquietantes ruidos del bosque, pero el silencio la envolvía como una capa de fría soledad.

Cinco minutos más...

Cinco días más.

Cinco años más.

Lara se convenció de que tan solo había sido un sueño.

Capítulo 1

Octubre, 2015

Lara tenía una misión colosal que cumplir sin más ayuda que la de sus dos manos, una en la que su mente y su corazón se enfrentaban como enemigos. Debía empaquetar una vida entera, seleccionar todo lo que era merecedor de seguir hacia delante junto a ella. Paso a paso, objeto a objeto, recuerdo a recuerdo, eligiendo con mimo, sopesando llena de dudas, rescatando por impulso, desestimando con desdén y casi siempre dominada por la tristeza... Tenía que vaciar aquella enorme casa color café y tan solo llevaba medio salón revisado. Aquella era una estancia bastante amplia, dividida entre una zona de comedor y otra de sillones que adoraban la chimenea de leña, sobre la cual destacaba un televisor demasiado pequeño y antiguo como para pensar en llevárselo. Libros, objetos de decoración, fotografías de una vida en color sepia... Debía quitarle el alma a aquella casa, dejar solo su esqueleto, y para hacerlo tan solo contaba con una semana. Veintiocho años valorados en siete días de vacaciones que había pedido al bufete de abogados para el que trabajaba. Sin embargo, aquella llamada de trabajo, que se entrometía en su tarea y en sus días libres, la mantenía con los ojos en blanco presa de la desesperación.

—Te entiendo, Sylvia, sé que estás pasando por un mal momento, pero piensa que hay otras opciones.

Le había repetido ya unas treinta veces a su clienta una de las frases mágicas que, años atrás, había empleado reiteradamente como oferta de esperanza y sosiego en sus sesiones de mediación, pero no conseguía que la voz al otro lado de la línea desistiera. Su exasperación comenzaba a convertirse en enfado contra el bufete por ignorar alegremente que aquellos eran sus merecidos días libres, contra la clienta por tener la capacidad de raciocinio de un guisante, y consigo misma por haber descolgado de forma inconsciente el teléfono sin comprobar el número de la llamada entrante.

—Sylvia, debes comprender que, si tú no cedes un poco, él tampoco lo va a hacer. Ceder un poco para ganar más, esa será nuestra estrategia.

Con una mano sostenía el teléfono y con la otra intentaba romper un trozo de periódico con el que rellenar los espacios vacíos dentro de aquella caja. Solo cuando escuchó que la puerta de la casa se abría fue consciente de la cantidad de tiempo que llevaba con el auricular pegado a la oreja.

Harvey entró en el destartalado salón, donde las cajas a medio llenar y los retazos de papel de periódico estaban desperdigados por el suelo. Tras una jornada agotadora de trabajo, buscó con la mirada el sitio adecuado para dejar su maletín, hasta concluir que el único lugar disponible era la repisa del viejo piano, una de las pocas cosas que sabía a ciencia cierta que Lara no se llevaría de aquella casa.

Ella quería conservarlo prácticamente todo. De hecho, habían discutido la posibilidad de que fuera Harvey quien se mudara allí, pero los contras siempre sumaban más que los pros en la lista del joven. Aquella casa, situada al oeste de Portland, al final de una de las empinadas cuestas de Hillside, lindaba a las espaldas con el famoso Forest Park. Era una zona tranquila, con pocos vecinos, que servía de separación entre la naturaleza y el levantamiento de la ciudad. Se trataba de una ubicación que le obligaba a coger la bicicleta a ella y el coche a él, tanto para ir a trabajar, como para hacer cualquier actividad social; en realidad, mudarse allí ni siquiera era una opción para Harvey. Su novia argumentaba que en el apartamento en el que él quería recluirla, ubicado en pleno distrito financiero, la luz no brillaba con la misma intensidad que en King's Heights, donde siempre reinaba la paz. Y la verdad era que el de Harvey era un apartamento céntrico y minimalista en el que, si abrías las ventanas, se escuchaban las sirenas de los coches de policía y de los bomberos constantemente. Sin embargo, Lara había terminado por ceder a lo práctico, a lo nuevo, al futuro.

—Lo sé, Sylvia, y comprendo tus motivos, pero no los comparto. —Lara miró a su prometido, se metió el dedo índice en la boca y apretó el gatillo imaginario.

—¿Quieres un té con canela? —le ofreció él en susurros.

Ella agradeció el ofrecimiento con una sonrisa afirmativa, por lo que Harvey se desprendió de la chaqueta, aflojó el nudo de su corbata y desapareció con sigilo del salón para ir a la cocina.

Aunque normalmente quedaban para comer en el centro, en un punto intermedio entre sus respectivos trabajos, Lara llevaba todo el día sin ver a su prometido, por lo que adivinar cómo se desvestía para ponerse cómodo fue el resorte necesario para soltar una frase cortante y definitiva a su interlocutora.

—Sylvia, tengo que dejarte. Reposa toda esta información en tu mente un par de días; lo verás todo con más claridad cuando tengas la cabeza fría. Confía en mí, soy tu abogada. Te llamo la próxima semana, adiós. —Colgó y, con sensación de triunfo, se tiró de espaldas sobre el mullido cojín que había resbalado desde el sofá al suelo.

Harvey le entregó la taza humeante y el dulce aroma la reconfortó de inmediato. Era la última variedad de té orgánico que había comprado el domingo anterior en el Saturday Market junto con un par de pastillas de jabón ecológico hechas con aceite de coco.

—¿Estás lista? Estoy muerto de hambre. —Se sentó junto a ella en la alfombra tras apartar un par de bultos.

—En cuanto termine de envolver estos marcos de fotos seré toda tuya. ¿Me ayudas? —dijo ofreciéndole un rollo de papel de embalar.

—¿De veras tu padre no quiere nada? Es raro.

—No tanto; se ha pasado veinte años aquí encerrado. Necesita construir nuevos recuerdos —contestó Lara mientras miraba aquella foto de su madre embarazada, con una preciosa melena oscura, tan bonita como la de su hermana Claudia.

—Sí, supongo. De todas formas, si alguna vez le apetece echar un vistazo a estas cosas, solo tendrá que visitarnos —concluyó Harvey resignado antes de atraer el cuerpo de Lara hacia un acogedor abrazo.

Ella intentó visualizar todas las cosas que había acumulado en sus veintiocho años de vida dentro del ruidoso y despejado apartamento de Harvey. Llevaban semanas liados con los preparativos, tanto con los de la ceremonia como con los de la mudanza. Dar el paso no había sido fácil para ella, pero, tras los cambios acontecidos durante los últimos meses, todo se había acelerado. Ahora que se sentía liberada, contaba los días que faltaban para que la soledad dejara de atraparla dentro de las viejas paredes de aquella casa; al mismo tiempo que intentaba asimilar la idea de que debía cerrar definitivamente aquella puerta. Quizá por eso estaba empaquetando muchas cosas que sabía que no necesitaría, pero que era incapaz de poner en el jardín a la espera de que alguien les diera un nuevo hogar. Suspiró con profundidad tras darle un trago discreto a la bebida y desvió la mirada hacia el zafiro oval que brillaba en el centro de aquella margarita de oro blanco, cuyos pétalos estaban hechos de diamantes. Agitó el dedo con lo que llamó la atención de Harvey. Entonces, sonrió, le dio un beso jugoso en los labios y se deshizo del abrazo para terminar la tarea.

Había accedido a tirar su colección de cedés porque ya ni siquiera tenía un aparato en el que poder reproducirlos; también dejaría allí los muebles del salón, que reconocía viejos y pasados de moda; y, vencida por el hecho de que no había espacio suficiente en el apartamento de Harvey, había decidido entregar a una tienda de segunda mano el piano, que, en realidad, nunca había sido suyo. Sin embargo, la vajilla de porcelana de su abuela materna, la colección de cajitas de su madre y hasta el último de sus libros se irían con ella sin opción a discusión.

En cuanto Harvey hubo sellado aquel paquete lleno de álbumes de fotos y marcos de madera, le ofreció llevarla a cenar fuera antes de que Lara se empeñara en seguir recogiendo más cosas inútiles.

—¿Te apetece una buena copa de vino sin alcohol para acompañar una de esas deliciosas ensaladas aptas en tu dieta? —le propuso con las manos rodeando su cintura.

—¿Mientras observo como tú te deleitas con un enorme filete de buey?

—Prometo poner cara de asco mientras mastique. —Harvey tiró de ella fuera de la casa.

Habría preferido que él hubiera sugerido cenar pizza, que la hubiera tentado para dejarse llevar por la debilidad una sola noche después de meses de dieta preboda. Aquel día lo necesitaba tras sentenciar a muerte tantos recuerdos. Sin embargo, la fuerza de voluntad de Harvey era firme e irritantemente solidaria con la suya, por lo que estaba segura de que se comería su sabrosa carne tan veloz como pudiera y sin regocijo en el gesto, asegurando así que ella llegara al peso ideal que se había propuesto alcanzar para el gran día.

—Odio mis genes —refunfuñó Lara dejándose llevar.

—Pues yo estoy total e irreversiblemente enamorado de ellos.

Lara pensó que le había faltado añadir «de manera incomprensible y absurda», pero hacía tiempo que había aceptado el amor del hombre más maravilloso que había sobre la faz de la tierra.

De camino al elegante restaurante del Pearl District, Harvey dejó que Lara eligiera la música en el coche. Sin embargo, en cuanto en plena cena salió el tema de la elección del sabor de la tarta nupcial, ninguno quiso ceder.

—Debería ser de chocolate, a todo el mundo le gusta el chocolate —afirmó él.

—Pero es lo más aburrido del mundo. Quiero un postre diferente y el chocolate es tan original como poner tartaletas de cangrejo en el cóctel —protestó de mala gana Lara, a la vez que pensaba que discutir sobre deliciosos postres sentada frente a un plato de tristes endivias era el colmo del masoquismo.

—Ni se te ocurra meterte con las tartaletas; son casi tan sagradas como los anillos —bromeó Harvey.

—La Red Velvet es tan fabulosa...

—Y muy cursi.

—Pues entonces la tarta de zanahoria con chocolate blanco, eso sí que suena estupendo —dijo Lara señalando una de las opciones que rezaba aquel listado de menús que le habían dejado para decidir los platos del banquete de bodas.

—¿Lo ves? Al final, tú también eliges el chocolate —dijo él desternillado de risa.

—Anda, pues es verdad... —rio—. Si fuera por ti pondríamos dónuts rellenos de cacao y tan contento.

—¿Qué quieres que te diga? Yo solo quiero casarme contigo.

La mano de Harvey cruzó la mesa hasta posarse sobre la de Lara para ofrecerle un cariñoso apretón y ella desvió los ojos de forma fugaz desde su mirada color avellana a la onda rubia que se le formaba de forma natural en el cabello, desafiando la tirantez del fijador que siempre usaba, y que seguía resultándole terriblemente atractiva después de tantos años de noviazgo. Aquel mechón rebelde le hizo sentir cosquillas en el vientre, como si fuera la primera vez que recorría las facciones cuadradas de su prometido, sus pequeños ojos chispeantes, el sosiego de su amor.

La calidez del gesto de Harvey se vio interrumpida por una pequeña vibración procedente del teléfono móvil que, de forma mecánica, como hábito del trabajo, ella había puesto sobre la mesa tras sentarse.

—¿No me digas que es otra vez la clienta de antes?

—No —contestó ella con el ceño fruncido—. ¡Qué raro! Es un mensaje de Molly; me pregunta que cómo estoy.

—¿Desde cuándo no ves a tu amiga? Seguro que quiere que le cuentes cómo llevas los preparativos.

—Estuve con ella hace un par de meses, cuando le dije que nos casábamos, y desde entonces solo hemos cruzado algunos mensajes. He estado tan liada… —se lamentó—. Sí, supongo que querrá que le cuente cómo lo llevo todo. —Dejó el teléfono de nuevo sobre la mesa sin contestar y decidió que llamaría a Molly al día siguiente. Pensó que, quizás, hasta podría quedar con ella para ir a comprar algún camisón sexi que estrenar en su noche de bodas, para hacerla diferente y especial.

Aquella noche, Lara no regresó a su casa; sucumbió con facilidad a la seducción de la cercanía del apartamento de Harvey y se lanzaron a hacer el amor hasta bien entrada la madrugada. Después de todo, aquellos días libres podía dedicarlos a algo más que la mudanza; también debía encontrar momentos que tuvieran sabor a vacaciones.

Al día siguiente, regresó a su casa dando un largo paseo relajante. Le gustaba caminar por las animadas calles del Old Town y pasar desapercibida entre los eclécticos y variopintos transeúntes. Cuna de hípsters, reclamo de turistas de todo el mundo, moteros, punkies, trabajadores en traje de chaqueta, lugareños con sus camisas de cuadros... Aquel barrio hacía gala del lema de aquella ciudad de Oregón: «Keep Portland weird *». Era fácil ser uno mismo allí, y la vista siempre era de lo más entretenida.

Durante su paseo rumió una y otra vez la obligación de llamar a la inmobiliaria; debía poner en venta la casa, era absurdo mantenerla cerrada con los costes de mantenimiento que eso conllevaba. Su padre se había desentendido de ella y, aunque legalmente no le pertenecía aún a Lara, a efectos reales era su carga. Sospechaba que el valor de la vivienda, en su envidiable ubicación, debía de ser bastante elevado; ya en su día les había costado una pequeña fortuna a sus padres. Había pospuesto la llamada día tras día, justificando su tardanza con el poco tiempo libre que le dejaba el trabajo, pero cuando Harvey había vuelto a sacar el tema en el desayuno, no pudo usar esa excusa recurrente. Tras suspirar mucho, venciendo el pellizco que sentía bajo el corazón, sacó el teléfono de su bolso y llamó para hablar con uno de los agentes. Para su disgusto, la citaron para aquella misma tarde.

Lara pasó el resto de la mañana buscando la escritura de la casa entre las carpetas donde guardaba la documentación importante, junto con sus planos y las facturas de los diferentes arreglos que se habían hecho en las instalaciones eléctricas y las mejoras en fontanería. Supuso que todo sería de utilidad para el agente. Mientras, aprovechó para comprobar cuáles de aquellas carpetas debía meter en cajas y cuáles terminarían en el contenedor. No le costó hacerlo. Llevaba muchos años haciéndose cargo de todo, había comenzado a una edad en la que nadie debería pensar en facturas, cortes de luz o en cómo hacer la compra de forma que tuvieran suficiente comida para estirar lo estimado para una semana en dos, pero no

---

* «Haz que Portland siga siendo original».

se lamentaba de nada; sabía que si ella no hubiera tomado las riendas de aquella casa cuando había hecho falta, su padre no se habría salvado.

A media mañana, llamó a Harvey para comunicarle la cita con la inmobiliaria y él se ofreció a acompañarla. Lara no insistió en ir sola porque sabía, al igual que él, que lo necesitaba para darle el empujón final.

Él pasó a recogerla en coche con algo de retraso de la hora acordada, lo que empeoró el estrés que ella ya sentía. Un profundo suspiro, en el que se mezclaban ansia y resignación, precedió una vez más a aquella pregunta mental que se hacía con relativa frecuencia:

—¿Dónde diantres las habré metido?

A menudo le ocurría. A pesar de no considerarse ni despistada ni desordenada, siempre había algo que no encontraba cuando más lo necesitaba y, aquel día, no sonrió al recordar la historia que su madre le contaba sobre la familia de duendes que cogían prestadas sus cosas por extrema necesidad, algo que ella se había creído a pies juntillas y que la había hecho pegar el oído a las paredes de aquella casa cientos de veces esperando escuchar sus conversaciones. En aquel momento, tras otra intensa jornada de recogida, entre el lío de cosas embaladas y otras pendientes de ser víctimas del papel de burbujas, localizar algo se había convertido en un reto desesperante. Y llegaba tarde.

—¡Dame un minuto! No encuentro el llavero —pidió elevando su voz mientras rebuscaba en el primer cajón de la cómoda, donde habría jurado por lo más sagrado que lo había dejado la última vez.

—¡Mira en el bolsillo de tu abrigo! —le indicó Harvey, condescendiente, alzando la voz desde la planta baja.

Lara metió las manos con desesperación en el abrigo que ya llevaba puesto y la punta de sus dedos topó con el frío metal que tintineó como un cascabel.

—¡Será posible...! —Sonrió con fastidio e inspiró hondo para serenarse. No quería dejarse llevar por la negatividad del momento; no quería pensar que era una señal para no ir a la inmobiliaria, porque ella hacía tiempo que había dejado de creer en las señales—. ¡Bajo!

Justo antes de cerrar la puerta de su habitación, escuchó sonar el timbre y se deslizó escaleras abajo con el abrigo largo de paño gris revoloteando tras ella, mientras se preguntaba quién podía ser tan inoportuno de presentarse en casa, justo cuando ya llegaba tarde a su cita.

—Es pronto para que te manden regalos de boda, aún no hemos enviado las invitaciones —bromeó él mientras firmaba a cambio de un paquete.

—Bueno, ¿estoy guapa o qué? —preguntó ella ignorando el comentario de su novio con los brazos estirados y ambos índices apuntando hacia su conjunto de falda y blusa recién estrenado que se asomaba por el abrigo abierto.

Lara ofreció una sonrisa divertida al mensajero pelirrojo de uniforme oscuro que le acababa de guiñar un ojo desde el umbral de la puerta. No había duda, la estricta dieta había dado resultado y sentía que toda la ropa que estrenaba le sentaba como un guante. Además, había ondulado las puntas de su largo pelo castaño y le había dado un tono más rojizo que de costumbre a sus labios.

Harvey despidió al muchacho con una propina y cerró la puerta con suavidad. Lara cogió el papel certificado y, tras leer la procedencia, paró su alegre bailecito y su sonrisa abierta se desdibujó.

Sintió que el mundo comenzaba a girar demasiado deprisa, que el oxígeno en aquel rellano de repente no era suficiente y la visión se le nubló hasta el punto de perder el equilibrio. No era posible, no en aquel momento. No, después de tanto tiempo.

Rompió alterada el papel celofán que sellaba con trazos imposibles el paquete. El ritmo de su corazón se había disparado y las manos le temblaban; era consciente de que había perdido el control. Harvey, que se había quedado mudo, la ayudó a sostener las lengüetas de la caja para poder mirar ambos adentro. A él se le torció el labio al descubrir cartas por montones. A ella, se le paró el corazón. Un gran montón de sobres en tonos blancos y amarillentos, todas con Eliott de remitente y Lara como destinataria.

Harvey puso un gesto contraído que significaba enfado. Y Lara, cuya visión nublada le advirtió que si no inhalaba oxígeno terminaría por desmayarse, tomó una gran bocanada de aire. Buscó los ojos de su novio solo para cerciorarse de que él estaba allí junto a ella, que estaban viendo lo mismo, que no era una alucinación, pero él lo interpretó como una mirada de auxilio.

—¿Qué necesitas?

Ella volvió a perder la mirada dentro de la caja durante unos segundos antes de responder con determinación:

—¡Leerlas!

Harvey torció la boca, miró hacia abajo y soltó el aire antes de besar de manera fugaz la mejilla de su prometida. Lara había caído al suelo, con el corazón atropellado y los ojos muy abiertos y secos. Así, y en un mudo silencio que sucedió a su contestación, le mantuvo la mirada a su novio. Sabía que debía decir algo tranquilizador, disimular el impacto de aquel envío o incluso reaccionar dándole un puntapié al paquete, pero estaba paralizada. Dentro de su cabeza se había pulsado el botón de pausa.

—Creo que vas a necesitar unos cuantos días, si no semanas, para leer todo eso y, conociéndote, sé que quieres comenzar ahora mismo. —Aguardó unos segundos a que ella hablara, pero Lara no contestó, tan solo clavó sus ojos de pupilas dilatadas en él—. Tú no te preocupes por nada. Me alegro de que *tu amigo* dé señales de vida por fin.

—¿En serio? —preguntó ausente. Sabía que aquello no era cierto.

—Me voy; pasaré por la inmobiliaria y pospondré la cita. Mañana te llamaré, prefiero que te pongas a leer esto ahora a tenerte conmigo y que tengas tu cabecita ahí dentro. Aunque, si pone algo que... —Lara recobró algo de compostura y agarró su mano para apretársela. Ahí estaba Harvey, con su firme seguridad, concediéndole espacio mientras ella arruinaba con su actitud un día perfectamente organizado. No le soltó la mano hasta que él dijo las palabras necesarias—. Te quiero.

Harvey cerró la puerta conteniendo sus bruscos impulsos. Ella aún se encontraba sentada en el suelo, con el abrigo descolgado de los hombros y arrugado bajo su peso. Era consciente de que aquello había desatado una furia interna en su prometido y de que, probablemente, tendría los puños apretados dentro de los bolsillos de su chaqueta para contenerla, como solía hacer cuando algo le molestaba. Sin embargo, actuó como el perfecto caballero que era, con comprensión y fingida tranquilidad.

Eliott.

Eliott.

¡Eliott!

Se levantó para subir con dificultad las escaleras haciendo crujir la madera de camino hacia su cuarto, no solo porque en el salón era impracticable hacer algo, sino porque el lugar correcto para leer aquellas cartas era en su habitación; una habitación de la que nunca se había desligado, que había redecorado decenas de veces, que aún no había recogido en cajas y donde guardaba los recuerdos más importantes de toda su vida.

A pesar de vivir sola desde hacía ya un tiempo, de todas las habitaciones de la casa, solo seguía usando aquel pequeño cuarto-desván, su reducido aseo, la cocina y ocasionalmente el salón. El resto de las habitaciones permanecían siempre cerradas: la de su hermana, que hacía demasiados años que nadie abría, y la de su padre, que había cerrado él mismo por última vez apenas unos meses atrás. Lara aún no se había adaptado a la nueva situación, a pesar de que se había liberado de la pesada carga de un hombre que la había retenido junto a él so pena de morir de tristeza si lo dejaba.

Los muñecos y peluches de la infancia ya no se amontonaban en su cama porque los había regalado, pero las fotos viejas, la mayoría de su adolescencia, seguían colgadas en las paredes, repartidas entre unas estanterías llenas de libros dispuestos sin seguir un orden en particular. No era la habitación que se suponía que debía tener alguien con veintiocho años, y quizá por eso, durante los últimos años, había pasado la mayoría de las noches en el apartamento de Harvey, pero cada cierto tiempo regresaba allí, para cuidar de su padre y también porque era incapaz de romper su vínculo con el pasado.

Era feliz con los cambios que habían llenado su vida de libertad, de independencia, de estabilidad emocional, pero aquella habitación era una caja de recuerdos. Sus cuatro paredes estaban llenas de sentimientos intensos, de sueños ambiciosos y de grandes esperanzas que continuaban allí, rebelándose contra los momentos tristes, contra el paso del tiempo, contra sus propias decisiones. Era consciente de que en unos meses estaría casada, que se iría por fin a vivir de forma permanente con Harvey y que todo aquello se quedaría dentro de la habitación. Y, precisamente por este motivo, sería la última en empaquetar; porque, en el fondo de su corazón, sabía que prácticamente todo aquello tendría que tirarlo.

Recibir aquel paquete había hecho retroceder su mente en caída libre hasta aquellos años en los que aún soñaba, cuando el futuro era algo excitante, desconocido y prometedor. Lo dejó sobre la cama y, tras sentarse y acogerlo entre sus piernas, perdió la mirada dentro. Había esperado durante tanto tiempo alguna señal de él… ¿Por qué llegaba después de tanto tiempo? ¿Con qué motivo? ¿Debía leerlas? Pero ¿cómo no hacerlo si eran de Eliott…?

Leyó una y otra vez aquel nombre en todas las cartas, susurrándolo, como quien invoca a un espíritu: Eliott Warren...

Los recuerdos se agolparon en su mente. Recuerdos que ni ella imaginaba haber retenido a lo largo de los años. Eliott Warren. Eliott, *su* Eliott.

Junio, 2005

Querida Lara:

Quiero llamarte para explicártelo todo, lo juro, pero no puedo hacerlo. No debería ser así, tú has sido la única persona con la que siempre he podido hablar, la única que siempre me ha entendido.

Me recome la culpa por haber sido débil, y quiero pedirte perdón. Mil y una veces, perdón. Pero a la vez estoy furioso contigo. ¿Por qué lo has dicho? ¿Por qué has tenido que hacerlo? Si no hubieras insistido, no habría ocurrido nada. He huido, lo sé y sería absurdo decir que no he sido un cobarde, ya que he sido el mayor del mundo. ¿Pero por qué rompiste el silencio? ¿Por qué has arriesgado lo que teníamos y nos unía? Éramos algo más...

No puedo dar ese paso, no puedo hacerte eso a ti. Tú no debes cargar con el peso que llevo en mis hombros, no sería justo. Ni siquiera sería justo enviarte esta carta. Sé que desafiarías lo imposible, y no puedo permitirlo. No esperaba tener que actuar frente a algo así, jamás había pensado qué hacer si ocurría. De hecho, lo había planeado todo para que jamás sucediese.

Me alegro de estar lejos y de no ver la realidad, de no verte sufrir mientras sigues pensando en lo egoísta que he sido... Bueno, me alegro de no verte, pero por Dios que, si hay algo que no he sido, es alguien egoísta. Pero tú no lo sabes y nunca lo sabrás. Y aunque esté lejos y no pueda ver tu dolor, tengo tu cara grabada en mi mente y no te esfumas aunque cierre los ojos. Me torturas, no quieres dejarme ir en paz.

Fui a la montaña, no falté aquel domingo, el último antes de irme. Estabas allí, subida en el árbol, escondida entre las ramas sollozando. Sufrías por mí. No sabía bien qué iba a decirte, pero subí con la intención de hablar contigo. Sin embargo, me bastaron unos segundos para darme cuenta de que ya había hecho suficiente y salí corriendo para no verlo.

Si hubiera llegado hasta ti, nada habría cambiado, me habría marchado igual, pero dejándote una mentira. Habría soltado alguna excusa insuficiente, habría estrujado hasta la última gota de mi fuerza de voluntad y te habría hecho daño con mis palabras, más aún... ¿Qué podría decirte yo para que no sufrieras con lo inevitable?

¿Qué podría decirte yo ahora?

No llores, Lara. ¿Puedes oírme?

Eliott

Capítulo 2

Octubre, 2015

Aquella carta escrita diez años atrás hizo que cobrase vida un recuerdo ardiente que quemó las manos de Lara, por lo que, tras leer el final, la soltó. Su mente se había quedado atascada en un momento de su vida tan lejano que durante unos minutos llegó a perder la consciencia de dónde se encontraba en realidad.

Tras unas cuantas respiraciones agitadas, se estiró para alcanzar de nuevo la carta y releyó aquellas líneas tres veces más. Palabra tras palabra, crecía en su interior una rabia que creía extinguida. Tuvo un primer impulso dramático de bajar y echar todos esos ridículos e inoportunos sobres y su contenido a la basura, pero no pudo hacerlo. En el fondo de su ser había esperado aquello muchos años y ahora tenía la oportunidad de entender. Todo aquello, precisamente en aquel momento, debía de tener un motivo; era una señal. Y Lara se sorprendió cuando suspiró con profundidad por las ascuas de un fuego que creía más que apagado.

Miró a su alrededor. A pesar del dolor que había llegado a sentir por culpa de Eliott, nunca había quitado sus fotos de la pared, aunque hacía años que no les prestaba atención. No eran más que accesorios decorativos que se habían fusionado con el resto del dormitorio como el interruptor de la luz, algo que sabía dónde estaba, pero que nunca miraba. Ahora, sus ojos buscaron la más cercana y su piel se encendió con el último recuerdo de él. Aquellos ojos de un azul intenso tan cerca de ella, el oscuro pelo revuelto brillando en la oscuridad y la indescifrable sonrisa que le caracterizaba y la dejaba sin respiración. Sintió presión en el pecho. Ansiaba aire, necesitaba salir, así que dobló aquella primera carta, la del primer montón atado con una fina cuerda que parecía reunir las de un mismo año, y la guardó en el bolsillo de su abrigo; tenía que volver a leerla cuando estuviera más calmada, pero en aquel instante necesitaba oxígeno.

Bajó a toda prisa las escaleras y salió de la vieja casa color café para exponerse al viento helado que soplaba a una velocidad feroz. Llenó sus pulmones sintiendo que el frío cortante la reconectaba con el presente, abrió los ojos y miró alrededor; como de costumbre, la calle estaba desierta, pero esa vez se estremeció al sentir una antigua sensación de vacío. No quiso girar la cabeza hacia la casa abandonada que quedaba a su izquierda. Lo que necesitaba era espacio abierto para que la opresión que sentía en su pecho se disipara y, aunque la mejor opción era adentrarse en el bosque, sus pies comenzaron a caminar pendiente abajo atraídos por una fuerza aún mayor. Conforme descendía por las serpenteantes cuestas de King's Heights, abandonaba la zona con casas ajardinadas para adentrarse en una calle más amplia de elegantes urbanizaciones. En una de ellas, en una compacta construcción gris rodeada por un cuidado jardín y presidida por dos grandes canchas de baloncesto comunitarias, había vivido Eliott. Lara entró en una de ellas para pisar el desgastado cemento. Era un buen lugar donde vivir para cualquier seguidor de los Blazers. No tenía más que cerrar los ojos y ver en su mente a Eliott allí jugando con la camiseta de Rasheed Wallace, oír su risa, verlo apartarse el pelo de sus ojos con un soplido antes de encestar...

Su viejo amigo no había vivido siempre allí. Su primer hogar había sido junto a la casa de Lara, pero a Martha, su madre, no le gustaba la sensación de vivir en el bosque que el final de aquella cuesta concedía. Apenas circulaban coches, pero los pájaros te despertaban en cuanto el sol despuntaba por el horizonte y siempre había malas hierbas que quitar. Aquella zona no era para una mujer de la Costa Este, amante del asfalto, que había tenido que trasladarse de Manhattan hasta aquella ciudad fronteriza con Washington por la plaza que su marido había conseguido en la universidad estatal como profesor de Música.

Martha y Erick se habían conocido en Nueva York, donde él había aterrizado tres años antes desde Londres en busca de nuevos sonidos y, cuando se habían divorciado, ocho años después de su llegada a Oregón, Eliott se había mudado con su madre a aquella civilizada urbanización de edificios. Por entonces él tenía once años y algunos lo llamaban «el hijo del inglés»; sin embargo, al año del divorcio, Erick había muerto de un infarto al corazón y nadie había vuelto a apodarlo así.

Todos los que los conocían habían creído que el matrimonio terminaría por arreglar sus diferencias y, de hecho, así habría sido si aquella muerte inesperada les hubiera concedido el tiempo necesario para ello. A partir de entonces, se terminaron por completo los juegos infantiles con Lara de ventana a ventana y, a pesar de seguir cerca, a poco más de cinco minutos de paseo en bicicleta, ella recordaba cuánto lo había extrañado cada vez que se asomaba a través de sus cortinas de lunares rosas para encontrarse con una ventana cerrada y oscura, pero se había consolado al pensar que, al menos, se habían ido a vivir a un barrio cercano.

Se acercó al portal y sintió la necesidad de presionar el botón del tercer piso, como tantas mañanas había hecho años atrás. Metió la mano en su bolsillo y apretó con fuerza la carta. ¡Recordaba aquel ritual con tal claridad!

Él respondía enseguida y ella lo esperaba dentro del vestíbulo para protegerse del frío. Eliott le lanzaba la mochila al vuelo justo tras aparecer por la escalera como un vendaval, agobiado mientras intentaba ponerse el jersey sin tirar su chaquetón a la vez, pero despeinando su lacio pelo oscuro y brillante, que le despuntaba por encima de las orejas. Ella la cogía al vuelo hábil, acostumbrada a las prisas que surgían de la impuntualidad de su amigo. Le veía protegerse del frío encasquetándose un gorro de paño azul que hacía resaltar el traslúcido color de sus ojos antes de recuperar su mochila, mientras Lara se quejaba repetidamente de su retraso. Entonces, él la callaba agarrándola por el hombro y con un beso en la sien.

Para el resto de las personas, Eliott había sido el chico que podía encestar más triples seguidos en un partido, el muchacho cuyas facciones agraciadas habían despertado el deseo en las chicas de cursos superiores y el de los arranques de mal genio capaz de poner morada más de una mandíbula cuando se le torcían las cosas. Para Lara había sido el chico soñador que componía melodías al piano, el que podía escucharla hablar durante horas sobre sus planes de futuro y el que la había hecho sentir especial en un mundo en el que ella se había creído invisible para todos los demás.

A pocos metros de su edificio estaba la parada del autobús escolar, cada mañana los dos habían emprendido el camino hasta allí a través de la espesa bruma de la mañana, acercando sus cuerpos para protegerse del frío. Un par de paradas después, entre las demás caras conocidas que formaban cola para subir, reconocían la larga melena rubia de Molly. Cada mañana durante tantos años, siempre igual. Juntos los tres, desde aquel primer día de jardín infantil...

Septiembre, 1992

Lo primero que Lara vio al entrar en aquella aula fue a un niño de pelo revuelto que estaba sentado de cara a la pared y tuvo la certeza de que eso significaba que lo habían castigado, puesto que su padre solía usar esa misma técnica con ella como correctivo cada vez que se negaba a compartir, o a recoger o a pedir perdón, por lo que no entendía muy bien a qué se debía la sonrisa de satisfacción en el rostro del chico.

Echó un vistazo al resto de niños que danzaban libremente de una esquina a otra con todo tipo de juguetes entre las manos, con los ojos casi cerrados y sin separarse un palmo de la pierna de su madre, quien pretendía que ella se quedara en aquel lugar, lleno de colores y muebles de su tamaño. A primera vista, no le pareció un mal sitio, pero cuando se percató de que la intención de su progenitora era la de marcharse sin ella, los nervios se le acumularon en la tripa y deseó salir de allí.

—Adelante, Lara, ve a jugar con los demás niños. Lo pasarás muy bien y tu mamá vendrá a recogerte en un par de horas —le dijo una señora con mucha seguridad en la voz, a pesar de mirarla con ojos expectantes. Llevaba un vestido lleno de colores vivos y le sonreía como si ya la conociese.

—No quiero quedarme, quiero irme contigo —le pidió la pequeña a su madre formando un puchero con su labio inferior.

Sin embargo, antes de que esta se arrepintiera de haberla llevado a la guardería, Lara sintió que alguien le agarraba de la mano.

—Ven conmigo. ¿Me dejas que te cepille el pelo?

Una niña rubia le ofrecía una sonrisa a la par que comenzaba a darle pasadas por el pelo con un peine desdentado sin haber obtenido su permiso. Parecía alguien agradable y no paraba de hablar, aunque Lara no entendía bien todas aquellas palabras rápidas que salían de su boca.

—Me llamo Molly.

Aquello sí lo entendió bien y decidió que sería su primera amiga en el mundo, ya que aquella habitación se había convertido de forma repentina en su mundo.

—Y aquel es Eliott —le informó la rubia saltarina señalando con su índice estirado al crío que las observaba con la cabeza entre las piernas por debajo de la silla —. Está castigado.

—¿Por qué? —preguntó Lara sin dejar de mirar al niño de ojos azules; ese color lo conocía muy bien, era el color del Willamette.

—Le ha pegado a ese otro niño por tirarme de las trenzas. —Molly le sonrió y prosiguió con el cepillado.

Lara sabía que no estaba bien pegar, pero el otro niño tampoco debería haber tirado de las trenzas a su nueva amiga. Por ello, aquel día cogió la mano de Molly y, sin notar que su madre había salido ya por la puerta, le preguntó:

—¿Nos castigamos con él?

Octubre, 2015

La mente de Lara regresó a la realidad con un escalofrío. No se había percatado de cómo el fuerte viento había aglomerado a las nubes encapotando el cielo hasta que finas gotas de lluvia empezaron a empapar su abrigo. Echó a correr de regreso a casa, pero sus pies resbalaban sobre la acera mientras el frío penetraba las capas de ropa que llevaba puestas. Aquel maldito viento, aquella maldita lluvia, aquellas malditas cuestas delimitadas por árboles que se agitaban furiosos. Esa maldita caja llena de cartas.

Cuando cerró la puerta de la entrada, se quitó el abrigo y lo colgó en el perchero. Durante un minuto se quedó mirando aquel esqueleto de madera, decidiendo si era algo que tirar, si lo necesitaría, si se arrepentiría de deshacerse de él más adelante, si dentro de unos años se daría cuenta de que era algo especial. Entonces se echó a reír y, nerviosa, fue al salón en busca del termostato de la calefacción para subir los grados hasta veintidós. Nadie esperaba semejante frente frío cuando apenas los árboles habían comenzado a dorar el color de sus hojas; al igual que ella no esperaba en absoluto aquel paquete. Su mirada se deslizó hacia el ventanal. Ahí estaba, el piano. *Su* piano.

Era algo cuyo destino era una tienda de segunda mano desde hacía mucho tiempo, desde que la madre de Eliott se había negado a llevarse el instrumento de su difunto exmarido hasta su nueva casa, porque ya había comprado un teclado electrónico con el que Eliott no molestaba a sus vecinos al poder tocarlo con los cascos puestos. Pero su amigo no había estado para nada de acuerdo con deshacerse de algo que había sido tan importante para su padre, por eso, le había rogado a Lara que se lo quedara ella en su casa. Por aquel entonces, contar con la aprobación de su padre para ese tipo de cambios decorativos en la casa era absurdo, así que había mentido a la madre de Eliott y le había dicho que su padre aceptaba quedarse con él y, cuando un buen día él había reparado en que había un piano junto al ventanal de su salón, tan solo había mirado interrogante a Lara y lo había aceptado indiferente.

¡Cuántas tardes había pasado ella viendo a Eliott deslizar sus dedos sobre aquellas teclas como si acariciase el lomo de un gato! Y ahí seguía, a los pies del ventanal como un mueble más, inerte. Eliott había desaparecido, pero su piano seguía allí. Ella también seguía allí, y ese no había sido su plan.

Apoyó la frente en el cristal cubierto de pequeños ríos de lluvia. Hacía mucho tiempo desde la última vez que Lara había tenido la necesidad, o el tiempo, de perder su mirada a través de una ventana, pero la sensación de claustrofobia había vuelto con esas cartas como un fantasma del pasado. Se vio a sí misma con dieciséis años, cuando los días le resultaban asfixiantes, cuando tras la rutina de las clases del instituto, lo único que la esperaba en casa era su padre de mal humor o silenciosamente deprimido. En esos días, ella deseaba intensamente tener otra vida, fugarse lejos, vivir en otro lugar; cualquier cosa que fuera distinto a aquello. Huir de allí.

Y, sin embargo, al final, no había sido ella quien se había marchado.

Abril, 2003

—¿Ha ido todo bien? —le preguntó su padre de forma autómata, sentado frente a ella en la mesa de la cocina.

Lara levantó los ojos y comprobó sin sorpresa que él no la miraba y que la contestación que le diera a su pregunta se filtraría en su mente como el resto de la realidad que lo alejaba de su dolor.

—Sí.

Ella hacía la cena cada noche. Nadie la había enseñado a cocinar, pero recortaba las recetas más fáciles que aparecían en los ejemplares del *Portland Monthly*, que seguían enviando a su padre a pesar de que él ya nunca les echaba ni un vistazo. Otras veces, simplemente juntaba los ingredientes que encontraba al abrir el frigorífico como buenamente podía y se convencía de que solo experimentaba con mezclas agridulces, que creaba ensaladas de fruta o que cenar cereales con leche era en realidad un delicioso capricho.

—¿Has visto a tu hermana hoy?

A veces, él se acordaba de que tenía dos hijas; quizá porque el triste recuerdo de cuando la cena era para cuatro había acudido a su mente. Lara recordaba más cuando la cena era para tres, cuando había gritos en casa, cuando un nuevo dolor se había instalado en su pecho al reducirse a dos los asientos en aquella pequeña mesa redonda y apartada en una esquina de la cocina.

—Estaba muy rico. Gracias, pajarito. —Su padre solía agradecerle la cena, aunque apenas la tocase, y ella siempre intentaba que él después no acudiera al consuelo de la botella.

—No bebas hoy, papá.

—Solo un vasito, para poder dormir. Es solo un vasito...

Depresión. Una palabra tan profunda, tan oscura, y que Lara conocía demasiado bien.

Tras la muerte de su madre, su padre había estado mucho tiempo de baja por depresión y, aunque al principio ella había temido que aquella dolencia se lo llevara también a él, se había dado cuenta de que esa enfermedad era distinta. No era algo que se evidenciara al mirarle la cara, pero sí en sus gestos. No dañaba su cuerpo, pero destrozaba su mente. No era una amenaza inminente contra su vida, pero sí contra su alma, ennegrecida y torturada. Sin saber cómo, un día había recibido el alta y había regresado al trabajo, y entonces todo había empeorado. El alcohol, de forma más o menos controlada, había sido el aliado que había encontrado para lidiar con la vida.

Lara había entendido rápidamente que la muerte de su madre había roto el corazón a su padre, que había perdido al gran amor de su vida y que nada ni nadie, ni siquiera sus hijas, podría rellenar ese inmenso vacío; no obstante, ella lo intentaba cada día, con cada comida, con cada abrazo, con cada beso... Y a veces encontraba la luz en sus ojos. Por unos instantes, estos se iluminaban y Lara recibía una caricia en la mejilla o un esbozo de sonrisa, hasta que la miraba a los ojos y la animaba a dejarlo descansar en su sillón de piel marrón, en un salón en tinieblas y con un silencio que terminaba por ser atronador.

Saber que él era incapaz de mantenerle la mirada durante varios minutos porque, si lo hacía, comenzaba a buscar en ella algo que le recordase a su madre, lo hacía más doloroso. Lara se parecía físicamente a él por completo: tenía la cara redondeada, su nariz era chata y tenía su mismo tono caoba del pelo. Era bonita, de gesto noble, pero no tenía ni los ojos aceituna de Helen, ni sus mejillas agudas, ni su pelo oscuro y suave como la seda. Por mucho que buscase parecidos, no los había y recibía su decepción en forma de pesados suspiros. Su hermana tampoco le recordaba lo suficiente a ella, aunque se pareciera mucho más que Lara a su madre; de todos modos, Claudia se había marchado de casa al poco tiempo, él la había dejado ir. En aquel momento, Lara no la había culpado; de hecho, casi había agradecido que cesaran los gritos con los que ella curaba su herida, pero la había dejado con un peso enorme con el que cargar a ella sola.

Octubre, 2015

Muchas cosas habían cambiado desde aquellos años solitarios. Después había ocurrido lo de Eliott, lo de Harvey, el nacimiento de su sobrino, la decisión de su padre de marcharse de casa unos pocos meses atrás para mudarse a un apartamento cerca de su nieto... y la proposición de matrimonio. La vida, ahora, era otra muy diferente.

Lara subió de nuevo las escaleras hacia su habitación. Abrió otra carta y se encontró con varias réplicas autocompasivas, arrepentidas e impotentes de la anterior. Una lectura que destilaba amargura, dolor y miedo, pero que continuaba avivando la rabia en ella.

Julio, 2005

Querida Lara:

Todas las melodías suenan a ti. Cada nota y cada compás son el resultado de mi respiración dolorosa. No hago otra cosa que deslizar mis dedos sobre las teclas, que están tan frías como los glaciares en los que se convirtieron las palabras que no dije la última vez que nos vimos. La mejor noche y, a la vez, la peor de mi vida.

Si me concediera el alivio de llorar, sería más fácil lidiar con este dolor, pero no consigo desprenderme de él. Respiro y pienso en ti. Toco y pienso en ti, en tu corazón, en tu inquebrantable espíritu y en cada parte de tu cuerpo.

No puedo volver, no puedo regresar. ¡Qué equivocada tienes que estar ahora pensando que te he abandonado porque no eres importante! Importas, eres lo único que me importa, y por eso, porque sé que tendrás una vida feliz sin mí, nunca regresaré.

Eliott

A Lara se le agolpaban sentimientos encontrados de pena y desprecio con cada frase que leía. Era ridículo, no encontraba ningún sentido a aquello, ya que, si ella era lo único que le importaba por aquel entonces a Eliott, ¿qué le había hecho pensar que lo mejor era desaparecer de su vida?

Sentada en la cama con sus piernas cruzadas, la luz del atardecer se apagaba entre las cortinas de manera progresiva. La noche la alcanzó en la misma posición, pero con sobres abiertos y cartas ya leídas que se amontonaban a su alrededor, envolviéndola, dejando su mente confusa y la cabeza abotargada. Decidió hacer una pausa para cenar, no porque sintiera hambre, sino por concederse unos minutos alejada de aquel paquete que la hacía conectar, como si la sedujera un agujero negro, con otra dimensión. Sintió que en la siguiente carta por fin encontraría el motivo del amargo dolor sufrido, o quizá podía ser en la siguiente, pero necesitaba un respiro.

Metió varias rodajas de tomate y pepino, y algunas hojas de lechuga regadas con mayonesa ligera, entre dos rebanadas de pan blando. Las partió en dos mitades y las colocó simétricas en un plato que decidió trasladar a la mesa redonda, donde se sentó envuelta por el sonido de la lluvia que repiqueteaba en las ventanas. Un relámpago iluminó el exterior y comenzó a contar a la espera del estruendo del trueno... Otro recuerdo de la infancia, de unos años que estaban ligados a él sin remedio.

Febrero, 1997

—¿Por qué te cubres con el edredón? ¿Acaso crees que las plumas de oca pueden detener los rayos?

—¡Métete dentro, Eliott! No saques ese cabezón de alcornoque por la ventana.

—Tú eres la que debería salir de ahí abajo y venir a mojarte junto a mí. Seguro que es más divertido contar ahí fuera y, con suerte, quizá pillemos un buen resfriado y nos libremos de ir al colegio durante una semana.

—O puedes terminar como un espárrago frito.

—Pero, Lara, mi padre dice que la probabilidad de que te caiga un rayo es de una entre un millón.

—Pero el profe de Naturales dijo el otro día que los rayos suelen ir a por los árboles, ¡y vivimos junto a un bosque! —replicó ella empujando las gafas correctoras de la hipermetropía con el dedo índice hacia arriba por el tabique nasal.

—Bueno, gracias a Dios, ni tú ni yo somos árboles.

Lara echó hacia atrás del todo el edredón y estiró el cuello para poder ver mejor a Eliott a través de su ventana. Abrió los ojos mucho más al verle sacar los pies por fuera y, temblando, agarrarse bien al marco de la ventana para ponerse sobre el techo del porche de su casa.

—¡Eliott, te vas a matar! No mires abajo —le aconsejó ella, conocedora del vértigo que sufría su amigo.

—No voy a meterme hasta que tú salgas. Tienes que vencer tu miedo a los rayos, como yo estoy venciendo mi miedo a las alturas.

Lara vio cómo un potente relámpago iluminaba su silueta y le escuchó comenzar la cuenta. Entonces sintió urgencia por unirse a él y se concentró en los ojos de su amigo, como si fueran la luz de un faro que prometía un puerto seguro, para sacar los pies por su ventana y poder ponerse de pie sobre el techo de su propio porche, frente a él. Sintió la refrescante sensación de dejarse mojar por la lluvia, desafiando el miedo, rebelde, insolente, fingiendo ser valiente mientras percibía la sonrisa triunfal del chico cuando el estruendo sonó al llegar al número nueve y cómo este alzaba los brazos para aullar como un lobo justo antes de recordar su vértigo y mirar fatídicamente hacia abajo.

Aquella noche, Eliott cayó sobre el precioso seto de su madre y se dislocó el hombro izquierdo, pero lo consideró un justo precio a pagar porque juntos habían vencido el miedo; al menos, durante nueve segundos.

Octubre, 2015

Pensó en llamar a Harvey, pero se dio cuenta de que no tenía nada que decirle para poder tranquilizarlo de alguna manera. Aún no había leído lo suficiente como para encontrar un sentido a todo aquello; necesitaba más tiempo, más cartas. Y, aunque no terminaría aquella noche, se propuso seguir adelante mientras fuera capaz de seguir con los ojos abiertos. Así que dejó el sándwich sin tocar sobre la mesa de la cocina y regresó a su habitación para reanudar la lectura que había dejado justo cuando acababa de toparse con la primera carta que hacía mención a la estancia de Eliott en Inglaterra, donde Cambridge aparecía y se introducía en su nueva vida; aquel lugar por el que ella, aun sin conocerlo, había sentido tanto odio.

Septiembre, 2005

Querida Lara:

La academia de música está en el centro de Cambridge, a unos quince minutos de la residencia en la que ahora vivo, frente al Parker's Piece. La YMCA tiene todas las comodidades y cuidados inherentes al grupo Trinity College, pero es endemoniadamente fea en comparación con los solemnes colleges *que te hacen viajar atrás en el tiempo y que están desperdigados por esta ciudad convirtiendo cada uno de sus rincones de piedra gris, ladrillo rojo y césped verde en una preciosa postal.*

Mi habitación está en el último piso de este edificio moderno e insulso que, aunque tiene ascensor, no llega a mi planta, por lo que el primer día me vi obligado a acarrear las maletas por unas escaleras estrechas mientras maldecía mi suerte y me preguntaba si me había equivocado al leer las indicaciones y me dirigía en realidad a la azotea como un idiota. Pero no, al abrir la puerta de las escaleras llegué a las habitaciones abuhardilladas de la última planta.

El cuarto está bien; he tenido la suerte de que su única ventana esté orientada al parque, porque eso me hace mirar al frente, hacia su enorme extensión, en lugar de hacerlo hacia abajo. Tengo una cama firme, varias estanterías, un escritorio con un par de cajones y un armario decente. El primer día olía a lejía, ahora diría que huele a Old Spice.

Cambridge es un lugar con mucha vida y, siempre que las nubes inglesas lo permiten, el parque se llena de chicos jugando al fútbol; de hecho, se dice que fue aquí donde se inventaron las reglas del juego. También suele estar lleno de gente corriendo e incluso de algunos estudiantes que aprovechan para echarse la siesta como lagartijas al sol. Por las mañanas, lo cruzo de una punta a la otra para llegar hasta Sidney Street, una calle bulliciosa a esas horas en las que los estudiantes andamos apresurados hacia las aulas, con los comercios abriendo sus puertas, y las primeras hordas de visitantes haciendo cola en las paradas de los autobuses turísticos.

El centro de música está en un edificio de Green Street, una calle cercana al complejo de facultades que conforman la Universidad de Cambridge. Está repleto de chicos como nosotros, de todos los lugares del planeta hablando toda clase de idiomas. En cuanto pones un pie dentro, comienzas a escuchar violines afinando, pianos que interpretan escalas imposibles, trombones graves que suenan como si fuera a zarpar un trasatlántico... Es como caer de bruces en un planeta en el que el idioma es la música. Fue reconfortante ver que el primer día la mayoría se sentían tan perdidos como yo, descolocados en un ambiente desconocido, aunque también me topé con los que creían poseer dones sobrenaturales y miraban a su alrededor con superioridad.

En su charla inaugural, Leo, o el director Macan como debería llamarle, nos hizo sentir importantes, seres privilegiados por estar allí. Nos dio el típico discurso magistral de director que intenta concienciarte de todo el trabajo que se te viene encima y de lo responsable que deberás ser de él, pero echó combustible a nuestros sueños. De veras que salí de allí con ganas de comerme el mundo, de aprenderlo absolutamente todo.

Chris y su acento holandés me acompañan a todos lados desde el primer día. Me ha dado algunos consejos sobre la academia, como que no me presente un día si no estoy seguro de que llevo mi trabajo a la perfección, porque lo lamentaré. Según él, es mejor que te hagan sentir como un irresponsable a que te hagan pensar que no vales para esto. Por cierto, Chris es el chico que ocupa la habitación que hay frente a la mía en la residencia y ha congeniado con Johnny mejor que conmigo.

Leo le hizo un favor a Johnny al conseguirle una de las habitaciones de la residencia. Aún no sé qué pretende hacer aquí conmigo; creo que ni él lo sabe. No tengo ni idea de a qué se dedica mientras yo voy a las clases, seguramente a dormir para recuperarse de sus salidas nocturnas.

Chris es un par de años mayor que nosotros y lleva tres junto a Leo perfeccionando sus estudios de violín; es un portento del que todos hablan. La primera vez que lo vi, me chocó su aspecto de neohippie *con sus rastas y la ropa multicolor ancha, pero ahora que llevo unos meses con él, no me lo imagino de otra forma. Está claro que su aspecto no concuerda en absoluto con el ambiente regio y conservador de esta ciudad, pero él asegura que el mío tampoco (supongo que los vaqueros y las sudaderas anchas también contrastan con los jerséis de pico sobre los que destacan las corbatas con los colores de los* colleges*). Johnny se pasa todo el rato que puede con él, lo ha tomado de ídolo, como si fuera una estrella de rock y creo que Chris se aprovecha de él, concretamente de su dinero. Johnny ahora quiere dejarse el pelo largo para hacerse rastas... Sé que te reirías si, de verdad, fueras a leer esto.*

A mí no me interesa dejarme llevar por su mundo de «haz el amor y no la guerra» (que siguen al pie de la letra cada fin de semana) mientras se cuelgan fumando hierba, por eso intento preservar mi espacio manteniendo cierta distancia de ellos. Y es difícil porque, aunque yo no comparta su filosofía de vida, vivo con ellos. Johnny es mi mejor amigo y el holandés me cae bien. Además, ahora mismo lo necesito porque es el único que controla este sitio y es quien me está revelando la mejor forma de desenvolverme aquí.

Ojalá estuvieras conmigo, Lara. No puedo negar que esta experiencia me emociona, pero mentiría si dijera que me siento feliz. Me faltas tú. Siempre me faltarás tú.

Eliott

Con decepción, Lara dejó caer el papel lentamente desde el borde de la cama y este resbaló al suelo. Entre aquellas líneas no había encontrado la ansiada explicación. De todos modos, algo dentro de ella había despertado.

Hizo un intento por acordarse de la cara de Johnny, pero los rasgos se le hacían borrosos y, sin embargo, una sonrisa espontánea le salía con su recuerdo: siempre divertido, algo payaso y despistado como si perteneciese a tierras marcianas. Era curioso que no tuviera ninguna fotografía en la que apareciese él, porque era una persona que pertenecía a la época en la que ella y Molly iban juntas a ver los partidos de baloncesto del instituto, cuando su amiga estaba tan enamorada de Steven. Cuando todo era normal: tres amigos inseparables.

Capítulo 3

Enero, 2005

El timbre sonó sin tregua como si se hubiera quedado enganchado, lo que hizo a Lara abandonar su sueño en caída libre desde el sillón a la alfombra del salón. Se había quedado dormida con los apuntes de Literatura encima y estos volaron hasta los pies del aparador. Retiró las cortinas del ventanal y vio a Molly con su abrigo color rosa chicle. La chica de silueta esbelta y larga melena dorada intentaba plegar con torpeza un paraguas amarillo. Tras abrirle la puerta, entró como una flecha exhalando un frío «Hola» por sus labios carnosos ensalzados a toque de *gloss*.

—Me ha traído mi hermano en coche. Lo cual ha sucedido tras varios gritos cruzados, unas cuantas lágrimas fingidas de mi cosecha y la intervención oportuna de mi madre. ¡Espabila chica, menuda cara de sueño tienes! ¡Queda solo media hora para el partido! —la apremió con unas palmaditas al aire.

Cogieron el autobús para llegar al instituto Wilson y, durante la media hora de trayecto, discutieron sobre la necesidad de Molly de sacarse el carné de conducir de una vez por todas.

—Deberías ahorrar, al menos, la mitad de lo que te pagan por cada trabajo en lugar de gastártelo todo en ropa. Si yo dispusiera del dinero que consigues tú, ya tendría un coche aparcado frente a mi casa. ¿No estás cansada de depender de tu hermano?

—Una modelo tiene que tener también una imagen fuera de cámaras, Lara —se excusó la rubia.

—Pero si te regalan ya un montón de ropa... Y tener tu propio vehículo es libertad. —Lara ansiaba tanto el día en el que pudiera tener el suyo propio que se exasperaba con su amiga.

—Cielo, si tienes coche, dejas de ser la copiloto preferida de los chicos.

—¿Y dónde están esos chicos cuando los necesitas?

—Bueno, siempre nos quedará Eliott —resolvió Molly despreocupada.

La mayoría de los partidos fuera de las instalaciones del Lincoln se jugaban bastante lejos, pero no había un viernes en el que ellas no asistieran para apoyar a su amigo. Lara tenía el carnet desde hacía un año, había ahorrado para poder presentarse al examen, pero aún no tenía vehículo; su propio padre usaba el transporte público para ir a trabajar. Se había planteado la idea de dejar el voluntariado para buscar trabajo en alguna tienda o restaurante (algo con lo que pudiera ahorrar la cantidad suficiente con la que pagar un coche de segunda mano), pero se sentía incapaz de abandonar a los que contaban con su ayuda; a los que, por otro lado, llenaban un vacío en su vida. Además, si Molly obtenía la licencia, ella se beneficiaría también del coche que seguramente le facilitaría algún patrocinador.

El instituto contra el que se enfrentaban aquella semana tenía unas instalaciones deportivas superiores al suyo y, además, tenían a un deportista destacable en su equipo, alguien que probablemente terminaría en la liga universitaria. El camino hasta la entrada del pabellón, que lucía como una luciérnaga gigante, estaba protegido por altos robles que agitaban suavemente sus hojas entre el viento y, desde fuera, se podía oír el alboroto de la afición de ambos equipos, en su mayoría familiares y alumnos de los dos centros.

Lara y Molly se sentaron en el frío escalón de la segunda fila de las gradas de cemento y con la mirada buscaron a su amigo entre los chicos que vestían de rojo y negro, el que distinguía a los Cardinals. En cuanto Eliott las divisó sentadas, les dedicó una sonrisa, juntó el brazo con su barriga y les hizo su habitual reverencia en señal de agradecimiento por acudir a sus partidos, siempre fieles. Al hacerlo, oscuros mechones desiguales le cubrieron los ojos azules que lucían pícaros hacia Lara.

—¡Qué tontorrón es! —susurró ella.

—¿Dónde está Steven? ¿Ves a Steven? ¿Le ves, Lara? —preguntó Molly atropelladamente—. No le veo. ¡Me muero si no juega hoy! Me he pasado dos horas con una mascarilla de aguacate en el pelo solo para venir al partido —gimió.

—Acaba de salir, mira allí, el que tiene la cara de estreñido. ¿Le ves ahora?

—¿Tengo bien el pelo?

Lara no tomaba en serio a su amiga porque cambiaba sus objetivos de enamoramiento con la misma frecuencia que modificaba su peinado; tenía tantos chicos persiguiéndola que se podía permitir el pasar de uno a otro sin periodo de abstinencia. Molly había desarrollado unos enormes pechos a los quince años y eso, junto con su esbelto cuerpo, la larga y abundante melena rubia lacia, y unas facciones felinas, la convertía en una bomba sexual adolescente. Ella era consciente de su poder; sabía que los chicos miraban el hueco entre sus pechos antes que sus ojos, y por eso se permitía descorcharlos cual botella excitante de champán, para beberse con emoción su falso enamoramiento y luego tirarlos al bidón de reciclaje en cuanto resultaban ser simple zumo concentrado de fruta. Sin embargo, aunque ella le explicaba a Lara que la bomba de su sexualidad había explotado antes que la suya, y que aquello no era más que un juego de experimentar, de rebelarse, de sentir la libertad y el control de su cuerpo, su discurso perdía todo el sentido cuando terminaba por convertirla en un paño de lágrimas. Molly le aseguraba que disfrutaba andando de flor en flor, pero Lara sabía que buscaba con desesperación algo más. Mucho más. Algo que no encontraría en el tipo de chicos a los que ella aceptaba. Y algo le decía a Lara que Steven, el engreído pívot que en el instituto era esquivo y poco hablador, no sería la excepción de sus desengaños. Así que, aunque su vida en absoluto corría peligro aquella noche, Lara se revolvió incómoda en su asiento mientras podía ver aproximarse por el horizonte otra decepción en la vida de su amiga.

Mientras Molly suspiraba, se retocaba infinidad de veces la melena rubia y le propinaba codazos, Lara seguía con atención el partido, aunque su instituto fuera perdiendo por vergonzosa desventaja. Le gustaba ver jugar a Eliott allí abajo. El chico se movía con agilidad, daba buenos pases y tenía la media más alta de lanzamientos de triples del equipo, aunque en realidad no era más que un jugador mediocre. Sin embargo, para ella, como para el resto de las chicas que le miraban embobadas, Eliott tenía ese *algo* que le impedía pasar desapercibido, un estilo innato y arrollador que se le notaba hasta botando el balón. Lara no era inmune a ese atractivo, era consciente de que su amigo era objetivamente guapo, pero ella era una de las dos únicas chicas de su promoción que jamás lo reconocerían en voz alta. Para Molly y para ella, Eliott era mucho más que una cara bonita. Él era quien las mantenía en pie, de diferente manera con cada una.

El resultado final del partido fue el esperado, y Lara se alegró de que por fin hubiera terminado, ya que aquellos fríos escalones le habían congelado el trasero. Las dos chicas se apretujaron hombro con hombro, apoyadas en la pared del edificio, para resguardarse del frío que se había levantado en fuertes ráfagas de viento, mientras esperaban a que el equipo terminase de ducharse y saliera. Solían terminar desesperadas, porque, por algún misterio del universo, Eliott siempre era el último.

Kevin y Ronnan, los defensas del Lincoln, salieron juntos y las saludaron de pasada, visiblemente disgustados por haber perdido. Después, los siguieron los chicos del Wilson. Estos últimos parecieron alegrarse de verlas allí, eran fruta prohibida, pero terminaron por marcharse frente a la desgana de Molly por darles conversación, ya que ella no dejaba de mirar hacia la puerta de salida esperando a Steven. Sin embargo, cuando este por fin salió, tan solo le dedicó un fugaz saludo con la cabeza, sin ni siquiera mover los labios. Ambas lo vieron subirse a su moto, aparcada justo enfrente de ellas. El chico hizo resonar de forma estruendosa el tubo de escape y se marchó con rapidez sin mirar atrás. La rubia no había elegido aquel punto de espera al azar, pero el resultado de su estrategia había desdibujado sus esperanzas, convirtiéndolas en un puchero indignado.

—Ni siquiera sabe que existo —gimió con los brazos cruzados bajo el pecho.

—Molly, todos los chicos del instituto saben quién eres. De hecho, ¡todos los chicos de Portland saben que existes! Tu cara está impresa en todos los gimnasios de la ciudad.

—Sí, ese trabajo para Fit&Chic estuvo genial. ¿Te dije que me regalaron el conjunto con el que salgo?

—Sí, pero a lo que yo iba... Quizá Steven sea diferente. No todos tienen por qué intentar meterte la lengua hasta las amígdalas —dijo Lara disimulando lo confusa que la dejaba también la actitud de Steven.

—¿Y por qué no?

Lara no pudo evitar reírse. La pregunta de su amiga era sincera y sentida, no podía considerarla una chica creída por hacerla; en realidad, que la adulasen sin cesar era a lo que la tenían acostumbrada, al menos en la agencia de modelos y en cualquier lugar donde hubiese hombres. En su casa, era otra historia muy diferente. El hecho de que Steven fuera el primer chico que no denotaba interés por ella, provocaba una mayor obstinación en su amiga por conseguirle. Se planteó si aquello solo sería una táctica, si en realidad Steven se hacía el interesante, el pasota, porque ese era su *modus operandi*, para terminar por hacer lo mismo que los demás con ella tras conseguirla.

—Cuéntaselo a Eliott, dile que te gusta Steven. Él podría tantear el terreno. —Lara escondió la nariz dentro de su jersey para evitar que el viento convirtiera su punta en una bolita roja luminosa.

Había una intención clara con lo que acababa de proponerle a su amiga, pues sabía que, si Molly le pedía a Eliott que le echara un cable, él encontraría mil razones por las que su amiga no debería estar con Steven (siempre encontraba motivos varios y diversos por los que ningún chico del mundo era merecedor de salir con su amiga). Juntos conseguirían que no volvieran a romperle el corazón.

—Pero si Eliott siempre critica a cualquiera que se me acerque… Aunque ya veré. Sí, puede que lo haga. —Molly pareció perder por un momento el interés en la conversación al ver que dos muchachos que pasaban por su lado la miraban de arriba abajo, restaurando su maltratado ego.

—No desesperes. Si así lo quieres, Steven caerá a tus pies antes o después, como todos. Siempre caen, Molly —resolvió Lara.

Ella le sonrió y quedó conforme. Al instante, Eliott salió junto a Johnny, su escolta dentro y fuera de la cancha. Ambos anduvieron hacia ellas cabizbajos.

—El mundo no se acaba esta noche, chicos —dijo la rubia acercándose a Eliott para pasarle el brazo por los hombros.

—¿Por qué habría de terminar hoy? —preguntó confuso Johnny.

—¿Tú por qué crees que lo dice, tío? ¿Acaso no nos acaban de dar una humillante paliza? —Perder no era lo de Eliott, que sacó un cigarro suelto del bolsillo de su chaqueta vaquera y se lo encendió furioso.

—Yo solo lamento perder la hamburguesa a la que nos invita el entrenador si ganamos. Y, bueno, al menos hoy no había mucho público —contestó el chico, menos traumatizado que su compañero mientras intentaba subirse inútilmente unos pantalones que se le escurrían por sus estrechas caderas.

—No ha sido para tanto, Eliott. La semana pasada fue peor —dijo Lara propinándole unas palmadas consoladoras en la espalda.

—Sí, definitivamente la semana pasada había más gente en las gradas. —Y, tras añadir un sonido de conformidad, Johnny se colocó unos enormes cascos en las orejas zanjando por su parte la conversación.

—Eres la peor animadora del mundo. —Los ojos azul oscuro de Eliott acusaron a Lara.

—Solo soy objetiva, pero si necesitas consuelo, Molly y yo podemos intentar algo, ¿verdad? —Lara miró a su amiga, y esta le guiñó un ojo aceptando la idea para colocarse frente a él formando dos equis perfectas—. ¡Dame una E! —gritó.

—¡E! —respondió Molly.

—¡Dame una L!

—¡L!

—¡Dame una I!

—¡I!

Eliott avanzó rápido hacia Lara antes de que gritase otra letra de su nombre y, con un movimiento inesperado, la levantó del suelo para cargarla en su hombro y detener así el espectáculo:

—Ya está bien, Rudolph. No es necesario que vosotras también hagáis el ridículo esta noche.

—Pero si solo queríamos animarte… —protestó ella, mientras se tocaba la punta de la nariz para comprobar que estaba congelada.

La inestabilidad la obligó a agarrarse inmediatamente a la espalda de él mientras la transportaba de aquella guisa por el camino. Al alzar la cabeza, tuvo que reprimir sin éxito la risa al ver cómo Molly amenazaba a Johnny con el índice estirado ante su intento de cargarla también a su hombro. Eliott se giró para ver lo que ocurría a su espalda y rio con Lara, a quien terminó por bajar de nuevo al suelo un par de metros más adelante.

—Gracias por tus servicios; hablaré bien de ti en la empresa de mudanzas del padre de Ronnan cuando busques trabajo, en vista de que tu vida profesional como jugador de baloncesto ha terminado esta noche... —dijo Lara con fingida solidaridad.

—Eres adorable. —Eliott negó con el cigarro colgado entre los labios.

—Y tú un *dramas*.

Su amigo le echó el brazo por encima de los hombros y la atrajo hacia su cuerpo.

—Anda, vamos a casa. Te vas a resfriar —le dijo tocándole la nariz roja con la punta de su índice.

Los tres se despidieron de Johnny en la parada del autobús y, cuando el transporte llegó, se sentaron juntos al final de este, a pesar de tener vacíos los asientos delanteros.

—¿Qué vas a hacer mañana? —preguntó Molly mientras intentaba desenredar su melena con los dedos.

—Supongo que iré a casa de Johnny y jugaremos con la consola un rato. Dicen que mañana lloverá, así que... ¿qué otra cosa se puede hacer? —respondió con desgana, aún tocado por la derrota, con las manos metidas en los bolsillos de la chaqueta, el gran bolso con la ropa sudada entre sus pies y otro cigarro apagado colgándole de la boca.

—Yo tengo que estudiar mucho. ¿Te vienes y lo hacemos juntas, Molly?

—¡Puf...! Vale, con lluvia no creo que pueda ir a montar —contestó esta resignada.

Estudiar era algo para lo que Molly nunca encontraba el momento apropiado. Seguramente, si no hubiese sido por la insistencia de

Lara, no habría pasado de curso el año anterior. Al contrario que su amiga, que buscaba esperanzada un futuro liberador a través de alguna salida universitaria, Molly no encontraba en los estudios ningún tipo de aliciente. No aspiraba llegar a la facultad, solo quería quedarse en sus cuadras con los caballos para siempre; quizá podría incluso combinarlo con algún contrato como modelo de vez en cuando. A menudo le preguntaba a Lara por qué tenía tantas ganas de marcharse de un lugar tan maravilloso como Portland, en busca de Dios sabía el qué. Allí la miraban y adoraban, todos intentaban poseer o estar lo más cerca posible de la modelo publicitaria de negocios locales. ¿Para qué marcharse de su reino hacia un lugar desconocido donde sería simplemente otra más, o quizás, absolutamente nadie? No, Molly se quedaría allí para siempre. Ya le contaría Lara cómo era el resto del mundo; aunque, con toda seguridad, no sería más bonito que Oregón.

Diciembre, 2005

Querida Lara:

Esta mañana Leo me llamó a su despacho. Era algo que en el fondo esperaba que ocurriera en algún momento, aunque hasta ahora me había mentido a mí mismo creyéndome invisible entre todos los que estamos aquí.

—¿Sabes cómo conocí a tu padre?

Nada más hacerme sentar frente a él, al otro lado de su escritorio, apoyó los brazos, se inclinó un poco hacia delante y me hizo esa pregunta.

Mi padre. ¡Qué recuerdo tan idealizado es el que tengo de él, Lara! Se fue de mi vida antes de que mi cerebro pudiera almacenar suficientes recuerdos, pero le dio tiempo para instituirse como una figura importante para mí. No pude conocerlo como persona, tan solo en su faceta de padre, y aun así siempre he sentido un lazo con él difícil de explicar. Por eso, tras hacerme Leo esa pregunta, los músculos de mi cuerpo se tensaron; por la sorpresa, por lo inesperado de aquella conversación que estaba a punto de iniciar, porque, sin pedirlo, alguien iba a añadir otra nueva pieza con la que definir mejor su imagen.

—Mis padres tenían un anticuario y en él había un viejo piano que era con el que yo practicaba por las tardes cuando no había clientes. Un día, tu padre entró en la tienda, no recuerdo si acompañaba a tu abuelo o a tu abuela, pero sí recuerdo que buscaban un juego de sillas para el jardín, porque luego tuve que ayudar a mi padre a llevarlas hasta su casa. Solíamos tener encendida la radio, una Admiral de la Segunda Guerra Mundial que sonaba exactamente como se supone que debía sonar una radio tan antigua, pero sintonizaba bien, y aquel día sonaba Whole lot of shakin' going on. *Yo, que había abandonado el piano para refugiarme dentro del despacho de mi padre, y así no molestar tal y como me tenían dicho, escuché de pronto que mi piano sonaba acompañando aquella maldita canción. No me gustó nada, Eliott, era mi piano. —Arrugó la frente haciendo énfasis en aquello antes de proseguir—. Por eso salí del despacho, dispuesto a levantar de ahí a quien fuera que se había atrevido a tocarlo sin pedirme permiso. Y ahí estaba tu padre, tocando como el mismísimo Jerry Lee Lewis. Yo iba al conservatorio, conocía a todos los chicos que eran alumnos como yo, pero esa cara engreída que tenía él —sonrió— no la había visto nunca. ¡Obviamente, me pregunté quién repámpanos era! Y descubrí que tu padre no sabía leer una maldita partitura, jamás había dado una clase de solfeo y no sabía ni dónde estaba el conservatorio, pero se había sentado en mi piano y, tras escuchar unos compases y recorrer*

una sola vez las teclas del piano, se había puesto a tocar la canción de la radio como si la hubiera compuesto él mismo. Erick era un maldito genio. Evidentemente, no me quedó más remedio que hacerme amigo suyo.

—Bonita historia —le contesté mientras en mi cabeza lo único que retenía era que había tildado de engreído a mi padre y las ganas de darle un puñetazo que eso me provocaba.

—Erick tenía un don, su oído absoluto le hacía capaz de reproducir cualquier cosa que escuchase —continuó—, pero tú... Tú no solo has heredado esa memoria auditiva, tú creas, Eliott. Hoy en día, cualquier ordenador puede reproducir una partitura, pueden fabricarse puñeteros robots que se sienten en un piano para amenizar los salones de los hoteles lujosos, pero ninguna máquina es capaz de componer algo nuevo, algo grandioso, algo que perdure, algo que merezca la pena...

Leo se levantó, me dio la espalda y miró por la ventana:

—Jamás pensé que aquel viaje a España sería un adiós, que sería la última vez que nos veríamos. Y es que así de insegura es esta vida; nadie sabe cuándo terminará su camino. Un día estás y al otro, quizá no. Por eso, espabila, Eliott. Haz que merezca la pena cada día, aprovecha esta oportunidad e intenta dejar aquí algo de lo que puedas sentirte orgulloso. Pasea firme por la vida, no dejes que sea ella la que pase por ti. —Podría haber terminado la charla con esa frase lapidaria, pero no. Leo cambió el semblante condescendiente por otro severo, rodeó el escritorio, caminó hacia la puerta y me la abrió—: ¡Así que mueve tu culo y deja de presentar la mierda de composiciones facilonas y repetitivas que estás haciendo!

¿Sentirme orgulloso de algo? Si ahora mismo siento como si tuviera medio cuerpo hundido en un lodazal... Quizás esto me venga grande, puede que sea un farsante, que en mí no habite un

genio de la música como todos pensabais. ¿Pero sabes qué? Que no puedo perder esto, no puedo consentir que mi ineficacia me haga perder esta oportunidad, porque la alternativa sería volver, y eso es algo imposible. Regresar no es una opción. Jamás lo será.

No volveré a casa, Lara. ¡No volveré!

No volveré. No volveré. No volveré.

No volveré. No volveré.

No volveré.

Eliott

Octubre, 2015

Lara notó que había dejado de llover. El repiqueteo de las gotas contra los cristales de su ventana había cesado con el final de aquella carta que le había transmitido tanta frustración que sintió la necesidad de inhalar aire fresco. Por ello, abrió la ventana y, al hacerlo, la habitación se inundó de humedad y la respiró con profundidad.

Ella solía sentarse allí años atrás, con los pies por fuera, sobre la repisa del porche que quedaba justo debajo y desde donde veía tanto la antigua habitación de Eliott como la cuesta por donde tantas veces lo había visto ascender, con las manos metidas dentro de los bolsillos de sus vaqueros como si debiera protegerlas. Hacía tiempo que no se sentaba ahí, pero algo dentro de ella la empujó a hacerlo y, durante unos minutos, tan solo se concentró en seguir respirando.

Capítulo 4

Enero, 2005

La profesora de Ciencias del Medio Ambiente hablaba sobre el impacto de los acuíferos en las fallas geológicas; sin embargo, aquel día Lara no lograba prestar atención a sus explicaciones. Se esforzaba inútilmente en tomar apuntes, pero no tenía ánimos de escuchar. Su padre había tenido otra noche de esas en las que se abrazaba a una botella de *whisky*. Se había quedado dormido en su sillón del salón, aún con el traje de chaqueta puesto y, cuando Lara se había despertado, lo había encontrado apestando a alcohol con buena parte de la botella derramada sobre sus pantalones. Apurada al ver que él volvería a llegar tarde a su puesto de ingeniero en la empresa energética, le había arrastrado a la ducha, le había ayudado a vestirse con ropa limpia y le había pagado un taxi en el que lo había dejado sentado con un termo de café bien cargado en la mano, gastándose así lo que había ganado aquella semana gracias a la buena voluntad de la señora Anna por limpiarle la casa.

Todo aquello había provocado que a ella no le hubiese dado tiempo a desayunar, ni siquiera a lavarse los dientes o a cepillarse el pelo y que, cuando ya había alcanzado el autobús, recordase que aquel día le tocaba ir a casa de la señora Ruth a la salida de clase para ayudarla a bañarse y que no había tirado el resto de la botella del *whisky* antes de salir, por lo que, cuando regresara a casa de nuevo, con seguridad, esta volvería a estar en manos de su padre.

Cuando terminaron las clases, llovía a mares. Todavía en el aula, Lara sintió que el tono del cielo se pintaba con la misma tonalidad con la que alguien interpretaría el color de su espíritu y suspiró fuerte, provocando que algunos compañeros se girasen para mirarla. Se escurrió en el asiento pensando que aquel era un día más o, lo que era más esperanzador, un día menos allí.

Un efecto secundario de aquellas odiosas tormentas en Portland eran los atascos de tráfico. El autobús se estaba retrasando demasiado y sabía que, si no llegaba puntual a casa de la señora Ruth, esta no le abriría la puerta porque desconfiaba de la gente impuntual. Le había costado mucho que aquella anciana dejase de considerarla a ella como a una extraña de la que no se podía fiar, pero ir andando hasta su casa era del todo imposible. Demasiado lejos, demasiada lluvia.

A Molly la había ido a recoger su madre en coche y, a pesar de la insistencia de esta a que se fuera con ellos, Lara se había negado; sabía que habrían modificado su trayecto para poder dejarla en casa de la señora Ruth. La de Molly era una familia más que numerosa: cinco hermanos, cuatro aquella tarde dentro del coche, y Lara envidiaba tremendamente a su amiga porque ella tenía una familia real, con alboroto, peleas, risas cómplices y un hilo de amor imperfecto que los unía.

—Pero ¡si te podemos hacer sitio, Lara! —La madre había mirado hacia un hueco inexistente.

—No te preocupes, Dora, el autobús estará a punto de llegar; además, Eliott lo cogerá conmigo. Tiene clase en el conservatorio y está al lado de mi voluntariado de hoy.

—¿Estás segura?

—No seas plasta, mamá. A nadie le apetece meterse en el coche con dos niñas insoportables y un bebé llorón en medio de un atasco —había dicho Molly, sentada cómodamente en el asiento delantero.

—No, de verdad, gracias. No pasa nada —había agradecido Lara antes de fulminar con la mirada a su amiga por hablar así a su madre.

—Amiga, sabes que digo la verdad.

—Si no necesitara que cuidases de las niñas al llegar a casa, te echaría del coche ahora mismo y montaría a Lara en tu lugar —había protestado indignada la cabeza de familia.

—¡Ya llega el autobús! —Lara había mentido para poder escaparse de aquella incómoda situación y se había despedido sin darles tiempo a continuar con la discusión.

El coche se había marchado al fin sin ella y llevaba un buen rato esperando en la parada, sepultada entre alumnos con paraguas que goteaban en sus pies.

Cuando finalmente subió al autobús, se dejó caer con pesadez en un asiento del final y resopló. Al alzar la vista consiguió distinguir, entre los últimos alumnos que subían, el pelo oscuro de Eliott, no más despeinado de lo habitual, pero mojado. Hablaba con dos chicas que se sentaron a su lado con una provocativa sonrisa. Lara las conocía, eran del equipo de animadoras y ya las había visto revolotear cerca de él. Dio por hecho que ellas habían sido las que lo habían retenido a la salida del instituto. Al llegar a su parada bajó, abrió enérgicamente su paraguas y echó a andar apurada por su retraso.

—¿Tienes que apagar un fuego o qué? —gritó Eliott a sus espaldas.

Corrió para alcanzarla y se metió bajo su paraguas.

—Hoy me toca ir a casa de la señora Ruth —dijo como toda explicación.

Eliott silbó hacia dentro entre dientes y estiró los labios.

—¿Tus admiradoras no te acompañan hasta el conservatorio? —le preguntó ella mirando alrededor.

—¡Demasiado bien sabes que no las aguanto!

—Pues lo disimulas genial. De hecho, que les calientes el oído y las mires de esa forma... tan... tan zalamera les lanza mensajes muy claros.

Lara caminaba firme, como siempre, con la nariz apuntando al cielo y sin mirarle. Solo podía pensar en qué palabras utilizar para convencer a la señora Ruth de que aún podía ser alguien de confianza, aunque llegase tarde.

—¿Zalamera? ¿De qué forma? ¿De esta? —La agarró por el cuello para acercar su cara hasta el punto de ver reflejados sus ojos pardos en los azules de él, que había torcido hacia la nariz, consiguiendo que Lara riera y se relajase un poco—. Porque la verdad es que les he mentido. Les he dicho que hoy no tenía clase de piano y que tenía planes contigo.

—¡Eliott! Deja de utilizarme. Paso de que tus amiguitas las animadoras me miren con cara de asco cada vez que me usas para librarte de ellas. De ahora en adelante, hazme un favor, ¡apáñatelas tú solo!

—No te miran mal, solo son tontas celosas. Saben que mi corazón es únicamente tuyo.

—Eres un cretino, ¿lo sabías? —dijo Lara negando con una sonrisa en la cara, mirándole de reojo.

—Pero me quieres —resolvió él burlón—. Por cierto, el partido del viernes será a las cinco, lo han retrasado. Podréis venir, ¿verdad? Sin mis amuletos de la suerte no soy nada.

—Supongo. —Lara se encogió de hombros escondiendo sus pensamientos: si su padre decidía terminar de beberse la botella en soledad, esperaba que al menos se hubiese quedado ya dormido antes de su regreso a casa, así dormiría las horas necesarias.

Se despidió de Eliott con un rápido movimiento de muñeca cuando llegaron al conservatorio y aceleró aún más sus pasos.

Eliott le había dicho innumerables veces que ella tenía un andar muy peculiar: sinuoso, contundente e irresistible, por lo que continuó con paso recto hacia la casa de la señora Ruth, segura de que él continuaría mirándola durante un rato.

Febrero, 2006

Querida Lara:

Tan solo estoy a una hora en tren del centro de Londres y aún no he ido a visitar a mis tías. Apenas las recuerdo y es una situación a la que no me apetece enfrentarme ahora. Las he llamado por teléfono y ha sido raro. No quiero imaginar lo que puede ser presentarse en la puerta de su casa. Se supone que tenemos en común a mi padre, pero la terrible conversación saldría a la luz y no estoy preparado para enfrentarme a ella. No sé si algún día lo estaré. Aunque quizá solo se limiten a contarme sus historias de infancia y eso estaría bien. Me digo a mí mismo que esa visita puede esperar y que, definir quién fue, hacerlo más real en mi mente, no lo va a hacer más real en mi vida.

A pocos pasos de la residencia hay una iglesia, suelo ir allí cuando siento que me ahogo, cuando las preguntas se agolpan dentro de mi cabeza y me siento víctima del destino. Algo mágico hay ahí dentro, Lara; siempre encuentro la paz. Hay muchas más, casi todos los colleges *tienen su propia capilla y hasta hay un templo redondo, con su fascinante historia templaria que tanto te habría gustado investigar.*

Estas últimas semanas me he dedicado a recorrer la ciudad, a conocerla, a entenderla... ¿Sabes que en el museo Fitzwilliam está la biblioteca más importante sobre la Antártida, en memoria del capitán Scott y su arriesgada expedición polar? Son el tipo de sitios a los que tengo que ir solo, el tipo de experiencias que preferiría mil veces poder estar viviendo contigo. Todo esto pierde parte de su atractivo sin ti, y aquí hay mucho que ver. Pero los chicos parecen estar interesados tan solo en conocerse todos y cada unos de los pubs*. Si les insinuase que la Antártida es un tema de conversación interesante y que visitar el museo es una alternativa real a los* pubs*, me mirarían con auténtica compasión.*

He intentado buscar en Cambridge algo que llene el profundo hueco que siento en el centro del pecho, el que me impide trabajar, por el que se cuela la más mínima inspiración, pero aún no consigo hacer mías las calles empedradas. Aún sigo atrapado allí donde tú estás.

En Cambridge no para de llover, pero la lluvia es muy distinta a la de Portland, o al menos eso me parece. Aquí es como un fino manto intermitente del que a veces no eres consciente antes de que pare; allí llovía siempre a raudales. Motivos tan insignificantes como este llevan mi mente hasta Portland y me hacen extrañar cosas como mi caseta de la azotea; era el mejor refugio del mundo para fumarme un cigarro y leer. Ese lugar fue, y siempre será, la noche perfecta. También echo en falta los partidos de los viernes y a los chicos. Me preocupa pensar quién habrá entrado ahora en la cabeza de Molly y, sobre todo, por encima de todo, extraño nuestros domingos en la montaña. Te he dejado sola, ¿te acompañará alguien en mi lugar? Pensar que Harvey sea el que lo haga me atormenta, pero sé que soy injusto, me voy dando cuenta.

Llamarte se me hace imposible y mandarte estas cartas es impensable porque, con mi torpeza, podría hacerte daño cualquiera de mis frases. Aunque intentara contarte solo banalidades, tú sabrías leer entre líneas, lo sabrías todo. Y te prometo que, si alguna excusa tengo, es que no quiero hacerte daño. Además, ¿quién envía ya cartas? ¿Recuerdas?

Creí que el dolor lo dejaría allí contigo, pero los sentimientos te persiguen donde quiera que vayas, no hay sitio donde esconderse de ellos. Espero que algún día entiendas mi decisión. Siempre me has comprendido; solo que ahora, además, tendrás que perdonarme.

Eliott

Octubre, 2015

Pensar en Erick Warren la hacía sonreír. Era incapaz de pronunciar una palabra sin aquel acento anglosajón y solía llamarla «Lalalara», como si su nombre fuera una melodía en sí misma. La imagen que conservaba de él era la de su espalda encorvada sobre el piano, el que se carcomía ahora en su salón, aunque a veces la confundía con la de Eliott en su mente. Su etapa de vecinos había durado relativamente poco a causa de su repentina e inesperada muerte (una benevolente, a su parecer, si la comparaba con el largo y agónico padecimiento de su propia madre).

Tanto Lara como Eliott habían sufrido la pérdida de uno de sus padres, pero eso no había sido motivo de mayor unión. De hecho, Eliott había decidido refugiarse en la fe, no en ella. Había acudido al fraile George, alguien al que había conocido cuando su padre había ido un año atrás a afinar el órgano de la parroquia de St. John Baptist en Milwaukee y que le había embelesado con charlas sobre lo divino y lo humano. Tras la muerte de su padre, Eliott había llegado incluso a quedarse varios días durmiendo allí y, al salir, llevaba una Tau de madera al cuello que no se quitó jamás. Había elegido un camino perpendicular al de Lara para curar el dolor, porque ella sabía con absoluta certeza que Dios no existía más que en los cuentos dominicales.

Para ella no había otra vida más allá, ni segundas oportunidades, ni reencuentros celestiales. Ella no contaba con ese mensaje esperanzador que consolase su corazón. Ella no se engañaba.

El reloj de su muñeca marcaba las doce de la noche y volvía a llover, pero de otra forma, más suave, compasiva, acogedora... Esa lluvia creaba una melodía que Lara había escuchado antes, en una noche que había sido perfecta.

Aquellas cartas enrarecidas habían hecho que los recuerdos grises, abandonados en recovecos de su mente, se pintaran con colores vivos de nuevo. Volvió a sentirse con dieciocho años, cuando lo más emocionante de la semana era acudir a los absurdos partidos de baloncesto, cuando los domingos aún se internaban en Forest Park y subían a la que sentía *su* montaña. Aquello también se lo había robado Eliott, y se le antojaban siglos desde la última vez que había estado allí arriba. Recordar los años en los que era inexcusable la idea de no acudir a su cita le pellizcó el corazón. Si cerraba los ojos, aparecía la imagen de sus zapatillas rosas arrastrándose sobre el sendero, ascendiendo pesadas, dirigiendo a una Lara ni adolescente ni adulta, llena de cargas que deseaba soltar bajo las ramas del árbol solitario que se alzaba en medio del inmenso bosque en lo alto de aquella montaña. El recuerdo que comenzó a cobrar vida en su mente fue el del día que Eliott la esperaba a mitad de camino, sentado en uno de los enormes troncos cubiertos de musgo que salpicaban toda la subida, rodeado de altos pinos que atenuaban la luz de la tarde sobre ellos. Recordó la imagen de sus ojos azules alzándose hacia ella, sonriéndole con picardía.

—¡Toma! —Eliott le había alargado un paquetito hacia sus manos y de un salto se había puesto en pie frente a ella.

Casi podía sentirlo de verdad materializado a centímetros de ella y, como si hubiera viajado por una franja espaciotemporal, alzó las manos hacia él.

—¿Y esto qué es, Eliott? —Lara había acogido la bolsita entre sus manos sorprendida.

—Para que engordes —había bromeado él antes de despejarse en un soplido el pelo que se confundía con la oscuridad de la noche.

—¿Un soborno corrupto?

—Quería pedirte perdón por lo de las animadoras. Yo no quiero que nadie te mire mal y menos por mi culpa.

Ella le había besado la mejilla tras escucharle, lo recordaba como si hubiera sucedido aquella misma tarde, y por eso tocó sus labios intentando activar la memoria de sus terminaciones nerviosas. Después, ella se había enganchado a su brazo para proseguir el ascenso compartiendo las gominolas.

—Eres tonto si piensas que yo me enfadaría contigo a causa de esas acosadoras tuyas. No les puedo reprochar que estén locas por mi mejor amigo... No te conocen tanto como yo —rio con malicia—. Pero te advierto una cosa: ¡si vuelven a mirarme mal les pongo un ojo morado!

Eliott le había sonreído antes de desviar la mirada al frente, consciente quizá de que era verdad: ella conocía sus demonios. Él le había echado el brazo por encima de los hombros y Lara se abrazó a sí misma para contener la calidez del recuerdo. Aquel lugar, bajo su hombro, pegada a su pecho; aquel lugar, el que había sentido el más seguro del mundo. Se habían dirigido como autómatas al frondoso cedro bajo el que ella se sentaba de piernas cruzadas, bajo unas ramas muy verdes que se mecían con la leve brisa del anochecer, mientras que él se alejaba un poco para fumarse un cigarro y concederle la intimidad que ella necesitaba. Aquel árbol era el santuario de Lara, su lugar de recogimiento; era todo lo que un templo significaba para Eliott.

Sí, él también le había quitado aquello. Él se lo había dado para luego arrebatárselo, para dejarle un recuerdo abrasador que lo había calcinado todo...

Ella tenía nueve años el domingo en que había muerto su madre. Eliott aún vivía en la casa de al lado, y todos querían que se fuera con él para alejarla de un padre enloquecido de dolor, pero ella quería quedarse con su madre, que yacía en la cama tras la larga agonía de un cáncer terminal. Había comenzado a chillar sin control cuando la habían agarrado a la fuerza para sacarla de su casa, llevarla a la que había al otro lado de la cerca y encerrarla en el cuarto de su amigo. Con el tiempo había comprendido que tan solo habían pretendido que ella no viera cómo sacaban el cuerpo de su madre para llevarlo a la funeraria, pero todavía recordaba el dolor de sus puños al aporrear la madera con todas sus fuerzas. Eliott la había dejado desahogarse contra su puerta en silencio y, al ver que aflojaba su fuerza, había tomado una de sus manos y la había sostenido sin soltarla y sin mediar palabra mientras oían los gritos y llantos ahogados de su padre desde la casa de al lado. Finalmente, su amigo había tirado con determinación de ella.

Lara creía recordar que habían salido por la ventana de la habitación de Eliott, pero ahora aquella altura le parecía imposible de saltar a esa edad; quizá simplemente habían conseguido salir del cuarto para escurrirse escaleras abajo en su escapada. Fuera como fuese, habían conseguido correr lejos de la casa sin que nadie lo notara. Él corría cuesta arriba con su amiga agarrándole fuerte de la mano, y habían ido allí, a la escondida elevación entre los pinos, arces y abetos gigantes en la que destacaba un único cedro rojo coronando la montaña. Eliott sabía que Lara solía pasear con su madre los domingos a última hora de la tarde, las había visto a menudo a través de la ventana internarse en el bosque y subir la ladera. Lara le había contado que allí arriba estaba el árbol más bonito del mundo y que era mágico, pues su madre aseguraba que bajo sus ramas se podía respirar paz aunque el mundo temblase.

Desde entonces, cada domingo desde aquel en que su madre había muerto, Lara había ido allí para sentirse cerca de su recuerdo mientras Eliott intentaba convencerla para que fuera más allá, para que se desahogara hablando con ella, con su espíritu, su alma o lo que fuera que perdurase después de la muerte. Le había hecho caso una vez, pero se había sentido ridícula. Su madre no estaba en ningún cielo; era un puñado de cenizas esparcidas bajo sus pies...

A Lara le había resultado imposible volver a aquel lugar sin él y hubiese querido echárselo en cara a gritos en aquel preciso instante, pero ¿quién sabía dónde estaba Eliott Warren?

Entonces apoyó la cara sobre la almohada. Era la una de la madrugada y sentía que necesitaba parar, aunque fuera solo por unos minutos. Pensó en Harvey, en que no la había llamado y en que ni siquiera le había mandado un mensaje al móvil para interesarse por el contenido de las cartas o por su estado de ánimo. En realidad, sabía que esa era su forma de proceder: darle lo que necesitaba cuando lo necesitaba. Y ella necesitaba tiempo, requería espacio, y, por tanto, él no daría señales de vida hasta que fuera ella quien acudiera a él.

Capítulo 5

Abril, 2006

Querida Lara:

Te llevarías bien con Chris. Tú y tu extraño interés por los casos perdidos.

Jamás pensé que conocería a alguien que superase a Johnny, pero es que Chris es raro de narices... Hay momentos en que, aun estando en plena conversación con él, se queda absorto en su mundo particular, con los ojos como en blanco, totalmente ido. He llegado a pensar más de una vez que logra entrar en trance, como si le hipnotizasen. Yo sigo hablando y, de alguna forma, consigue reengancharse en la conversación como si no se hubiese ausentado, pero sé que lo hace.

Últimamente, le ha dado por despertarme en mitad de la madrugada, violín en mano, para tocarme algo desde el umbral de la puerta de mi habitación, como si a él no le afectaran los horarios ni las normas de la residencia. Al principio, intentaba detenerle, hasta que me di cuenta de que no lograba que se marchase hasta que hubiese tocado lo que fuera, por lo que es mejor fingir que le escucho, aunque mantenga los ojos cerrados. Termina, se va, le mando al infierno entre dientes y regreso a la cama.

Por algún motivo es el ojito derecho de Leo. No le obliga a trabajar tanto como a los demás; quizá sabe que, si lo agobia, lo dejará todo sin importarle absolutamente nada. ¿Hay que tener un grado de locura para valer para esto? ¿Es eso lo que me falta a mí? ¿Necesito volverme aún más loco para conseguir escribir tres estrofas coherentes? ¿Qué clase de locura es la que necesita un genio? A lo largo de toda mi vida me han dicho que lo era, que tenía cualidades poco vistas, que destacaría y triunfaría, pero no me siento en absoluto como un genio aquí. Yo sé cuál era el tipo de locura que me hacía componer cuando estaba allí, la que me hizo poder presentar la obra que me abrió estas puertas, pero estar loco de amor no es lo mismo que estar loco de dolor. Ahora nada funciona, estoy roto.

No soy especial, aquí soy alguien más, uno entre tantos. Leo no me hace mucho más caso que a los demás. Aquí no te hacen sentir único y es extraño que alguien, como tú solías hacer, te pida que toques solo para hacerle disfrutar. Cuando Chris irrumpe en mi habitación para tocarme algo nuevo que ha compuesto nunca espera a que le dé mi opinión; gira sus talones y desaparece antes por el pasillo. Tampoco es que me pille en condiciones para hacerle una valoración a esas horas..., pero creo que lo hace porque, como yo, duda de sí mismo.

A pesar de todo, de su locura y de la mía, ya me voy entendiendo mejor con él. Es fácil cuando tu mejor amigo no para de repetirte lo «genial que es este tío». Reconozco que se lo monta muy bien y tiene una gran facilidad de centrarse cuando lo que quiere es ligar con alguna chica. Como imaginarás, Johnny está encantado de tener, por fin, un compañero de «caza».

La otra noche accedí a salir con ellos, llevaba horas frente al teclado con la mente en blanco y sentí que necesitaba desconectar. Chris nos llevó a un pequeño local llamado Baron of Beer, ambien-

tado con música de Pink Floyd y Muse a toda caña. El sitio queda cerca de la academia y nada en su fachada, pintada de color azul y decorada con maceteros llenos de flores, sugiere que, al entrar, te vayas a encontrar con un lugar donde se puede ligar más que en una discoteca. ¡Fue impresionante ver la cantidad de chicas que estos dos conseguían atraer! Lara, te juro que algunas de las chicas eran realmente guapas, con un estilo europeo elegante muy diferente al variado y estrafalario de Portland. ¡Se reían de lo lindo con los torpes intentos de ligoteo de Johnny! Fue muy divertido, la verdad.

Ellos podrían haberse llevado a cualquiera de aquellas chicas a la cama, pero yo no. Ellas reaccionaban de forma distinta conmigo; quizá porque, cada vez que hablaba con una, sentía que detrás de mí estaban tus ojos mirándome.

Voy a tener que empezar a asimilar la decisión que tomé porque, si no, se volverá contra mí. Quizá no sea tan mala idea dejarme arrastrar por ellos... Ya que, ni a miles de kilómetros, soy capaz de dejarte atrás. Dentro de poco, hará ya un año.

Eliott

Octubre, 2015

Lara estrujó aquella carta entre las manos hasta que alcanzó el tamaño de una pelota de golf.

«Realmente guapas».

Quedaban muchas cartas por leer, pero, si hubiese tenido una trituradora a mano, las habría desintegrado todas en ese instante.

«Estilo europeo elegante».

Se sorprendió al sentir aquel pinchazo de celos en el estómago y, al instante, se rio de sí misma. Eran sentimientos del pasado, que de manera absurda afloraban como si hubiesen estado adormecidos en su interior. Lara se mordió el labio inferior y negó para sí misma sacudiendo la cabeza envuelta por lo absurdo de su reacción.

Recuperó el papel arrugado, volvió a releer la carta y obtuvo dos revelaciones en esas líneas: por un lado, que Eliott no era consciente de cuán inmenso era su don, y por otro, algo contrario a lo que llevaba años asumiendo, que él había estado enamorado de ella, de verdad, más de lo que en ningún momento había considerado posible. Pero Harvey apareció en su vida, irónicamente, cuando el amor entre ellos dos, amigos desde la infancia, aporreaba las puertas de sus jóvenes corazones para ser liberado. Debió de ser algo frustrante para Eliott. O no..., porque ¿quién había sabido alguna vez lo que él tenía en el interior de su cabeza y, aún menos, dentro de su corazón? Apenas comenzaba ella a descubrirlo con esas cartas.

Lo que sí tenía claro era lo que para ella había supuesto la llegada de Harvey a su vida: sumirse en un mar de confusión. Recordar el día en que le había conocido siempre dibujaba una sonrisa en su cara y, durante mucho tiempo, había considerado aquel primer encuentro digno de una de las novelas románticas que tanto disfrutaba leyendo.

Había sido una mañana en la que el petricor había inundado su cuarto al abrir la ventana, en la que había descorrido las cortinas para dejar entrar los rayos de un sol radiante tan ansiado a lo largo de una semana lluviosa. Recordaba que, por aquel entonces, aún llevaba el corrector dental nocturno; torció la boca rememorando lo incómodo que era y buscó la foto de la pared en la que salía con él puesto (era de una fiesta de pijamas en casa de Molly). Luego buscó la primera foto de Harvey.

Diez años atrás, aquel día luminoso la había llenado de deseo por pasear. Prácticamente, se había arrancado el pijama de corazones rojos para coger el primer pantalón vaquero que había alcanzado del armario, se había recogido su pelo en una alta cola de caballo y, sigilosamente, para no despertar a su padre, se había deslizado escaleras abajo.

Había pedaleado hacia el bosque con un libro metido entre la barriga y el pantalón.

Todos los habitantes de Portland estaban muy orgullosos de aquel espeso paraje de trece kilómetros que se extendía sobre las pendientes que descendían hacia el río Willamette; todos excepto posiblemente la madre de Eliott. A Lara le encantaba perderse por sus senderos sobre todo en otoño, cuando la arboleda se convertía en una paleta de tonos ocres, rojizos y marrones. Esa era la imagen que solía representar a Oregón, junto con la imagen del monte Hood con su cumbre siempre nevada.

¡Qué sensación de libertad la embargaba siempre que se escapaba hacia allí! Aún más aquel día, con el aroma de la hierba mojada por el rocío rezumando en la punta de su nariz. En aquella ocasión se había internado más de lo acostumbrado y quizás ese cambio de asentamiento fue lo que había sentenciado su destino, pensó. Se dijo a sí misma que, si en aquel instante quisiera encontrar el árbol por el que había trepado ese día, sería incapaz de encontrarlo. Sin embargo, sí recordaba que llegar hasta la rama en la que se había sentado, aparentemente fiable, le había costado algunos arañazos; aunque la sensación de sentirse allí arriba había sido más poderosa que el escozor. ¿Por qué ya no leía subida a los árboles? Se lamentó ante la evidencia de que el tiempo le había robado placeres que de forma absurda atribuía con exclusividad a la juventud.

Harvey había irrumpido en su vida con un sobresalto a la paz, a la de aquel momento, a la de su vida en general. Al principio, había sido un ruido a lo lejos de pasos fangosos que se abrían camino hacia ella, luego se había convertido en una sombra alargada que se encogía metro a metro en avanzada. ¿Quién era el osado que se atrevía a penetrar en su pequeño refugio? Eso había sido Harvey, un invasor inoportuno.

Lara arrancó la chincheta que sujetaba la foto de su novio para mirarla de cerca, para dibujar en su mente aquella sonrisa juvenil, sus ojos oscuros, aquel peinado cuidado que le había acompañado durante una década y que le daba un aire de los años cuarenta... Ahora tenía algunas canas que se esforzaba en camuflar y la mandíbula algo más cuadrada, pero el muchacho de aquella foto la miraba de la misma manera cada día. Perfiló con la yema del índice su pelo, esa cabellera rubia que se había abierto paso a su mirada entre las ramas cuando se había asomado de forma temeraria para descubrir al intruso. Harvey llevaba unos auriculares que tapaban sus orejas y una camisa de cuadros arrugada y liada en su hombro sobre una camiseta ajustada que revelaba de forma generosa su torso bien formado. Sonrió con aquella imagen en su mente; ahora sabía que ver eso había sido demasiado para una Lara de dieciocho años que aún no había recibido un beso en condiciones. Aquello la había dejado muda, la había hecho camuflarse allí arriba deseando no ser descubierta y, para cuando había podido reaccionar, había sido demasiado tarde, pues el desconocido ya se había sentado bajo su árbol. Ella había intentado guardar silencio, no moverse, pero el chico la había descubierto al inclinar su cabeza atrás para reposarla sobre el tronco. Harvey había usado su mano como visera y se había quitado los auriculares de las orejas, dejando que la música trepara hasta ella. No recordaba qué grupo sonaba, pero aquella mirada, su primera mirada, jamás la olvidaría, porque sus ojos habían sonreído alegres, sorprendidos y también guasones.

—No está bien espiar a la gente, ¿sabes? —le había dicho en tono socarrón y con el ceño fruncido, cegado por el sol.

—¿Quién espía a quién aquí? —había respondido ella, insolente, notando que un calor abrasador se centraba en sus mejillas.

—¿Te piensas quedar ahí arriba? Vas a partirte la cabeza. Yo que tú, me bajaba y buscaba un sitio más seguro que ese, chica.

—Muchas gracias por preocuparte por mi integridad física, pero no. No pienso irme. Si te molesta que yo esté aquí, *chico*, lo siento, pero el bosque cuenta con más de cinco mil acres y seguro que encontrarás otro árbol. Este lo he pillado yo primero.

Era mayor de edad legalmente, por fin, porque ella llevaba sintiéndose adulta mucho tiempo ya. Llevaba adelante sola una casa, cuidaba de su padre, de los ancianos del voluntariado, de sí misma... Creía con firmeza que todo aquello le proporcionaba la madurez suficiente como para que nadie se dirigiese a ella usando un tono condescendiente, por muy guapo que fuera.

—No tengo ninguna intención de irme a otro sitio, ya estoy cansado de andar —había contestado Harvey, acomodándose unos metros debajo de ella.

No parecía alguien peligroso, sino más bien un muchacho con porte estirado, como el que tenía la gente con pasta de Collins View, con sus deportivas de marca, su melena al corte clásico... Por la edad que aparentaba, había supuesto que estaba en la Universidad, pero Forest Park no era un lugar muy frecuentado por los estudiantes del otro lado del río en el que se encontraba la Universidad de Portland y por eso se había preguntado si no sería más que un turista solitario.

—Pues haz lo que te dé la gana —había respondido ella escondiendo una sonrisa y cediendo a su juego de alfas.

Harvey había permanecido inmóvil durante más de veinte minutos, con los ojos cerrados, estirando de vez en cuando cada músculo de brazos y espalda, posiblemente a propósito para atraer su mirada. ¡Demonios! Harvey lo había conseguido, sonrió Lara al recordarlo. Había logrado que sus ojos se desviaran hacia su piel encendida que absorbía los inestimables rayos de sol, tan ausentes durante demasiados días por allí; su mirada había buscado los recovecos entre las ramas para observarle, hasta que él la había descubierto de nuevo.

—¿Qué lees? —le había preguntado sin incidir en que había vuelto a sorprenderla, pero ella no le había contestado con palabras. Recordaba cómo, en su lugar, le había lanzado el ejemplar desde arriba.

—*Emma*... Mmm... Así que eres de las de Austen, hermanas Brontë y demás.

—Supongo que sí. —Lara le había regalado una sonrisa bobalicona, sorprendida de que él supiera el nombre de aquellas autoras.

Por aquel entonces, ella habría apostado la cabeza a que cualquiera de los chicos de su instituto habría asociado esos nombres a modelos publicitarias, aunque para ella fueran diosas literarias. Que él mostrara cierto conocimiento, aunque fuera básico y elemental, de las escritoras victorianas y georgianas, le había supuesto una conexión mágica; un vínculo que había durado solo unos segundos.

—Romántica, soñadora... —había comentado antes de chascar la lengua—. Predecible, al fin y al cabo. —Harvey había desenrollado su camisa para ponérsela y había añadido—: Si quieres el libro, me temo que tendrás que bajar por él, porque yo no voy a trepar para devolvértelo. No me veo capaz de conseguir llegar hasta ti sin romperme algún hueso.

¡Cómo le había ofendido aquel último adjetivo! ¿Predecible? Ella, que vivía cada día sometida a los comportamientos volátiles de su padre, que se adaptaba a los días grises, que remaba contra corriente, que luchaba por vivir lejos...

Lara alzó las cejas repitiendo esa palabra en su cabeza, reconociendo, diez años después lo bien que la había calado Harvey desde el primer instante. No obstante, en aquel momento, había reaccionado de forma incendiaria: se había escurrido rama tras rama, notando los ojos del muchacho sobre ella hasta que había podido saltar, rechazando con orgullo la ayuda que le ofrecía, y, ya frente a él, tras descubrir a un muchacho bastante más alto de lo que había estimado desde su rama y con una cara terriblemente atractiva, había alzado la barbilla.

—Autosuficiente y, además, hábil. Una chica que no necesita la ayuda de nadie —había añadido el chico entre sonrisas.

—Gracias, supongo. —Recuperando el tono ofendido, contrariada y entrecerrando los ojos, le había quitado el libro de las manos—. ¿Vas por ahí haciendo valoraciones a todo desconocido con el que te cruzas? Porque conmigo se te ha dado de pena.

—¿Siempre estás así de suspicaz o es que te asustaron de pequeña con lo de no hablar con los extraños? —Él había seguido con una sonrisa que manifestaba su sentida superioridad.

Lara solo había acertado a elevar una ceja, y revivió los deseos de abofetearle que habían brotado de ella con aquella pregunta, pero se había quedado inmóvil y sin palabras, como una tonta perdida en su mirada. Porque, por muy creído de sí mismo que resultase ser, también era el primer chico que clavaba sus ojos en ella de aquella forma. Como si fuera interesante, como si fuera algo novedoso.

—Yo no…

—Bueno, trepadora, dime cómo te llamas y así dejaremos de ser extraños.

—Lara —le había concedido.

Harvey había afirmado con la cabeza, seguro de su impresión, con una sonrisa que ella aún no conocía, que era incapaz de leer, y luego había comprobado la hora en su reloj de muñeca.

—Pues bien, Lara, me temo que debo marcharme ya. Os dejo todo el árbol a ti y a *Emma*.

El último fotograma de aquel encuentro, el que terminaba con aquel recuerdo guardado en su memoria, era de la cara ladeada de él, tras girarse unos pasos adelante, antes de gritar:

—Por cierto, ¡yo soy Harvey!

Capítulo 6

Febrero, 2005

Aquella tarde, Lara no prolongó mucho la conversación al cobijo del cedro. El ansia por hablar con su amigo superaba la quietud espiritual que necesitaba para centrar su mente en los recuerdos de su madre, porque aquella ocasión requería respuestas que un tronco no le podía proporcionar. Le hizo una señal a Eliott para que se acercara; él se estaba fumando un pitillo con la mirada perdida en el horizonte. Desde allí arriba se podía ver toda la ciudad como si fuera una gran maqueta y, si mirabas aún más allá, se distinguían las cumbres de los volcanes que rodeaban el municipio.

Él se retiró el cigarro de los labios, expulsó el humo y avanzó obediente hacia su amiga con ese caminar semiencorvado que le caracterizaba.

—He conocido a alguien esta mañana —le confesó ella mientras jugueteaba con los anillos de colores de sus dedos.

Eliott elevó sus cejas, pero no habló. Dio una calada e iluminó en la luz apagada de la tarde su rostro.

—Se llama Harvey —continuó la chica.

—¿Harvey? —preguntó desinteresado antes de echarle el humo en la cara para hacerla rabiar. Eliott había empezado a fumar a los quince, a escondidas de su madre, en memoria de su padre fumador, y Lara lo odiaba.

—¡Idiota! —Ella arrugó la nariz y le empujó en señal de protesta, pero él rio—. Ayer cogí la bici para venir al bosque, quería leer en paz, ya sabes... Y al rato apareció él, como si fuera un vaquero del Oeste entrando en un bar con la mano puesta sobre su arma. ¡Pretendía que me fuera de allí! —Sabía que eso no era cierto, pero si adornaba lo sucedido, quizás Eliott comenzara a escucharla de verdad.

—¡Pues vaya un imbécil! —dijo él tras resoplar de nuevo el humo, pero esta vez al frente.

—En absoluto —respondió Lara tajante.

—¿No era un imbécil?

—No, luego hablé un poco con él y me pareció un tipo diferente.

—Un tío simpático, vaya. —Eliott chasqueó la lengua.

—¡Qué va! ¡Tampoco tanto! Me hizo bajar del árbol para recoger mi libro. —Lara abrió el paquete de patatas fritas con el que Eliott la había sorprendido aquel domingo y comenzó a mordisquear una.

—¿Y qué leches hacía con tu libro? —Eliott empezó a prestarle atención.

—Me preguntó por el libro que leía, en plan enrollado, creo que para arreglar nuestro comienzo tan tenso, y yo se lo lancé desde arriba para que pudiera verlo —aclaró con desgana, como si fuera obvio.

—Arriba, en un árbol, ¿no? —Eliott se tapó la cara con la mano que sostenía el cigarro, preguntándose por qué ella amaba las alturas mientras que para él eran una auténtica pesadilla—. Entonces era un imbécil agradable. Lo siento, pero no lo pillo, Lara.

—¡Sí! La típica persona que en un primer instante te da mala impresión, pero que no puedes evitar que te caiga bien después, ¿sabes? —repitió ella con otra patata frita.

—Vamos, que estaba bueno.

—Sí, pero no es por eso —replicó contrariada.

—¡Ah, ah, ah...! No me cuentes historias. Tiene que ser el típico tío guaperas que va de sobrado. Un capullo. No pienses más en él. Total, puede que ni lo vuelvas a ver. —Eliott se apartó un mechón de pelo negro de los ojos y la miró como un juez tras dar sentencia.

A Lara le molestó oír eso. Le estaba contando con mucha dificultad que, por fin, un chico interesante, por no mencionarle que también era atractivo, le había prestado atención, y que estaba emocionada con ello, y él le quitaba importancia, lo convertía en algo irrelevante.

—¿Un capullo? Tú sí que eres un tonto de remate que no se entera de nada. No todos los chicos que se acercan a Molly o a mí tienen por qué tener intención de aprovecharse de nosotras. Quizá solo quieren conocernos... Quizá, tras hablar un poco, les podemos resultar interesantes. Lo de aprovecharse de chicas tontas es especialidad de otros, en realidad —le echó en cara.

—¡Vaya por Dios! Perdona si no te he entendido bien tras la perfecta explicación de lo que te ha ocurrido esta mañana, pero no arremetas contra mí, porque puede que sea idiota, pero no un capullo. Dime tú cuando me he acercado yo a una chica para aprovecharme de ella —dijo ofendido.

—No lo haces, pero sí que aprovechas la ocasión cuando se te acercan —apuntilló Lara.

Eliott le dio otra calada hasta consumir el cigarro y torció la boca en una sonrisa:

—No soy un capullo, pero tampoco soy un idiota.

Los dos se miraron y rieron sin remedio.

—Tienes razón, Eliott. Lo dejamos solo en que eres tonto de remate.

Febrero, 2007

Querida Lara:

No nos queda ni un penique. Nunca me había considerado un despilfarrador, pero los hechos hablan por sí solos: el dinero mensual que nos mandan desde casa se ha esfumado. Hemos estado dos semanas comiendo solamente unas latas de pasta precocinada que saben a rayos porque no tenemos suficiente ni para pagar los tiques del comedor. Dos latas por una libra.

Esta situación nos ha obligado a buscar trabajo. Estuvimos un par de días preguntando en pizzerías, pequeños establecimientos de comida rápida y cosas por el estilo, hasta que nos decidimos por preguntar en los departamentos de cáterin de los colleges. *Finalmente, el Selwyn College nos llamó. Alucinarías con lo bonito que es; lo forman en realidad un montón de edificios cubiertos por hiedra que trepa sobre sus ladrillos rojos, que rodean un extenso césped que mantienen impecable a diario. Nos pagan bien por verificar el servicio de cubiertos y de condimentos en las mesas del comedor, que ya puedes imaginarte lo elegante que es, todo forrado de madera y presidido por el retrato del reverendo George Augustus Selwyn, colgado sobre las cabezas del claustro de profesores. También servimos las mesas de forma individual, ¡con bandejas de plata!, y después lo recogemos todo cuando terminan. Dos veces en semana hacen cena de gala y todos, y cuando digo «todos» es TODOS, se visten con sus esmóquines y sus togas. De veras que a veces creo que estoy dentro de la película* El club de los poetas muertos *y que Maurice Jarré le está poniendo banda sonora a mi vida.*

Nuestro jefe es un gordinflón al que no hay quien le entienda; habla con un imposible acento escocés, está mellado y tiene el humor de un dóberman, pero los días que sobran postres nos ofrece uno a cada uno, y eso se convierte en nuestra cena gratuita.

Te estarás preguntando por qué Johnny también está trabajando; pues porque se ha negado a reconocer delante de Chris que es un niño rico. Después de todo, quizá venir hasta aquí conmigo le sirva en su vida para algo; ¡ahora puede poner en su currículum que ha trabajado de camarero en un cáterin escolar!

Puede que, desde fuera, todo esto, el sentirme solo, el tener que trabajar limpiando los desperdicios de otros y el sentirme infravalorado continuamente como pianista en la academia, sean señales luminosas que me advierten del error de mi elección. Sin embargo, esto es todo lo que puedo controlar, lo que sí puedo decidir, e incomprensiblemente empiezo a sentirme conforme con ello. Me he adaptado a mi nueva realidad.

Cuanto peor me siento y más complicadas se me presentan las cosas, más obstinado me vuelvo y más fuerzas reúno para encontrar en este país gris el sentido de mi existencia.

Eliott

Octubre, 2015

Eran las tres de la madrugada y a Lara le escocían los ojos de tanto leer, pero los latidos de su corazón seguían repiqueteando fuerte, lo que le impedía aceptar la idea de apartar la caja con las cartas restantes y dormir para proseguir el día siguiente.

Se levantó, estiró los brazos, se sujetó la cabeza para estirar el cuello a ambos lados y parpadeó varias veces seguidas en el intento de humedecer su vista. Decidió entonces coger las llaves del coche e ir por un café hasta Dutch Bross, que nunca cerraba. Condujo por las calles solitarias y apacibles hasta cruzar por el puente Burnside desde el que se tenían unas bonitas vistas del Downtown. Llegó en silencio hasta el aparcamiento exterior de la cafetería y estacionó allí casi de forma mecánica porque tenía la cabeza dentro de aquella ciudad inglesa que comenzaba a hacérsele real línea tras línea, que se colaba en su vida, que la agitaba, que conseguía casi materializar el recuerdo de Eliott en el asiento vacío que tenía al lado en su coche.

—Un café solo y... una de estas chocolatinas, tamaño grande —le dijo al chico con cara adormilada.

Se lo tomó allí mismo, en el aparcamiento del establecimiento y, bocado a bocado, se comió la enorme barrita de cacao y cacahuetes entre sorbos de café, envuelta por el silencio, viendo pasar por la autovía los faros de los coches y los camiones con destinos inciertos.

Eliott había escrito que estaba buscando el sentido de su vida. ¿Ese era el motivo de su marcha, de que lo hiciera de aquel modo? ¿Quién conoce el sentido de su existencia con dieciocho años? ¿Quién se preocupa por encontrarlo? Lara se hacía todas esas preguntas que, por otro lado, concordaban con la forma de ser que recordaba de su amigo. Todo siempre tan intenso en él, tan trascendental, tan determinante... Mientras ella había vivido un existencialismo puro y duro, una supervivencia extrema, una batalla contra la desgana en la que invertía todas sus energías por creer en un futuro mejor, él se cuestionaba su misión en la vida, los motivos por los que era importante cada vuelta que le dábamos al sol. Él había sido presente y Lara el sueño del futuro. Él había salido a por sus sueños, ella había dejado de soñar hacía tiempo.

Mayo, 2007

Querida Lara:

Todo fue un desastre. Hemos durado tan solo dos meses fregando platos y recogiendo mesas. Solo hizo falta que Chris se pusiera enfermo y faltara al trabajo para que Johnny echara por tierra nuestra nueva fuente de ingresos.

Se juntó que el gordinflón debía de tener un mal día con la actitud descuidada de Johnny, quien la fastidió al querer ahorrarse un viaje a las cocinas con aquella torre demasiado alta de platos; inevitablemente, un par de ellos se resbalaron al suelo justo antes de dejarlos en su sitio y se hicieron añicos, y toda esa masa sebosa de hombre se le tiró encima farfullando frases atropelladas que él era incapaz de entender porque la mitad de las sílabas le silbaban entre los dientes. Desde la otra punta del comedor vi cómo a Johnny se le desataba la risa, y con ello lo empeoró todo. El jefe cogió un plato y se lo puso cerca de las manos, repitiendo alterado algo así como que cada plato era patrimonio de la humanidad, que habían resistido a invasores y guerras. Y con uno de sus enérgicos movimientos, el ejemplar se le escurrió entre los dedos y también cayó al suelo. No sé cómo, pero ese plato no se rompió. Johnny se agachó para recogerlo, con tal mala pata que, al incorporarse, el brazo que sostenía el plato dio enérgicamente contra la nariz del hombre. ¡Le atizó un golpe tremendo! Hasta sonó. Yo alucinaba con la escena... Johnny no supo reaccionar y el otro se le tiró encima como un tiburón detrás de una sardina. ¿Qué podía hacer yo? Pues corrí hasta ellos y también le aticé. Se organizó lo más grande. En cuanto pudimos, salimos por pies de aquel lugar, yo con un puño hinchado y Johnny con un labio partido.

Aquella situación te puedo asegurar que fue horrible, pero ahora que han pasado unas semanas de aquello, no puedo más que reírme al recordar al flacucho de Johnny intentando esquivar los puños del escocés. Chris no se molestó con nosotros al perder el trabajo por nuestra culpa, no se inmutó en absoluto, solo quería que le contásemos una y otra vez la cómica pelea que hizo que Johnny no pudiera enrollarse con nadie durante semanas.

Lo peor no fue perder el trabajo, ni siquiera tener la entrada prohibida a aquel lugar que podría haberme inspirado una buena obra al estilo John Williams; lo terrible fue tener que estar alejado de las clases de piano por una temporada. Leo se tragó que había sufrido una caída tonta y tuve que soportar que me llamara torpe, descuidado y sinónimos por el estilo, junto con otra charla sobre lo efímero del tiempo.

Por otro lado, yo seguía necesitando el dinero (es lo que pasa cuando no tienes un padre que pueda rellenarme la tarjeta con solo descolgar el teléfono), por eso decidí salir en busca de un nuevo empleo, pero esta vez, solo. Fui a Scudamore's, la agencia más antigua de alquiler de barcazas para dar paseos por el río Cam. En mis caminatas por la ribera del río había visto muchas veces a los chicos de camisas blancas y chalecos azul marino que navegaban aguas arriba hacia el puente Magdalene o haciendo la ruta hacia Grantchester, y me dije: «¿Por qué no?». Con la mano recuperada no me costó trabajo conseguir el empleo, siempre hay mucha demanda de paseos por los turistas. Esto es como Venecia con sus góndolas, así que, sí, se podría decir que ahora soy un gondolero, aunque aquí las barcazas son de fondo plano y extremos cortados, y a navegar con ayuda de una pértiga se le llama hacer «punting». El primer día, un chico llamado Willis me dio las indicaciones sobre cómo navegar con la pértiga haciendo las veces de motor y de timón. Esto no es como conducir un coche, no hay un freno que pisar para detener la embarcación en seco para no chocar con otra barcaza.

Ya he dado unos veinte paseos, casi en su mayoría a orientales (¡esto está lleno de turistas asiáticos!), por lo que es casi como estar en casa... Los he hecho pasar bajo el puente Matemático y el de los Suspiros, que es tan bonito como el de Oxford y el de Venecia. Los he propulsado hasta el Queens, deseosos de poder ver al menos desde la ribera la trasera de las fachadas excelsas y nobles del Trinity y el King's College, más ahora que tienen su entrada restringida al profesorado y a los estudiantes. Son paseos realmente preciosos, que me despejan la mente, que me hacen escuchar conversaciones ajenas que me revelan la naturaleza de las personas y que me ejercitan la espalda y los brazos. Veinte días llevo así, Lara. Tengo agujetas hasta en los dientes.

Y sueño con llevarte a ti, con enseñarte todos los rincones de esta ciudad. Sueño que es posible, porque soñar es lo único que me queda.

Eliott

Eliott envuelto en una pelea era algo que no le sorprendía leer. A pesar de la aparente tranquilidad que solía irradiar su viejo amigo, ella había sido testigo de cómo se había enzarzado en más de un enfrentamiento en defensa del honor de Molly (siempre en entredicho por culpa de sus numerosos líos amorosos), por gestos chulescos contra algún rival en la cancha o con los novios de su madre cuando había considerado que no la trataban como merecía. Lara empezó a recordar todas las cosas que hacían irresistible a Eliott Warren, y entre ellas estaba su papel de protector, de honorable defensor del débil. Ojalá Molly hubiera sido más fuerte y avispada de adolescente para no haberle necesitado tantas veces, ojalá él no se hubiera alzado como capitán del equipo como si fuera un oficial al cargo de sus soldados, ojalá su madre no hubiera metido en casa a tantos hombres sin considerar antes las necesidades de su hijo...

Eliott también había llevado siempre su carga a los hombros y, a veces, se dejaba caer sobre ella, como punto de apoyo momentáneo. Ojalá no hubiera dejado de serlo, sintió Lara, y aquel sentimiento le dolió. No debería desear que Eliott no se hubiera marchado; su vida era tal cual era en aquel momento precisamente por su desaparición, y tenía una buena vida, una estable y feliz.

Lara soltó el aire que se había enranciado dentro de su pecho mientras producía aquella cascada de pensamientos. De pronto, todo dolía más, los colores a su alrededor eran más vivos, sus respiraciones eran más conscientes. Se había despertado de un letargo de sentimientos que había durado toda una década.

Alzó la mirada y descubrió sorprendida que un nuevo día comenzaba a irrumpir en el horizonte. El tiempo nunca se detenía, avanzaba inexorablemente, pero ella sentía que durante aquellas últimas horas había viajado al pasado.

Capítulo 7

Marzo, 2005

El olor a estiércol era algo que, curiosamente, Lara asociaba a la preciosa Molly. De forma apresurada, se había visto obligada a ir con Eliott a recogerla de sus clases de doma clásica en la granja de Foxridge. Iban en un bonito Camaro, el coche del nuevo novio de su madre. Él se lo había cogido sin permiso. Ella iba tensa sentada a su lado, pensando que su dueño denunciaría su desaparición y que, en cualquier momento, la policía les daría el alto. Como de costumbre, Lara era la responsable y él, el desafiante; y Molly, cuyas preocupaciones solían ser tan ligeras como el aire, centraría su atención en otro tema en cuanto se sentase en el asiento de detrás a la vuelta.

La rubia trotaba más derecha que un poste de un lado al otro dentro de la pista rectangular, mientras su entrenadora la dirigía sin cesar entre protestas.

—Diagonal desde «V» a «M». ¡Esa barbilla arriba, Molly! ¡Mete espuelas, haz que trote con más elegancia!

El caballo obedeció de buen grado con el cuello elevado aceptando de forma sumisa la embocadura. En cuanto Molly vio a sus amigos, paró el trote regular y suelto, y con un golpe seco e impulsivo, arrancó en un salvaje galope atravesando la pista. Saltó de la silla, como tenía prohibido bajarse, y pasó las riendas por encima de las puntiagudas orejas del animal para entregarlo a uno de los palafreneros.

—¡Eres una niña alocada e imprudente! ¡Cómo se nota que es tu padre el que paga las clases a las que no asistes o no terminas! La juventud de ahora no valéis para nada. En mi época sí valíamos, éramos gente formal, responsable... —La entrenadora se marchó hablando en voz alta y visiblemente furiosa con la nueva generación.

—Solo me voy cinco minutos antes, Olivia —respondió Molly lanzando una mueca a la espalda de la entrenadora.

Se quitó el casco, dejando caer su melena rubia sobre los hombros de una manera tan sensual como natural en ella. Lara no podía evitar mirar de reojo a Eliott para comprobar si también él admiraba su cuerpo escultural ceñido en unos pantalones oscuros de equitación. Las veces que veía miradas encontradas entre él y su amiga, sentía empequeñecerse y terminaba de mal humor recriminándole a Eliott que siempre estuviera comprándole golosinas. Por el contrario, en las ocasiones en que la mirada de Eliott estaba perdida, ella apoyaba la cabeza en su hombro para llamar su atención y se metía en la boca un fresón o cualquier dulce que siempre encontraba en sus bolsillos.

—Tu hermano me llamó hace un rato. No te podía venir a recoger hoy —le explicó Eliott.

—¡Genial! Ya te ha encasquetado sus obligaciones otra vez. Lo siento. —Se quitó los guantes con elegancia, enfadada con su hermano, pero a la vez contenta de verlos.

—¡Lo hago con mucho gusto! —repuso servicial.

Robert, el hermano mayor, era un muchacho tan atractivo como Molly, pero un verdadero capullo; así era como ella lo llamaba, Capullo. Lara tampoco lo soportaba, pues era evidente que se aprovechaba del erotismo que su hermana desprendía, con sus facciones felinas, aquellos dientes alineados a la perfección sin necesidad de aparato dental nocturno y aquel pelo rubio que había protagonizado uno de los anuncios de champú que durante un año habían podido ver en las fachadas de la cadena de peluquerías Curly's. Y, aunque su cuerpo estaba totalmente desarrollado, conservaba un tipo de redondez infantil en sus mejillas, en su trasero respingón, en su forma de mirar, que la hacían todavía más adorable. Todo aquello hacía las delicias de los amigos universitarios de Capullo. Molly era perfecta para hacerles sentir que estaban frente a un cervatillo necesitado de aprender cosas de ellos y le daban el papel protagonista en sus fantasías. Robert lo permitía, de hecho, lo propiciaba y, en cuanto su hermana había tenido edad para salir los fines de semana, él había comenzado a meterla dentro de su círculo social para alimentar su pasión por la popularidad consiguiendo que determinados muchachos de su interés se aproximasen a ella. Él los acercaba a Molly, la modelo, y, al poco tiempo, él terminaba siendo uno más del grupo. La chica, deseosa de conocer a alguien a quien entregarle su corazón, caía en la trampa una y otra vez, lo que había provocado que Eliott se hubiese liado a puñetazos con más de uno, que Lara hubiera sido su paño de lágrimas y que ambos odiaran a Capullo Robert.

Sus padres, aunque eran buena gente, no se daban cuenta de ello, pues bastante tenían con ocuparse de las Gemelas Insufribles, a las que Molly llevaba cuatro años de diferencia, y del pequeño Cagapañales Dani, llegado de manera inesperada. Les bastaba con que su segunda hija aprobara raspado las asignaturas y daban por sentado que, por su trayectoria espectacular en la hípica, se dedicaría a algo relacionado con eso. Supervisaban sus contratos como modelo publicitaria, pero no tenían tiempo para todo lo demás. ¿Qué problemas podía tener ella? Y si le surgía algún absurdo contratiempo de adolescente, seguro que podía gestionarlo sola. Sin embargo, algunos de esos «contratiempos» no eran absurdos, pues que ella usara su cuerpo como moneda de cambio no era una tontería, que creyese que esa era su única arma poderosa no era nimio y que su hermano la usase era despreciable. Al menos, se decía Lara, contaba con ellos dos.

A ella le habría gustado hablar de ello con Dora, la madre de Molly, porque su amiga tenía la suerte de tener una que, quizá sobrepasada por el trabajo y su familia numerosa, no era capaz de ver lo que ocurría entre sus hijos mayores. Pero si lo hubiera hecho, su amiga no se lo habría perdonado, ya que Molly no reconocía que tuviera un problema de atención en casa.

A Eliott le habría encantado romperle la nariz a Capullo, pero entonces, con seguridad, Dora le habría alejado de Molly. Así que lo único que podían hacer ambos era lo que hacían: ser sus constantes.

Tras media hora de conducción llegaron a casa de Molly, donde su madre, en un más que evidente estado de ansiedad, la aguardaba con el abrigo puesto y con el bebé colgado de su cadera. Allí siempre reinaba el desorden, era un caos relativamente controlado por una progenitora algo alocada, a la que Lara pensaba que su amiga se parecía mucho. De hecho, podía imaginarse a Molly en el futuro así: rodeada de niños moqueando, pero, además, entre caballos salvajes.

—Menos mal que has llegado ya; tengo que ir al centro a comprar. Te quedas con Dani. —Le puso en los brazos al bebé rechoncho que succionaba con fuerza su chupete y cerró la puerta como un vendaval sin darle opción de replicar.

Ni siquiera había preguntado por Robert; no se había percatado de que su hija había llegado en un coche desconocido con sus dos amigos.

—¡Estupendo! Era precisamente lo que más me apetecía hacer esta tarde —le dijo furiosa a Lara y comenzó a subir las escaleras refunfuñando con el niño en brazos. Eliott y Lara la siguieron, mirándose cómplices en silencio a sus espaldas.

—Quédatelo mientras me ducho, ¿vale? —El bebé pasó como un balón de rugby a las manos de Eliott.

Lara se negaba rotundamente a cogerlo; aseguraba que los bebés siempre lloraban en sus brazos. Eliott tomó al gordinflón al que se le escurría la baba por el mentón y se tumbó en la cama de Molly con él. A los diez minutos el agua de la ducha dejó de sonar.

—Eliott, date la vuelta, que voy a entrar y estoy en ropa interior —le dijo a través de la puerta.

—Estás de broma, ¿no? —se sorprendió él.

—¡Por supuesto que no! —gritó Molly airada.

—¡Menuda chorrada! Estoy harto de verte en bikini desde los tres años. ¿En qué se diferencia eso de la ropa interior?

—¡Llevo encaje! —exclamó Molly.

—No tenemos cinco años ya —dijo Lara a la vez—. Así que date la vuelta ahora mismo y respeta su intimidad. —Ella siempre sentía una punzada de inferioridad al lado de Molly, aunque la única culpable de aquel sentimiento era su propia inseguridad.

—Pero si hay un cartel de ella en lencería del tamaño del monte Hood colgado junto a Powell's... En fin, ¡a sus órdenes! —Eliott hundió divertido la cara en la almohada, al tiempo que con una mano le tapaba los ojos a Cagapañales, que se rio con ello. Antes de que Molly le preguntara qué estaba haciendo con su hermano pequeño, él le explicó—: Molly, no quiero que perviertas a tu hermano con el ribete de puntilla de tu ropa interior. —El bebé soltó un gorjeo simpático como respuesta—. ¿Puedo mirar ya?

—¡No! —le rugió Molly.

En ese momento, Lara se preguntó cuáles habrían sido los pensamientos de Eliott el último verano al ver a Molly siempre en bikini mientras que ella usaba bañador. En alguna ocasión, él había confesado ver guapa a alguna chica, pero jamás había hecho el más mínimo comentario sobre ellas dos, sobre si le parecían guapas, feas o del montón, aunque imaginaba lo que podía opinar de Molly. Él no le había cuestionado el hecho de que ella no se atreviera a ponerse un bikini al lado de su escultural amiga, pero la verdad es que las golosinas solo se las obsequiaba a ella, y no a la rubia.

De pronto, escucharon el fuerte impacto de la puerta del piso inferior al cerrarse, el tintineo de unas llaves y el golpe seco de estas al dejarlas caer sobre la mesa del recibidor.

—¿Quién hay en casa? —preguntaron unos pasos que se aproximaban.

—¡Alguien dispuesta a estrangularte! —espetó Molly, que reconoció los andares arrastrados de su hermano.

—¡Hola, Eliott! Lara... —saludó Capullo, asomando la cabeza por la puerta de la habitación de Molly.

—Robert, estoy harta de que te escaquees. La próxima vez, se lo diré a mamá si haces que mis amigos tengan que ir a recogerme, ¿lo entiendes? —amenazó.

—Pero si a mí no me impor... —repuso Eliott recibiendo una mirada fulminante que le hizo callar.

—Si me hubieran aceptado en Columbia te las tendrías que haber apañado tú solita.

—¡Pero no te aceptaron! Supéralo —recalcó ella.

—Te debo una, tío. —Capullo, sin alterarse, hizo amago de chocarle los cinco a Eliott, que no le correspondió, y luego enfrentó su mirada a la de su hermana—. Tienes muy mal carácter, Molly.

—Mira..., como le debes una a Eliott, se la vas a pagar ahora mismo. —Cogió a Cagapañales de los brazos de su amigo y lo puso en los de su hermano—. Te quedas con él, nosotros nos vamos. Adiós.

No le dejó tiempo a Robert para protestar porque de un tirón sacó a Eliott del cuarto.

—Adiós —le dijo con sonrisa triunfal Lara, que se apresuró a seguirlos fuera de la habitación.

Pasaron por la cocina y, ante el rechazo con la cabeza de Lara, Molly cogió tan solo un par de latas de cervezas de la nevera, a sabiendas de que en esa casa nadie llevaba el control de nada.

—Llévame lejos de él —suplicó con sus ojos de gata a Eliott, que, sin abrir la boca, volvió a sacar las llaves del Camaro de su chaqueta.

Eliott no juzgaba, no preguntaba. Él siempre estaba ahí para ellas. Lara sintió en ese momento que su amiga no la necesitaba a ella, tan solo a Eliott, y planeaba volverse a casa cuando sintió la mano de él agarrar la suya para hacerla andar y salir detrás de Molly.

—Hay que disfrutar de este coche al máximo. —Le guiñó un ojo escondiendo una idea.

Cogieron la carretera 26 durante una hora y, tras un paseo a pie por un sendero sin muchas complicaciones, llegaron a las orillas del Mirror Lake, un lago de forma oval que se escondía entre la espesa vegetación de aquel monte alejado de la civilización. Durante el trayecto hasta allí, habían jugado a las palabras encadenadas, un juego en que Molly siempre perdía y terminaba enfrentando a Eliott y Lara entre rocambolescas palabras.

—Efímero.

—Oxímoron.

—Nebuloso.

—Ósculos.

—Sempiterno...

—¡Venga ya! ¿Otra vez con «O»? —se quejaba Eliott.

Habían llegado a su destino justo a tiempo de aprovechar las últimas horas de luz que permitían ver reflejada la cumbre nevada del monte Hood sobre las aguas cristalinas del lago. Era una fotografía recurrente en las postales de Oregón, una impresionante visión que consiguió sentar a los tres en la tierra y que guardasen silencio durante un rato, recogidos por la paz del lugar. No había más que dos parejas de visitantes que habían elegido otras salidas del sendero al lago para hacerse fotos, lo que les concedía intimidad y sosiego.

—Adoro este lugar —dijo la rubia con melancolía—. Mi padre solía traernos antes de que aparecieran las gemelas y Cagapañales. Lo sé por las fotos que he visto, porque en realidad no lo recuerdo bien.

—Yo también tengo una foto subido en los hombros de mi padre justo aquí, y yo tampoco recuerdo ese día. Era muy pequeño —confesó Eliott también con amargura y añadió—: Es como si fuera la primera vez.

—Deberíamos estar en casa estudiando. El lunes tenemos un examen —dijo Lara, incómoda.

Ella no tenía nada que decir. Era la primera vez que iba allí, de verdad. La visión era bonita, pero no tenía ningún vínculo emocional con ese lugar que lo hiciera especial, como ocurría en el caso de sus amigos. Eso le hizo preguntarse si su padre habría llegado ya a casa, si habría notado su ausencia y si le habría importado lo más mínimo, si él la necesitaría, si cuando regresara podría ponerse a estudiar o tendría que atenderle para llevarlo dando tumbos hasta la cama.

—¿Volvemos? —preguntó Eliott mientras decidía si se quitaba el cigarro de detrás de la oreja para llevárselo a los labios o no.

—A mí me da igual el examen y apuesto a que tú ya lo tienes más que estudiado, Lara. —Molly echó hacia atrás su larga melena rubia revuelta sobre su cara a causa del viento y se dejó caer sobre el terreno estirando sus largas piernas.

Lara no replicó; era cierto que ya se lo había aprendido todo acerca de Walt Whitman, y la verdad era que la panorámica que tenía delante de sus ojos no invitaba a dejarla por el escenario incierto que la esperaba en casa.

Eliott comenzó a silbar una melodía mientras abría la mochila para sacar las latas de cerveza, una de las cuales lanzó a Molly, quien la abrió y le dio un largo trago seguido de una mueca de asco que con rapidez reprimió, en cuanto el amargor pasó por su garganta.

—¿Por qué traes cerveza si no te gusta? —le preguntó Eliott, que abrió la suya para degustarla con placer.

—Por el mismo motivo por el que hoy me vas a dar un cigarro.

Él sacó otro de la cajetilla y, sin cuestionarle la petición, se lo entregó.

—¡Oh, no! ¿En serio, Molly? —protestó Lara.

Su amiga no le contestó, sabía el odio que Lara tenía al tabaco, era algo que pudría el cuerpo con la palabra «cáncer». Su amiga la comprendía; esa enfermedad se había llevado a su madre y había convertido su vida en un lugar gris, pero aquel peligro no se le antojaba cercano a ella y aquella noche necesitaba desafiar un poco más los límites, quizás así... importase. Ella comenzó a beber y a fumar al tiempo que Eliott silbaba acompañando la melodía que les llegaba desde la radio de una de las parejas de visitantes en la lejanía. Mientras, Lara, con los brazos cruzados y sintiéndose aún fuera de lugar, miraba hacia el cielo, donde las tonalidades rosadas del atardecer anunciaban días de viento.

—Estoy tan enfadada... —Molly comenzó una conversación solo para dos.

—¡Pero si lo de hoy ha sido una tontería! Sabes que a mí no me importa recogerte. —Eliott dio un pequeño golpe al pitillo para quitarle la ceniza.

—Igualmente Capullo no debería hacerme sentir que soy un estorbo en su vida. Las cosas entre nosotros eran diferentes antes. Yo admiraba a mi hermano mayor; ahora es un universitario imbécil que solo me quiere cuando se da cuenta de que alguien que le interesa pone sus ojos en mí —resopló —. Ahora que, por lo menos hoy, me he vengado encasquetándole a Cagapañales. —Molly rio y se atragantó con el humo.

—¿Y por qué tienes que fumar por estar furiosa? —preguntó, molesta, Lara.

Su amiga se encogió de hombros y dio otro largo trago de la lata, pero continuó en silencio. Con un movimiento fugaz, Eliott le arrancó el cigarrillo de la boca, lo apagó sobre una piedra y se guardó la colilla en un bolsillo de su chaquetón. Ella no protestó, se acurrucó bajo su brazo izquierdo y él siguió fumando mientras la confortaba.

—Bueno, ¿y quién es? —le preguntó tranquilo.

—¿Quién es quién?

—El que te pone ahora nerviosa.

—Ya te he dicho que mi hermano.

—Sabes por dónde va mi pregunta, Molly. —Eliott la soltó para tumbarse sobre el terreno y los mechones negros que cubrían parcialmente sus ojos cayeron hacia atrás despejando su cara.

—Steven —dejó escapar de sus labios Lara.

—¿Qué Steven? —Eliott se incorporó de golpe.

—Steven, tu compañero de equipo, con el que Molly y yo coincidimos en clase de Matemáticas —volvió a aclarar Lara ante el mutismo de su amiga.

Eliott no la miró sorprendido, pero se giró muy serio hacia Molly.

—Pues olvídale.

—¿Y eso por qué? —quiso saber ella contrariada.

—No es un buen fichaje.

—Estupendo, no pienso jugar al baloncesto precisamente con él —rio bobalicona.

—Olvídale, Molly. Hazme caso. —Eliott la miró con severidad—. No es bueno para ti.

—Para nosotras nunca nadie es lo suficientemente bueno, Eliott. Pero, ¿sabes qué?, que no tienes nada de lo que preocuparte, él pasa de mí.

—Mejor así. —Él elevó una ceja reafirmándose con un movimiento de cabeza.

—A veces me caes fatal —dijo ella y luego buscó con sus ojos en el cielo lo que atraía la mirada de Lara sin encontrar nada digno sobre sus cabezas y regresó a Eliott, que silbaba de nuevo—. ¿Qué canción es la que han puesto esos ahora?

—Es muy antigua, de los Drifters —respondió él reproduciendo entre sus labios un par de estrofas.

—Cántala, por favor. —Molly puso su boca en posición de súplica, algo que solía funcionarle.

—Yo no canto, solo silbo.

—¿Y de qué habla la canción? No puedo escuchar bien la letra desde aquí, pero suena preciosa —le preguntó curiosa.

—Pues habla de que, cuando el que canta se siente deprimido, cansado de las cosas de este mundo, sube las escaleras hacia el tejado y, desde allí, lanza sus preocupaciones al cielo. Dice que, desde ahí arriba, el mundo no puede molestarle.

—Bien podrías haberla compuesto tú —apuntilló Lara mirando al chico con complicidad.

—Pero yo solo compongo melodías, no letras.

—Ven, baila con nosotras, Eliott. —Molly se levantó, le pegó un tirón para atraerlo hacia ella y luego agarró también la mano de Lara.

Juntas empezaron a dar vueltas sobre el chico al que habían conseguido poner solo en pie y bailaron como dos locas en medio de la nada y chapurreando lo único que acertaron a descifrar:

—Up on the roof...

Capítulo 8

Octubre, 2015

Lara apagó la radio de la cocina, hacía mucho tiempo que no escuchaba aquella canción. Parecía que todo en el universo se confabulaba para adentrarla en los recuerdos protagonizados por Eliott. Señales, las malditas señales.

Recobró la conciencia al oler el pan quemándose dentro de la tostadora. Al menos, había hecho café y tenía el sándwich que había abandonado la noche anterior sobre la mesa. Se lo comió con el estribillo de aquella canción repiqueteando dentro de la cabeza a pesar de sus esfuerzos por silenciarla.

Cuando terminó de desayunar eran las siete de la mañana, dejó la taza de café en el fregadero y pensó que debía llamar a Molly para contarle lo de las cartas, pero decidió que lo haría cuando hubiese terminado de leerlas todas. También debería hablar de ello más tarde con Harvey; tendría que decirle algo al respecto en unas horas. Estaban citados por la tarde con la decoradora que él se había empeñado en contratar para remodelar su apartamento y, aunque Lara había insistido en que para ella sería divertido ir de tienda en tienda buscando los muebles para su nuevo hogar, su prometido lo veía absurdo y una pérdida de tiempo. La decoradora había sido muy agradable y le había transmitido una sensación de control muy seductora para Lara por teléfono. Por ello, había terminado cediendo a los deseos de Harvey y sospechaba que aquella tarde, entre catálogos y muestrarios de telas, con su cabeza inmersa en un mar de confusión, se dejaría llevar por los gustos de la profesional y no por los suyos. Le tentó hacer una llamada para anular la cita, pero sabía que eso le mandaría un mensaje aterrador a su novio. Concederle un día era una cosa, pero permitir que se entrometiera en sus planes de futuro era otra; eso sería regresar a los días en los que el fantasma de Eliott sobrevolaba su relación.

Un sentimiento de urgencia la impulsó y rasgó un nuevo sobre.

Diciembre, 2007

Querida Lara:

Todos se han ido a sus casas, incluidos Johnny y Chris. Sus habitaciones vacías hacen que mis pasos por el pasillo resuenen como si me alojase en un castillo inmenso y solitario, mientras que la ciudad ocupa todas las habitaciones de los hoteles con gente que viene a pasar aquí las fiestas navideñas.

¿Quién prefiere alejarse de la familia para recorrer el mundo en estas fechas? Quizá quien no tiene posibilidad de encontrar otro hueco libre dentro de sus agendas laborales, quienes no tienen un hogar en el que reunir amor familiar, puede que sean los que huyen de algo..., como yo. El caso es que, durante estos días, bajo al comedor y no encuentro caras conocidas a las que saludar, más allá de Roger, el del cáterin; Amy, la recepcionista, y Michaelo, el portero.

Te hablaré de ellos. Roger es un veinteañero más, como yo, que encontró trabajo en la YMCA y está ahorrando para poder pagarse un Máster en Economía Internacional. Nuestras conversaciones se limitan a cuántas rebanadas de pan me pone en el plato, si quiero leche o zumo y si prefiero acompañar mis huevos revueltos con tomates asados o con judías guisadas. Algún día hemos intercambiado algunas frases más, unas pocas que han bastado para darnos a conocer de forma superficial. En su favor, diré que a la hora del desayuno tiene mucho trabajo y ya no vuelvo a verlo más a lo largo del día porque yo regreso del trabajo cuando ya se ha terminado la hora de la cena. Los días en los que la lluvia obliga a cancelar todas las reservas de paseos en las barcazas, me voy a la academia, que también está desértica, y me encierro en una de las salas para tocar el piano hasta que cae la noche.

Si le preguntases a alguien por Amy, te diría que tiene muy mal carácter, pero yo creo que solo es resultado de estar continuamente frente al público. Quizá sea porque los huéspedes eventuales esperan servicios de hotel cuando esto es solo una residencia y tiene que aguantar quejas a diario, o quizá porque le da poco el sol..., pero a mí me sonríe. Y sí..., sé lo que pensarías si acabaras de leer esto, y reconozco que algunos días me he aprovechado de su empatía para conseguir algún tique de comedor gratis. Tendrá unos cuarenta años, pero es cierto que me mira como si tuviera veinte y quisiera arrancarme la ropa. No la culpo, un día le vino a recoger su marido y parecía un doble de Mr. Bean.

Michaelo es un trotamundos de origen italiano. Inglaterra es el sexto país en el que vive, es un espíritu nómada. Con él sí que mantengo largas conversaciones sentados en las escaleras de la entrada porque me da una visión de la vida tan libre que le envidio. ¿Cómo se puede vivir así? Sin apegos, sin lastre, sin un horizonte limítrofe, sin nadie en quien pensar por las noches ni extrañar en los días lluviosos...

Se me hace duro no regresar, ya son dos las Navidades que paso sin ti, sin recibir una de tus manualidades de regalo. Yo te regalaba música y tú, divertidos caleidoscopios que tuve que dejar allí.

Eres la única a quien extraño. Con Molly hablo de vez en cuando y procura no sacarte jamás en la conversación; imagino lo difícil que le debe resultar porque siempre estabais juntas. Y a mi madre... Sé que ella está bien sin mí, lo sé. Seguramente doblará las guardias en el hospital durante estas fechas, como siempre. No es posible extrañar lo que no se ha tenido; ella no era parte de los días especiales, nunca lo fue. Curiosamente, quien acude a mi mente con más frecuencia es mi padre, como si quisiera rescatar momentos olvidados en algún rincón de mi memoria. ¿Recuerdas el año que celebramos con él la Nochebuena? Tu padre estaba aún muy afectado, podíamos verlo desde la ventana de nuestro salón hundido en su sillón con una botella en la mano. Tu hermana desaparecía continuamente; pasaba los días turnando la estancia entre la casa de su novio (¿era Peter por entonces?) y la de algunas amigas, y tú, tan sola... Fue la mejor Navidad de mi vida, y me atrevería a decir que también la tuya desde la muerte de tu madre. Cenamos pavo quemado, pero mi padre intentó embaucarnos al asegurar que así era como se comía en Londres. Cantamos villancicos que él tocó al piano y nos dejó dormir juntos sobre un edredón que extendió frente a la chimenea. Teníamos once años, ¿lo recuerdas?

¡Qué poco duró mi época de custodia compartida y qué duro fue ver a mi padre unos meses más tarde tirado en el suelo de la cocina, aquel fin de semana en el que se suponía que mi madre haría de nuevo la mudanza para volver a vivir juntos...! ¡Qué inesperado y qué futuro tan oscuro se reveló aquel día para mi madre!

Supongo que tú habrás cenado en casa de tu hermana y Brett; quizá tu padre se haya animado esta vez a unirse a voso-

tros. Quizás Harvey también esté ocupando una silla... No quiero pensar en eso ahora. Quisiera tanto saber de ti... Asumo que en su momento tú le contarías a Molly lo que sucedió entre nosotros. No sé si el hecho de que no te mencione en nuestras llamadas será petición tuya o si habrá sido decisión suya, pero así es mejor. Para mí, tú te quedaste allí, no quiero pensar en tu vida más allá de aquel atardecer en la montaña, he congelado tu existencia en mi mente. Solo existe nuestro pasado para mí; tu presente y tu futuro no me pertenecen. Así debe ser.

Tan solo cuando me traiciona la cordura me pregunto: «¿Me odias, Lara?».

Eliott

Marzo, 2005

—¡Odio la lluvia...! Es imposible mantener el alisado en el pelo en esta ciudad —protestó Molly.

—Pues vente a vivir conmigo a California cuando terminemos el instituto; apuesto a que allí no se necesita usar un maldito paraguas cada dos días. —A Lara se le había atascado el mecanismo y no conseguía desplegar su tela impermeable.

—Hoy es California, mañana dirás Honolulu. No tienes ni idea de dónde terminará tu culo inquieto. ¿Te vienes a mi casa un rato? Queda más cerca que tus exóticos destinos. Evidentemente, hoy no podré ir a montar. —Molly recogió su larga melena rubia y la resguardó por dentro de su nuevo abrigo color mostaza.

—Tengo que ir a comprar algunas cosas, he quedado con Eliott. —Aún se peleaba con el paraguas con el ceño fruncido mientras sopesaba que la opción de mudarse a Honolulu sonaba fabulosa.

—¡Llega nuestro caballero de reluciente armadura! —se burló la rubia.

—¡Ese soy yo! —Eliott metió su cabeza de pelos alborotados entre ellas.

—¡Mierda! Ábreme este invento del demonio, Eliott —rugió Lara desesperada.

Molly cogió el autobús rumbo a su casa y los otros dos caminaron en dirección contraria hacia la farmacia donde Lara tenía que hacer una parada.

—¿Iremos luego a Powell's?

—Esa idea me parece siempre maravillosa —contestó Lara, que adoraba perderse por sus infinitos pasillos llenos de libros—. Aunque lo cierto es que, si no te importa, me gustaría pasarme un rato también por la pastelería de mi hermana. Hace días que no la veo.

—Encantado, yo también tengo ganas de ver a Claudia.

—¿De verla o de que te regale algún bollo, Eliott? —sonrió.

—¡Pero qué concepto tienes de mí, por favor...! —contestó fingidamente indignado.

—¡Uf! Menuda cola hay; tardaré un siglo. —Lara resopló haciendo bailar su flequillo frente a la farmacia.

—Mientras esperas voy a ir a Music Millenium. Vuelvo en un rato. —Eliott supuso que Lara debía de llevar las recetas de la medicación que le habían recetado a su padre para evitar la bebida y no quería violentarla con su presencia.

—Ten el paraguas —le ofreció.

—Son cuatro gotas de nada. —El chico le guiñó un ojo, recolocó su pelo negro dentro del gorro de paño azul y dio media vuelta de una manera tan irresistible que ella se quedó mirando cómo se alejaba durante unos segundos. Se mordió el labio ante la imagen de su espalda algo curvada y suspiró, sin entender bien por qué lo hacía, antes de ponerse en la cola.

Esperó lo que se le hicieron horas eternas hasta ser atendida, pero para entonces Eliott no había regresado aún. Resopló ofuscada por tener que volver a luchar contra aquel paraguas para abrirlo y, cuando por fin lo consiguió, una ráfaga de aire levantó su esqueleto metálico. Lara maldijo la lluvia, aquel mes del año, el insoportable temporal que azotaba Portland y a su hermana por regalarle aquel estúpido paraguas cuando, de la nada y de improviso, aparecieron unas manos a su rescate.

—Se te dan mejor los árboles que los paraguas, Trepadora.

Cuando Lara se encontró cara a cara con el buen samaritano, sintió que toda la sangre de su cuerpo ascendía ardiente hasta su cara y tardó un par de segundos en recuperarse para poder alzar la barbilla hacia él.

—Aunque no lo pareciese desde tu perspectiva, esta pelea pensaba ganarla.

Harvey sonrió.

—Sin lugar a dudas. Tan solo intentaba hacerme el héroe.

Tras conseguir poner del derecho el paraguas, para desconcierto de Lara, el muchacho se cobijó bajo él junto a ella.

—Bueno, ¿y cómo llevas tu lectura?

Lara se concentró en aquella sonrisa irritante e irresistible a la vez.

—La verdad es que no he podido volver a leer mucho más desde el otro día. —Agarró con firmeza el paraguas indicándole que ya podía cedérselo, pero él no retiró su mano, quedando ambas fijadas muy próximas.

—¿Muchos deberes? —preguntó con tono burlón.

—Pues sí. Mientras que tú habrás estado haciendo cosas superimportantes de adulto —le espetó Lara, y se preguntó por qué demonios ese chico se empeñaba en resaltar su diferencia de edad.

—No quería ofenderte, era una pregunta inocente. ¿Acaso ya no mandan deberes en el instituto? ¿O es que los llamáis de otra forma? —Su mirada pretendía resultar inocente, pero su sonrisa la confundió.

—Sí, los llamamos «tortura».

Harvey rio y soltó por fin el paraguas. Una llamada impertinente de una chica unos metros atrás hizo que él se girase.

—Volveremos a vernos, Trepadora.

—¿Quién es ese? —Eliott se encontraba a las espaldas de Lara, con la mandíbula apretada y las gotas de lluvia resbalando por su irregular flequillo.

Ella se ladeó para mirar detrás de Eliott y así ver con quién se marchaba Harvey; descubrió a una chica casi tan alta y llamativa como él. Entonces, se giró y comenzó a andar en dirección opuesta, furiosa por dentro. Eliott le seguía con pasos atropellados pero imperiosos sin comprender el motivo por el que ella no le contestaba.

«Me ha llamado Trepadora».

A Lara se le escapó una sonrisa. Era agradable experimentar aquella sensación por primera vez.

Mayo, 2008

Querida Lara:

Jamás te viste a ti misma de la manera con la que yo te adoraba. Siempre tan dura con tu aspecto físico, tan resignada a ser una sombra al lado de Molly, sin darte cuenta de que tú brillabas siempre mucho más que nadie dentro de mi mundo. Claro que me di cuenta de que ella necesitó usar sujetador antes que tú, pero eso no quería decir que mis ojos, ni los de los demás, no se fijaran en su momento en ti cuando tu aspecto dejó de ser infantil. Te aseguro que yo me di cuenta, ¡vaya si lo hice!, a pesar de tus intentos de ocultarte bajo aquellos enormes jerséis o con los bañadores oscuros cada verano.

Me enamoré de ti sin ser consciente de ello, me costó años entender mis sentimientos. Al principio, solo eras una de mis dos mejores amigas, con la que más coincidía en sueños y gustos, sí, pero una amiga... Luego tu cuerpo despertó al mío. Recuerdo la primera vez en la que me sorprendí a mí mismo deseando tocar tu trasero. Y desde entonces todo fue una cascada de puro instinto: tus labios, tu pelo, tus curvas, tu olor, tu pecho... Te abrazaba a diario, como si no significase nada especial, pero necesitaba tanto aproximarte a mí que nuestros gestos inocentes causaban dentro de mí explosiones hormonales a las que me hice adicto. Me encantaba verte ascender por la cuesta hasta tu casa, con aquel meneo de caderas, tan inconsciente como natural, que hacía oscilar tu pelo recogido con aquellas gomas de colores.

Puede que tus medidas no fueran comparables a las de Molly, pero tu carácter imprimía en ti lo que ningún cuerpo que la sociedad pueda considerar perfecto, por deseable que fuera, podía despertar en mí. Supe que te amaba porque quería escucharte a ti antes que a nadie, porque admiraba la entrega hacia tu padre para cuidarlo, porque compartir contigo mi vida le daba sentido a todo. Eras tenaz, curiosa y la más estudiosa de todos los que conocía. Me encantaba que siempre supieras las respuestas de todo, que forzaras a Molly a sacar los cursos, que te preocuparas por todos cuando nadie se preocupaba por ti. Que quisieras huir, conmigo.

Me he preguntado millones de veces cuándo comenzaste a sentir tú lo mismo por mí. Cuando quisiste besarme por primera vez, cuál fue el momento en el que cruzaste el límite de la amistad con tu mente. No lo noté y jamás lo sabré, como no sabré qué te movió aquella noche a hablar, a romper nuestro preciado silencio, el que nos mantenía unidos, el que lo hacía todo posible. Casi posible.

Tampoco yo me he visto nunca a mí mismo de la forma con la que tú me mirabas; sin embargo, en los últimos meses he comenzado a comprender lo que intentabas transmitirme. Empiezo a ver mis diferencias con el resto, no sé si ser así de diferente es algo positivo o tremendamente negativo, pero me está llevando a un lugar especial. He vendido mi primera sintonía, quizá la hayas escuchado, acompaña un anuncio de telefonía. Quiero creer que sí, que me has reconocido en ella.

¿Han llegado hasta ti al menos mis notas?

Eliott

Octubre, 2015

¿Que cuándo se había dado cuenta de que estaba enamorada de él? Demasiado tarde, porque si lo hubiera sabido antes, habría aprovechado esos abrazos, los habría apurado y sentido más, habría inspirado más fuerte su aroma para conservarlo adentro... No habría cometido tantos errores.

Si lo hubiera sabido antes, quizá todo habría terminado diferente, quizás él no habría desaparecido, o quizá todo habría ocurrido exactamente igual.

Lara apretó sus sienes con fuerza. ¿Por qué se hacía esas preguntas sin sentido?

Capítulo 9

Octubre, 2015

El estridente tono del móvil sobresaltó a Lara y, al ver en la pantalla que quien llamaba era Harvey desde el trabajo, el pulso se le aceleró. En una mano tenía el teléfono cosquilleando su palma y en la otra le ardía la carta que acababa de leer. Dejó caer el trozo de papel sobre la mesa de mármol de la cocina y contestó a la llamada.

—Hola, cielo. —Lara susurró el saludo.

—He llamado a la decoradora y he pospuesto la cita para la semana próxima. He pensado que hoy no estarías para elegir cortinas ni alfombras.

Lara se quedó muda por un instante:

—¿Por qué has hecho eso? ¡Tendrías que haberme preguntado antes! Estoy en perfectas condiciones de elegir alfombras y cortinas.

—Si quieres vuelvo a llamarla y te recojo en una hora —corrigió de inmediato un Harvey complaciente.

Lara se mordió el labio inferior; siempre le pasaba igual con él. Solía hacer ese tipo de cosas; siempre sabía lo que ella necesitaba en cada momento. La veía transparente, como un vaso de agua, lo que la hacía sentir terriblemente predecible e impotente ante él. Parecía como si ella nunca decidiera, aunque, de hecho, se hacía todo lo que ella quería, como deseaba y cuando disponía, pero siempre por boca de Harvey.

—No, ya no... No se puede marear así a las personas. Pensará que somos unos informales.

—¿Qué más dará lo que piense? Vamos a pagarle igual.

—Harvey, sabes que a mí no me gusta hacer las cosas así. La veremos la próxima semana y punto. —Lara habló contrariada y abrió la nevera para echar un vistazo—. ¿Vas a venir a cenar al final?

—No, mejor te dejo con tus cosas; además, tengo mucho trabajo. Mañana comemos juntos, ¿te parece? —Harvey dulcificó el tono.

—De acuerdo. Entonces, adiós. —Lara cerró la nevera aliviada. Esperaba alguna pregunta sobre las cartas, pero Harvey colgó sin decir «Adiós» de la misma manera que había empezado a hablar sin decir «Hola».

Recogió la carta de la mesa y la dobló por sus pliegues marcados con delicadeza, se la acercó a la nariz e intentó percibir la mezcla de tabaco y colonia suave que caracterizaban a Eliott. Tan solo detectó algo de humedad y el inconfundible olor del papel rancio.

Subió las escaleras hacia su cuarto, donde aún le quedaban un par de paquetes de sobres por abrir sobre la cama. Antes de desplomarse sobre el edredón arrancó una de las fotografías de la pared. Era una instantánea tomada a la salida de un partido de los Cardinals del instituto Lincoln, donde la mirada ausente de Eliott estaba arropada por sus dos sonrientes amigas. Parecía imposible que hubieran pasado tantos años, ya que, si cerraba los ojos, aún podía escuchar los gritos de ánimo, los abucheos y los suspiros de amor de Molly sentada a su lado en aquellos fríos bancos del pabellón deportivo.

La noche en la que se habían hecho aquella foto, a Eliott lo habían cambiado de posición. Con Ricky de baja, necesitaban un buen base y, aunque Eliott era más defensivo, le asignaron su puesto. Ese día a todos parecía invadirlos la furia de la victoria y él había empezado a hacer pases increíbles y tiros largos como un loco. Lara recordó que aquella noche lo había visto especialmente motivado. El equipo había mantenido la posición durante el primer tiempo en el que solo Eliott había marcado veintiocho puntos, y cada uno de los lanzamientos había resultado un espectáculo sobre la cancha. Quizás el tiempo había hecho que en su recuerdo él fuese un jugador mucho mejor de lo que había sido, pero así lo rememoraba ella. Sus recuerdos incluían también a Johnny riendo eufórico, haciendo payasadas sobre la cancha. Molly y ella los habían esperado impacientes a la salida del instituto, con un frío al que habían intentado vencer charlando. Johnny había salido el primero de todos, cantando excitado la victoria, y unos cuantos después lo había hecho Eliott, lanzándose pletórico sobre sus dos amigas, antes de engancharlas una en cada brazo y elevarlas de alegría. Ellas, con sus cuerpos entumecidos, habían reído y se habían dejado zarandear un rato hasta reclamarle el suelo a golpes.

—No me importa que me peguéis, porque esta noche, por alguna equivocación del universo, hemos ganado —había dicho él con brillo en los ojos.

—Por fin —había puntualizado Lara.

—Por fin, sí. Así que soy inmune al dolor. —Sus ojos azules habían lucido a través de su pelo aún mojado y que desprendía el aroma del champú acabado de usar.

Se le encogió el pecho al recordar cómo Molly le había propuesto a Steven ir a celebrarlo juntos y cómo él le había respondido cortante que se marchaba a casa.

—¡Pero si tú has sido la estrella! No te vayas —le había pedido su amiga con voz melosa.

—Ganar una noche no significa nada de nada. Los ojeadores no pierden el tiempo con los equipos mediocres.

Lara retenía en su retina la imagen de aquel chico con pelo de corte militar, complexión alta y músculos de boxeador que aquella noche había arrancado su moto con estruendo para incorporarse a la carretera tras un buen acelerón.

Sonrió con amargura al pensar en ello. Quizá tenía el destino escrito desde hacía mucho...

Había tenido que confortar a su amiga tras el rechazo, aunque no habían permitido que el chico les arruinara la noche.

—Ya te dije que no te convenía —le había susurrado Eliott al oído a la rubia, aunque Lara también lo había escuchado, así como también había escuchado los murmullos del equipo sobre cómo el tonto de Steven le había pegado un corte nada más y nada menos que a Molly.

Lara sonrió ante el último segundo que recordaba de aquella instantánea:

—¡Chica, alegra esa cara! Te quedamos los guapos del equipo para esa celebración. —Johnny también había intentado animarla.

—Ronnan, haznos una foto a los tres, hay que inmortalizar esta victoria —había pedido Eliott a su compañero acogiendo de nuevo entre sus brazos a sus dos amigas.

Lara volvió a poner la foto en la pared apretando la chincheta con el dedo gordo. Tenía toda la tarde por delante. Se le había esfumado la posibilidad de evadirse un rato con la decoradora y, aunque sabía que era lo mejor, sintió vértigo ante las emociones y recuerdos que provocaba en ella aquel inesperado correo.

Hasta el momento, algunas cartas le habían arrancado una sonrisa que rápidamente se había obligado a reprimir en cuanto recordaba que no sabía el motivo de aquel envío tantos años después. Pero entonces rasgaba un nuevo sobre y volvía a verse inmersa en sus letras, como si pudiera escucharlas narradas por la propia voz de Eliott. Relataba momentos de inseguridad, de dolor e incertidumbre; contaba experiencias difíciles, alguna que otra anécdota de sus clases, y lograba trasladarla hasta Cambridge con sus impresiones sobre aquella ciudad y que se cuestionara las coordenadas a las que ella tenía atada su propia vida.

Lara era capaz de verse metida en aquellos relatos con un pellizco de envidia en el estómago. Ella debería haber estado allí junto a él. Eliott no debería haber tenido que escribir todos aquellos sentimientos en unas cartas, sino compartirlos con ella; de hecho, su vida debería haber sido totalmente distinta. También se preguntó por la vida que Eliott habría supuesto que ella había tenido en su ausencia.

Durante muchísimo tiempo se había preguntado por el día en el que había comenzado a sospechar que algo raro ocurría, pero había sido tan sutil... Y luego habían llegado aquellos sentimientos confusos y galopantes, aquel tornado que había arrasado con todo.

Marzo, 2005

Lara hacía rodar su silla de estudio adelante y atrás con pesadez. Miraba el libro de extrañas ecuaciones matemáticas y, de igual forma, parecía que este la mirase a ella. Lo cerró de un palmetazo. Le apetecía ir al bosque, buscar el árbol y hablar allí con el insolente e interesante Harvey, pero aquello no era una opción realista. Consultó el reloj de su muñeca y observó que quedaba algo más de hora y media para que llegara su padre y tuviera que prepararle la cena, por lo que se enfundó el abrigo y puso rumbo a casa de Eliott. Las farolas se iban encendiendo a su paso, como si cobrasen vida ante su presencia por la cuesta desierta. La suave brisa que refrescaba su cara le dio la sensación de libertad que las Matemáticas le habían robado durante toda la tarde. Nadie debería permanecer tanto tiempo encerrado frente a un libro tan poco interesante mientras la vida sucedía fuera, pensó.

Al torcer a su derecha, con la intención de pasar a través de las canchas de baloncesto, se sorprendió al ver a Eliott en una de ellas jugando solo. Había tirado su chaqueta de deporte al suelo hecha una bola, tenía la camiseta remangada por encima de los hombros y su pelo estaba aún más entramado que de costumbre. Botaba el balón enérgicamente y lo miraba abstraído sin lanzarlo. Los músculos de su espalda se agitaban a causa de una respiración jadeante y Lara pensó que debía de llevar mucho tiempo allí jugando solo.

Se le acercó sigilosa y le susurró al oído:

—El truco está en encestarla.

—¿Qué te trae por aquí a estas horas? —Tras mirarla sorprendido, Eliott realizó un lanzamiento fallido y el balón rodó lejos de ellos. Él se encogió de hombros resignado y luego sonrió con cansancio a su amiga.

—Nada en especial, no tenía ganas de estudiar. He venido a darte la lata, aunque la verdad es que no pensaba encontrarte aquí jugando solo.

—He bajado un rato para despejarme, pero dejaré encantado que acapares mi pensamiento. —Le guiñó un ojo y fue a recoger su chaqueta del suelo para ponérsela con la cremallera cerrada a medias. Guio a Lara hacia una pared lateral del edificio y ambos se sentaron en el suelo. Ella pudo ver el gesto de contrariedad en su amigo al ver que del bolsillo de su chaqueta se escapaba un sobre con bordes rayados en tonos rojos y azules. La resguardó de nuevo en el interior y sacó en su lugar el paquete de tabaco.

—¿Estás bien? ¿Quién te ha escrito? Estás muy serio. Esa carta es de Inglaterra, ¿verdad?

—Es de mi familia. Mi tío Graham ha muerto.

—¿El hermano de tu padre? —preguntó confusa Lara, que, aunque no lo conocía, había oído hablar de él en alguna ocasión.

—Sí... Bueno, quizá deba ir este verano a visitarlos. Puede que haya llegado el momento de hacerlo. Eso es todo.

—Pero ¿estás bien? —se preocupó ella al ver su rostro indescifrable, ausente.

—Claro. Lo siento por mis tías, pero yo casi no le recuerdo. En fin, ¿cómo te ha ido el día? —Eliott desplegó la sonrisa para ella, cambiando de tema de forma cortante.

Lara lo miró suspicaz y decidió respetarle limitándose a contestar.

—Tremendamente rutinario y aburrido. Creo que no hay nada más horrible que la rutina. —Lara resopló y echó la cabeza hacia atrás, apoyándola sobre la pared.

Las puntas de su pelo caoba se desplazaron y la curva de su cuello quedó despejado, descubriendo sus pequeñas y afiladas orejas.

—Estoy de acuerdo contigo. Salvo por los días con fiebre, o los de duelo, o en los que se te pierde una maleta en el aeropuerto, o... —enumeró con guasa su amigo.

—Vale, vale... Lo pillo —rio—. Pero, dejando a un lado los días que pueden ser catastróficos, no me negarás que los reducidos a la rutina, sin el más mínimo cambio ni aporte a la vida, estos días en los que no tienes nada interesante que hacer, pero que, a la vez, no quieres hacer nada porque estás demasiado cansado de todo... son asquerosos, y punto.

—Y punto —convino él—. Ya vendrán tiempos mejores.

Eliott cogió el cigarro de detrás de su oreja y se lo puso en los labios. La llama de su mechero iluminó en anaranjado parte de su rostro y sus facciones angulosas resaltaron sobre la tenue luz del anochecer.

—Sí, siempre dices eso. Pero tardan mucho.

Él la miró de reojo y le sonrió.

—Venga, ya falta menos para poner en marcha tu plan maestro. Anda, cuéntamelo otra vez. Hoy especialmente, me apetece oírlo.

A Lara se le iluminó la cara con la petición. Llevaban años hablando sobre «el plan maestro», perfilándolo, dando retoques conjuntos a su sueño.

—En cuanto terminemos el instituto, tú y yo nos vamos a ir a Boston.

—¿Pero no habíamos quedado la última vez que sería a Houston?

—¡Eliott, no! Sabes muy bien que lo echamos a suertes y ganó mi destino. Quedamos que a Houston iríamos solo de excursión para que vieras lo de la NASA.

—Está bien. A Boston pues...

—Allí yo buscaré trabajo de camarera o algo así y lo compaginaré con las clases de...

—¿De qué? ¿No me digas que por fin has decidido qué carrera estudiar?

A Lara volvió a frustrarle no tener la respuesta a aquella pregunta. Era abrumador estar junto a alguien que insistía en la importancia de encontrar una pasión que perseguir, un propósito elevado. Él buscaba el impacto en la eternidad, pero ella se habría conformado con que se le encendiera dentro una lucecita que le iluminara el camino a seguir deseando que no se apagase nunca.

—Mmm... No, pero es solo un detalle por perfilar del plan. Entraré en Harvard gracias a mi increíble nota media, o eso espero... —Esfumó la duda agitando la cabeza—. En cambio, lo tuyo está todo decidido; irás a la escuela esa de música tan famosa de donde han salido todos los grandes compositores de bandas sonoras.

—Juilliard está en Nueva York, no en Boston. Tan lista que eres y siempre te lías.

—Bueno, pues al equivalente de Boston.

—Berklee.

—Eso. Allí alucinarán contigo, te harás superfamoso y, gracias a tus conciertos internacionales, iremos a Kenia.

—Yo no me veo siendo famoso en el futuro.

—Ya, pero la fama irá en busca de tu genialidad musical y será inevitable el que te encuentre. Tú tranquilo, que yo haré que no se te suba a la cabeza.

—Estoy seguro de que te esforzarás en que eso no ocurra, Lara. —Tomó una calada que precedió a un breve silencio entre ambos.

La noche había caído sobre sus cabezas, la quietud los envolvía y las luces que se encendían una tras otra en las ventanas del enorme edificio se filtraban en la oscuridad.

—Y en Kenia, ¿qué haremos? No sé yo si allí habrá público para mí...

—Bueno, pues puede que entonces vayamos juntos solo de vacaciones. Yo me enamoraré del lugar y puede que me quede a vivir algunos años bajo el sol africano.

—¿Haciendo qué?

—Ayudando... en algo. Iré y preguntaré: «¿En qué puedo ayudar?».

—¿Así de fácil?

—¡Claro! Así de fácil, Eliott. Es mi sueño, no te atrevas a cuestionarlo.

—Creí que era *nuestro* plan maestro —le recordó él.

—La primera parte, sí.

—¿Luego piensas darme la patada? —Eliott se giró hacia ella algo indignado y apoyó el antebrazo sobre su rodilla doblada dejando la mano que sostenía el cigarro colgando al aire.

—Bueno, aún hay cosas que perfilar.

—Cosas... —rio él.

Eliott apagó la colilla contra el suelo y se la guardó en el bolsillo de su chaqueta, entonces la miró de reojo, apreciando que aún soñaba despierta.

—¿Qué pasó con aquel chico el otro día, con ese Harvey? —le preguntó de pronto.

—Nada, me dijo dos frases y luego se fue con una chica —contestó Lara bajando la mirada hacia sus uñas pintadas de azul.

Receloso, Eliott elevó una ceja y se sopló el flequillo para despejarlo de su frente. Lara apoyó la cabeza sobre su hombro, aún enfrascada en su sueño y suspiró. Él no se inmutó y, tras otro lapsus de silencio, se agitó en su respaldo de cemento:

—Tengo hambre, Lara. Vayamos a los Food Carts, te invito a un bocadillo de carne con salsa picante de Freddo's.

Junio, 2008

Querida Lara:

Cambridge es plana, no hay un sistema montañoso en el horizonte al que mirar como en Portland: el monte Hood, el Santa Elena, el Adams, el Rainer... Allá donde mires, siempre hay una cumbre de referente. Aquí tan solo hay una colina llamada Castle Hill, desde la que, al menos, puede verse la ciudad entera. Mis paseos me han llevado muchas veces hasta allí; sin duda porque ese lugar me recuerda los domingos junto a ti, arriba en la montaña.

Una de las cosas que más echo de menos son las eternas discusiones a las que nos entregábamos cuando terminaba tu tiempo de soledad bajo el cedro; esas conversaciones en las que dábamos rienda suelta a nuestras opiniones contrapuestas sobre la vida, sobre lo posible, lo improbable, lo eterno, sobre Dios, el karma, el equilibrio cósmico... Todas esas incógnitas siguen rebotando dentro de mi cabeza y es frustrante no tener con quién debatirlas ahora. Fray George era un buen oyente, mejor orador incluso, pero sus puntos de vista en estos temas eran similares a los míos, mientras que tú eras la mirada cuestionable de todo.

Aquí no he encontrado a nadie con el que compartir momentos así; requiere de una confianza que no he alcanzado a desarrollar con ninguno de los que he conocido. En realidad, tampoco los he buscado; sería absurdo, porque no dejaría de compararlos contigo. Pero mantener la fe, esa que se arraigaba en mí con fuerza cuando intentaba llevarte a mi lado, es difícil ahora, cada día más. O quizás es solo que hoy me siento víctima de la maldición y por ello esta carta está bañada de nostalgia.

¿Recuerdas el día que me dibujaste con un trozo de rama nuestra galaxia en el suelo? Trazaste una espiral y rodeaste una pequeña fracción en uno de sus brazos antes de decirme:

—En este trozo están todas las estrellas que vemos si miramos al cielo. Esos cientos de millones de puntos están metidos aquí dentro. Es lo único que podemos ver por las noches de la infinidad del universo. Somos la fracción de un átomo cósmico, ¿por qué crees que somos tan importantes entonces, Eliott? ¿Qué relevancia tiene nuestra existencia dentro de un infinito de galaxias?

Comenzaste a dibujar alrededor de la Vía Láctea más espirales, entre elipsis y otros tipos de galaxias irregulares alrededor para mostrarme la inmensidad de lo desconocido.

—No importamos, Eliott. Somos intrascendentes —añadiste señalando el suelo lleno de trazos.

¿Cómo era aquella frase? «Puede que para el mundo no seas nadie, pero que para alguien seas el mundo». Quizá debería haberte soltado algo así en ese momento, habría sido un buen momento para declararte mi amor, aunque seguro que te habrías reído de mí. Nunca tomaste en serio los momentos en los que intentaba demostrarte cuánto me importabas, supongo que yo mismo camuflaba mis intenciones. No estaba preparado y todo eso fue mucho antes de... El caso es que lo que yo te respondí es algo que sigue resonando dentro de mí.

—Yo no te hablo de dejar una impronta en el universo, Lara, sino de dejar nuestro impacto en las vidas de los demás. Te hablo de nuestra minúscula partícula de átomo cósmico. ¿Qué sentido tiene nacer para morir si no es por algún motivo así?

A diario busco mi respuesta, aunque tú siempre me contestases que esto no tenía sentido ninguno, que simplemente las cosas existían, sucedían... Yo confío en ser parte del engranaje de algo superior a mí, una parte importante. Sí, quiero ser importante. No quiero solo respirar, vivir viendo pasar las horas en el reloj y los días en el calendario. Quiero importar, quiero ser eterno en los demás.

La energía no muere, se transforma, y esa afirmación es tan científica que hasta tú la compartías. Por eso, si los sentimientos también son energía, mi amor por la vida perdurará. Al menos, el amor que siento por ti será eterno, más allá de mí. Mucho más allá.

Eliott

Capítulo 10

Marzo, 2005

Eliott estaba sentado en el suelo de cemento desgastado de la azotea, apoyado en el muro por el cual nunca se asomaba. Tenía la mirada fija sobre lo que manejaba entre sus manos, algo que Lara no identificó en la distancia. No levantó la cabeza cuando ellas entraron, ni siquiera al abrir la puerta de latón oxidado que rozaba contra el suelo. Él tenía los cascos puestos, sonaba uno de esos grupos británicos que normalmente Lara desconocía.

—¿Qué haces, Eliott? —preguntó esta dándole un golpe en los auriculares, antes de pegar un salto y sentarse en el borde del muro, a pesar de saber que a Eliott le disgustaba verla allí. Molly, por el contrario, se sentó en el suelo junto a él y le quitó los cascos de las orejas.

—¿Se puede saber qué diablos estás haciendo? —increpó la rubia con cara de sorpresa.

—Me lo ha regalado Steven y voy a probarlo. —Le enseñó una pequeña piedra marrón.

—No me lo puedo creer. ¿Te vas a fumar un porro? —dijo Lara, horrorizada, quien, desde su posición elevada, acababa de darse cuenta de lo que su amigo manejaba entre los dedos.

—Pues sí, ¿quieres probarlo? —le ofreció con tranquilidad.

—¡Pues claro que no! Tú tampoco deberías —le recriminó con los ojos desbocados.

—No seas boba, Lara. —No la miró y siguió calmado con su tarea.

—El bobo eres tú si te pones a imitar a Steven, que es un descerebrado.

—Yo no voy a imitar a nadie. Solo quiero probarlo. ¿Cómo puedo criticarlo si no lo he probado? —Con una media sonrisa parecía felicitarse a sí mismo por su buena pregunta.

—¿También piensas tomarte un chupito de jabón para probar la idiotez de los rusos que lo toman cuando no tienen dinero para vodka?

—Yo lo quiero probar también —pidió Molly decidida.

—¡¿En serio?! Y todo porque Steven es el que se lo ha dado... —Lara estaba desbordada.

—Es solo curiosidad —dijo su amiga queriendo quitarle importancia a lo que iba a hacer.

—Haced lo que os dé la gana.

Lara se dio la vuelta y sacó los pies por fuera del edificio. Sabía que eso molestaría aún más a Eliott, aunque él no le dijo nada y se quedó inmóvil mientras utilizaba sus dedos habilidosamente ante los atentos ojos de Molly. Después dio unas caladas antes de pasárselo a la rubia, que intentó imitarle.

—Así no... No tires así... ¡Lo apagarás! —le indicó él.

—Siento no ser una fumadora empedernida como tú. ¡Déjame hacerlo a mi manera! —Molly dio una profunda calada que la hizo toser y producir algunas lágrimas.

Eliott se rio de ella y miró a Lara, pero esta no les hacía compañía, seguía mirando al infinito en silencio. Se sentía tonta, demasiado cobarde para lanzarse a una aventura que unía a sus amigos y que, por tanto, la dejaba fuera a ella. Los celos se apoderaron de su cuerpo y no acertaba a decidir si estaba más furiosa con ellos o consigo misma. ¿Debía ignorar su sensatez para dejar de sentirse así? El miedo a las consecuencias era superior a cualquier muestra de supuesto atrevimiento y, aunque en ningún momento, ni Eliott ni Molly la habían presionado para que se uniera a ellos, o quizá precisamente por ello, se sentía apartada.

El tiempo pasó con lentitud escuchando a sus amigos hablar y reírse por aquella estúpida experiencia.

—Es como fumar orégano —dijo Molly con cara de asco.

—¿Y tú cuando has hecho eso? —preguntó Eliott flojeando la risa.

—Pues... ¡nunca!

—¿Entonces?

—¡Y yo qué sé! —Se rieron.

—Para mi gusto, esto no es para tanto, prefiero fumar tabaco normal. Esto te pone tontorrón. No sé cómo Steven puede fumar porros y luego subirse a la moto. Yo me estamparía contra la primera acera que encontrase.

—El tabaco también mata. Y, obviamente, Steven algún día tendrá un accidente —apuntilló Lara, pero ninguno le contestó.

—Tú te pones tontorrón hasta con la cafeína de la cocacola, Eliott. Yo no siento que esto tenga ningún efecto en mí —dijo Molly mirándose, como si hubiera esperado que por fumar hierba fuera a crecerle algo en el cuerpo.

—Pues tienes los ojos como tomates.

—Tú también los tienes muy bonitos, Eliott —contestó ella melosa.

Lara decidió recoger los pies y bajarse del muro para tomar dirección a la puerta de salida sin ni siquiera decirles adiós.

—Lara, no te enfades. ¡Yo no estoy enfadado! —Eliott alzó la voz risueña.

—¡Sois ridículos! —contestó ella, dolida. El alcohol ya arruinaba sus días en casa, no necesitaba que sus amigos metieran la droga en su vida. Donde ellos solo veían un inocente coqueteo, ella veía un comienzo absurdo de algo que terminaba por convertirse en una dependencia atroz, en noches de silencio, en miradas vacías, en casas muertas por dentro.

—Pero me quieres. —Eliott se lo gritó justo cuando estaba a punto de abrir la puerta.

—¡Yo también te quiero, Eliott! —gritó Molly antes de arrojarse a sus brazos muerta de risa.

—Además de ridículos, también sois patéticos —los insultó su amiga.

—Pero si esto... no... es... ¡para tanto! —le gritó Eliott paralizándole los pies.

—¡No chilles o tu madre va a subir, estúpido! —le advirtió Lara.

—Eliott... —gimió Molly de pronto, sujetándose la frente con una mano.

—Mi madre, ella sí que pillaría un buen enfado si nos viera. —Se quedó mudo.

—Eliott... —volvió a gemir la rubia.

—No es para tanto —repitió Eliott recuperando su mirada ausente característica.

—Eliott... —imploró Molly desesperada.

—¿Qué?

—Voy a potar —anunció ella con la voz ahogada.

—¿Qué?

Pero Molly no contestó y se fue disparada a sacar la cabeza por el borde del muro.

Lara soltó la puerta y dio media vuelta para acudir en su ayuda, porque Eliott se estaba ahogando en su propia risa con la escena. Tras echar afuera todo lo que había merendado aquella tarde, exhausta y con la cara desencajada, la rubia terminó riendo también. Lara no pudo más que acompañarlos, riendo con una risa algo más comedida que la de los otros dos, pero, al fin y al cabo, también reía.

—¡Una pota voladora! Esto es un récord de altura, Molly. —Eliott rio aún más fuerte y terminó por tumbarse en el suelo.

—Jamás volveré a probar esa mierda, Eliott —juró su amiga.

—¿Lo prometéis los dos? —rogó Lara.

Él respiró hondo. Tenía los ojos muy abiertos hacia el cielo, el sol ya no le podía hacer daño. Lara se percató de que su mirada era triunfal, como la de alguien que se siente victorioso, y entonces lo comprendió todo: Steven y sus drogas también habían caído al vacío.

Octubre, 2008

Querida Lara:

Hacía mucho tiempo que no hablaba con Molly. ¿Quién nos iba a decir a nosotros que encontraría su camino en Virginia? Me parece fabulosa la idea de usar su don con los caballos para hacer algo más grande. Supongo que tú también la extrañas... Pero hoy me ha llamado y, por primera vez después de tanto tiempo, cometí la estupidez de preguntarle por ti.

Después de aguantarte dentro de mí durante tanto tiempo, de retener las ganas de traerte de nuevo hasta mí, aunque fuera en labios de Molly, tras lograr sacarte de mis sueños recurrentes en los que me ahogaba con tus lágrimas..., hoy he creído que había pasado tiempo suficiente como para creerme fuerte. ¡Qué estúpido he sido!

Saber que me has olvidado ha sido una bofetada enorme de realidad. Han pasado tres años desde que me marché, ¿es eso tiempo suficiente para sacar a alguien de tu corazón y para que otra persona sea su dueño?

Me siento traicionado y a la vez estúpido por haber sido yo quien lo permitiera. ¿Qué derecho tengo yo para sentir esta fu-

ria, este dolor, esta agonía? Debería sentir alegría por ti, debería llenarme de paz porque tu vida continúa sin mí, como tiene que ser; pero es tan difícil asumirlo...

Supongo que siempre he sabido que, si no era Harvey, sería otro el que te daría la mano. Tú no eres un alma solitaria, necesitas el calor de la gente, tu corazón está hecho para dar amor y no hay otro que merezca recibirlo más que el tuyo. Sabía que llegaría el día en que alguien descubriría tu brillo especial y querría hacerte suya. Sin embargo, saber que es Harvey me ha llenado de sentimientos contradictorios.

Tras colgarle el teléfono a Molly, la rabia se ha apoderado de mí. ¿Harvey? Aún no puedo creer que sea él quien se ha ganado tu corazón. Los celos me recomen, puedo imaginarlo con su brazo sobre ti, con sus labios en los tuyos, puedo casi verte a ti dedicándole las que antes eran miradas para mí. Y duelen tanto esas imágenes que se forman tan claras en mi mente que he maldecido conocerle porque, de no ser así, me sería más difícil recrear vuestro amor en mi cabeza.

Sin embargo, saber que es Harvey también lo hace más fácil porque sé que él sabrá quererte bien. Vi sus atentas miradas hacia ti, la forma en que los chicos le chocaban la mano con admiración, la irritante simpatía que despertaba en todos... Si llegaste a pensar que él me caía mal, era porque sospechaba que conseguiría lo que yo jamás podré tener, pero él es una buena persona y, aunque sienta que nadie será jamás suficiente para ti, confío en que sabrá amarte.

Sabrá amarte... Siento puñales en el alma al pensar que es él quien besa tus labios, el que recorre tu cuerpo con sus manos y quien ahora besa tu piel. ¿Tus sueños de vida son ahora junto a él? Me pregunto si seguirán siendo los mismos que tenías o si los habrás cambiado, si los habrás modificado para ceder a los su-

yos. No sería raro, amar es hacer concesiones, pero odiaría que renunciaras a tus ganas de descubrir el mundo, de emprender algo en un país lejano. Duele pensar que has enterrado el plan maestro... Puede que creyeses que era algo que nos pertenecía a ambos, que sin mí ya no tiene sentido llevarlo a cabo, pero el plan nunca fue mío. Si lo piensas bien, te darás cuenta de que eras tú quien lo diseñaba mientras yo asentía.

Yo nunca tuve más plan que buscar el sentido a mi existencia junto a ti. No me importaba cómo ni dónde. Pero tú querías verme como alguien importante, querías que fuera hasta el lugar en el que alguien como yo triunfaría y me hiciste creer que podía llegar a ser esa persona. Vivo cada día buscando la eternidad, siendo quien tú querías que fuera, soñando con que lo que hago consigue llegar hasta tus oídos, que lograré hacer algo grande que no podrá escaparse del interés de nadie, que así llegará a ti, que te sentirás orgullosa porque lo que soñabas para mí conseguí hacerlo real... Pero sin ti, la vida cuesta vivirla.

Nunca fuiste mía, aunque sienta que siempre lo serás, porque mi corazón sí que te retiene. Por eso te juro que si él te hace daño...

¡Qué estúpido soy...! ¿Cómo podría impedirlo estando aquí?

¿De verdad me has olvidado?

Eliott

Octubre, 2015

Tras leer aquellas palabras, Lara sintió que estaba traicionando a su prometido. El contenido de las cartas la estaba afectando, pues le despertaba viejos sentimientos que eran desleales hacia su pareja.

Tras la desaparición de Eliott, el único que había permanecido a su lado había sido Harvey. Era cierto que ella había apartado a Molly de su lado durante un tiempo y no había querido saber nada de ella; era demasiado doloroso estar a su lado. Sin embargo, Harvey le había ofrecido su hombro para llorar y había esperado como un amigo paciente hasta que sus heridas se habían ido cerrando.

Lara apretó fuerte los ojos al recordar cuántas lágrimas amargas había derramado sobre su hombro. Se lo había contado todo, se había abierto a él como jamás lo había hecho con nadie, porque con Eliott jamás había podido llegar a hablar de sus sentimientos; no había habido tiempo. Sin embargo, Harvey había escuchado paciente, le había aconsejado prudente, le había brindado justo lo que ella necesitaba. ¿Cuánto le habría costado escuchar sus sentimientos hacia otro chico mientras que él se iba enamorando de ella?

Durante dos años habían mantenido una extraña relación de amistad. Lara no podía evitar compararla con la que había mantenido con Eliott durante toda su vida; aquello la frustraba y muchas veces había estado a punto de alejarlo de ella con sus cambios de opinión, pero el miedo a quedarse completamente sola hacía que volviera a Harvey. El muchacho se había mantenido firme en su promesa de esperarla hasta que estuviese preparada. Lara no le había censurado cuando él salía con otras chicas, porque ella solo le pedía su amistad, pero, en el fondo, sabía que Harvey solo flirteaba con otras con la intención de despertar en ella algo más.

Y entonces, más de dos años después, ella había tenido el corazón preparado para entregárselo. Necesitaba tanto sentirse amada, deseada..., entregar todo el cariño que llevaba dentro. Y con él había resultado todo muy fácil.

Harvey le había descubierto un mundo nuevo, la había sacado de su ambiente adolescente para adentrarla en el excitante mundo universitario, en el que sus amistades eran tan poco sofisticadas como él, siempre con divertidos planes de viajes y fiestas. La había sacado de su mundo y le había enseñado otro, lleno de diversión, amor leal y sensación de libertad.

—Elige un destino —le había dicho en su primer aniversario de novios frente al panel de salidas del aeropuerto.

—¿Estás loco, Harvey? —había reído Lara, estupefacta.

—Podemos ir adonde quieras. Tu sueño era salir y yo te ofrezco el mundo entero.

—¡Es una locura! No sé... ¿Adónde quieres ir tú?

—No, la elección debe ser tuya. Los próximos vuelos en salir son Copenhague, Kiev, Boston...

—No, Boston no —había censurado ella con rapidez, como si una herida cerrada amenazara con resquebrajarle la piel de nuevo—. ¡Turín! Llévame a comer auténtica pasta italiana.

A su padre le caía bien Harvey y había sido toda una sorpresa que accediera sin ninguna reserva a que el chico entrara en su casa al poco tiempo de empezar a ser amigos. En realidad, Harvey le caía bien a todo el mundo. Era atento, de los que sujetaban la puerta al cruzarla o estaban pendientes de que nadie quedara fuera de las conversaciones. Tenía una hermana mayor que le había enseñado cómo tratar con delicadeza el corazón enamorado de una mujer, nunca le había faltado de su familia ni cariño ni cosas materiales y se le daba bien abrirse a la gente, con la que compartía todo lo que tenía a su alcance. Era generoso, inteligente, trabajador, detallista y tan complaciente que, a veces, ella tenía que inventarse los motivos por los que discutir. Era tan perfecto que Lara aún no entendía por qué se había fijado en ella, con su desastrosa vida.

—Porque eres la única chica que conozco que saber trepar por los árboles —le repetía su novio cuando ella insistía en preguntarle.

Él había comenzado sus prácticas en la compañía Richmond el mismo año que Lara debía entrar en Harvard, pero ella no había querido dejar a su padre. La seguridad de que, si le dejaba solo en aquella vieja casa entre los recuerdos, él terminaría por apagarse hasta dejar de querer levantarse por la mañana, le había impedido hacerlo. Tampoco habría podido ir a Boston sola, allí no. Y entonces Harvey la había animado a decantarse por estudiar Derecho en la Universidad de Portland y le había arreglado los papeles para que ella no apartase la idea de continuar con sus estudios allí mismo, cerca de él. El chico le había mostrado la infinidad de caminos que podría elegir al finalizar esa carrera universitaria, lo que le brindaba unos cuantos años más con los que contar mientras averiguaba qué era exactamente lo que deseaba hacer, y ella había terminado por especializarse en Mediación, pues siempre se le había dado bien entender a las personas, arreglar los desacuerdos, poner paz. Sin embargo, Harvey la había convencido para conseguir un puesto de más categoría, en un bufete de abogados, que le aportaría mejor sueldo, y eso había hecho. De todos modos, unos años después, cada vez que se enfrentaba a un caso aún sentía inseguridad.

Tras la lectura, Lara no pudo evitar preguntarse a sí misma si había renunciado a sus sueños, si se había dejado llevar por los consejos prácticos de Harvey anulando sus deseos de huir, de reinventarse, de descubrirse en el camino... No podía decir que su trabajo la hiciera infeliz; de hecho, a comienzos de esa misma semana habría jurado a cualquiera que su vida era absolutamente maravillosa. Sin embargo, en aquel momento, con la carta aún entre sus manos, reconoció que su trabajo tampoco era un sueño hecho realidad.

Agitó la cabeza intentando disipar ese pensamiento como si fuera una nube sobre ella. ¿Quién esperaba que los sueños se hiciesen realidad? Soñar era de ingenuos. No existían ni las señales, ni los deseos concedidos, ni las plegarias atendidas, ni los golpes de suerte. La vida era esfuerzo, determinación, uso de la lógica y del sentido común. Si quería llegar a una cierta edad contando con un respaldo económico, era el momento de cosechar. Los «planes maestros» eran para adolescentes o para los que se podían permitir tomarse un par de años sabáticos vagando por el mundo o probando suerte. Ese no había sido su caso y no lo sería nunca.

Sí, todo aquello había muerto el día de la desaparición de Eliott. Su mundo se había oscurecido en aquel momento y se había mantenido en tinieblas durante mucho tiempo, pero Harvey le había conseguido un nuevo amanecer. ¿Qué demonios hacía dedicándole tiempo a todas esas cartas?

Abrió con decisión el armario y sacó un vestido con el que siempre se había sentido bonita porque le resbalaba como la seda sobre la piel y las costuras se adaptaban a las curvas de su cuerpo dibujándolo de forma insinuante. Cogió los zapatos de tacón con los que solía combinarlo y se echó el abrigo en el brazo. Fue consciente del portazo que dio al cerrar la puerta, como si así demostrase lo poco que le importaban el resto de las cartas que quedaban por leer dentro de la caja. Se paró un instante frente al espejo de la entrada y comprobó que su pelo, a pesar de no haberlo cepillado en todo el día, continuaba presentable, y luego sacó con manos temblorosas la barra de labios para darle vida a su boca, que callaba tanta rabia dentro. Comprobó que llevaba las llaves del coche y salió de la casa con tanta prisa que olvidó apagar las luces del interior.

Durante el trayecto hasta la casa de Harvey, pensó varias veces en llamarle para avisarle de que estaba en camino, pero sentía que, si lo hacía, su prometido le notaría en la voz lo nerviosa que estaba. ¿Qué podía decirle? No quería hablar con él, tan solo necesitaba con desesperación abrazarle, besarle, entregarse a él.

Aparcó en la plaza de garaje que Harvey había alquilado para ella en su edificio y, tras volver a mirarse en el espejo retrovisor, salió del coche sintiendo los latidos erráticos de su corazón estrangulado.

Lara tenía la llave del apartamento, pero llamó al timbre y, durante los escasos segundos en los que no escuchó nada, apretó los puños con desesperación. Le necesitaba tanto que, si no le encontraba en casa, sabía que terminaría explotando en lágrimas. La frustración se había apoderado de ella, la rabia, la incomprensión... Todo la lanzaba hacia los brazos de Harvey; necesitaba abandonarse en ellos. Cuando por fin este abrió, con sorpresa en los ojos, ella entró en el salón sin ni siquiera saludar. Ante la mirada confusa de su novio lanzó el bolso al sofá y se deshizo del abrigo, que dejó caer a sus pies. Todo aquello no duró más de tres pestañeos para Harvey, pero fue tiempo suficiente como para notar que Lara llegaba ardiendo por dentro y, cuando se lanzó a sus brazos, solo acertó a cerrar la puerta con un pie antes de recibir su boca apremiante.

Ella necesitaba aquello, perderse dentro de sus besos, de sus caricias, en la sensación que provocaba el aliento con regusto a vino sobre la fina piel de su cuello. Le dio indicaciones claras a Harvey cuando sus manos se apresuraron a quitarle la corbata que todavía llevaba puesta. Por la hora que era, Lara dedujo que él se habría tomado una copa a la salida del trabajo con algún compañero y que por eso aún no se había cambiado de ropa, pero tenía práctica en desabotonar sus camisas. Sintió que sus fuertes manos acariciaban la seda de su vestido desde sus muslos hasta la cintura, donde él agarró la tela para poder desvestirla. Harvey había comprendido, había reaccionado y, sin mediar palabra, la cogió entre sus brazos y se la llevó al dormitorio para apagar el fuego en el que ella estaba ardiendo.

Llevaban suficientes años amándose como para no necesitar indicaciones o susurros incendiarios, como tampoco para que la inseguridad fuera un reparo a la hora de dejarse llevar por las sensaciones. Fue instintivo, casi agónico, agotador y silencioso. No cruzaron miradas, no intercambiaron palabras, lo único que Lara hizo fue sentir tan fuerte que logró anular cualquier pensamiento dentro de su cabeza. Todas las terminaciones nerviosas de su cuerpo terminaron por estallar y, cuando ocurrió, se quedó quieta, agarrándose a los hombros en tensión de Harvey, que también se había quedado inmóvil, con la cara hundida en su cuello. No se dio cuenta de que lloraba hasta que él apartó de su cara las lágrimas con un dedo. Entonces él se recostó a su lado y la atrajo sobre su pecho para acunarla.

Lara se quedó dormida. El cansancio cedió en cuanto sintió la seguridad que aquellos brazos le aportaban, pero a media noche se despertó presa de un mal sueño que no pudo recordar, y que invadió su cuerpo con una sensación de miedo irracional. En algún momento se había deshecho del abrazo de su novio, que dormía de espaldas a ella emitiendo sutiles ronquidos. Se removió bajo las sábanas colocándose también de espaldas a él y suspiró. Eliott, maldito Eliott. ¿Por qué tenía que reaparecer de aquella manera? ¿Por qué aún tenía el poder de adentrarse en su corazón para desestabilizarlo? Lo tenía todo, ¡todo! Un buen trabajo, un compañero de vida fiel y cariñoso que también era un amante generoso y la posibilidad de formar una familia al alcance de su mano. Era de locos que, con unas simples cartas, su mente regresara casi con desesperación a unos años en los que no tenía absolutamente nada y que, al hacerlo, los extrañase simplemente porque él estaba en su vida.

Volvió a quedarse dormida poco antes del amanecer y fue el olor a café lo que le hizo recuperar la consciencia a regañadientes.

—Buenos días, Lara.

Harvey estaba sentado a su lado con una taza humeante entre sus manos: tenía el pelo mojado y ella supuso que ya se había duchado y que se preparaba para marcharse al trabajo, aunque aún no se había puesto la corbata, lo que le hizo recordar la forma en la que casi se la había arrancado del cuello la noche anterior. Inexplicablemente, una sensación de bochorno se apoderó de ella y le devolvió el saludo con un hilo de voz.

—¿Quieres hablar? —le preguntó él ofreciéndole el café.

—Gracias, huele genial.

Lara se incorporó y aceptó la taza entre sus manos sintiendo la calidez reconfortante en sus palmas.

—Anoche yo... —comenzó a hablar sin mirarle a los ojos, pero luego los buscó como si le pidiera perdón—. Ayer necesitaba estar contigo. Esas malditas cartas me han hecho recordar cosas que ya había superado. Al menos, creía que las había superado.

—¿Qué cosas? —preguntó él con precaución.

—Ya sabes..., de mi padre, de aquellos años. —Para mentirle, volvió a desviar sus ojos.

Se topó con un cruasán sobre un plato en su mesilla de noche y lo cogió. Su estómago le recordó con un gruñido que no había comido ni cenado el día anterior y, antes de seguir hablando, le dio un mordisco.

—¿Y por qué se pone en contacto contigo ahora?

—En realidad, aún no lo sé. No he terminado de leerlas. Son cartas escritas a lo largo de todos estos años en las que me cuenta su vida.

—¡Vaya! ¿Y se puede saber qué fue de él?

—Se marchó a Cambridge. Al parecer, un amigo de su padre dirigía una importante academia para músicos y le ofreció una beca. Compuso la melodía que sonaba en el anuncio de Global, ¿lo recuerdas? —Se le escapó un esbozo de sonrisa.

—Sí, pero... ¿qué tiene que ver todo esto contigo? ¿Qué quiere de ti ahora?

—No lo sé, Harvey. Quizás en la última carta lo averigüe.

Él se levantó de la cama y fue hacia su armario, del que cogió una corbata, y mientras se la ponía, volvió a dirigirse a Lara.

—Ya sabes que yo no voy a decirte lo que debes hacer, pero ¿no crees que si esas cartas te están afectando tanto, simplemente deberías dejar de leerlas?

—Pero ¿cómo voy a ignorarlas?

—¿Que cómo vas a ignorar las cartas de alguien que te hizo sufrir hace años, de alguien que ya no forma parte de tu vida?

Ella le sostuvo la mirada, pero no encontró las palabras con las que explicarle que era incapaz de dejar todo aquello a un lado y hacer como si nunca lo hubiese recibido.

—Sí, sé que no tiene mucho sentido.

Harvey volvió a sentarse a su lado y acogió su mejilla en la palma de su mano.

—Cariño, no sé qué leíste ayer para que acudieras a mí con esa... ¿desesperación? Y, aunque está más que claro que siempre voy a reaccionar bien ante esos impulsos tuyos —intentó hacerla sonreír—, no me gustaría pensar que no soy yo quien en realidad los provoca.

—¡Claro que eres tú! ¿Por qué dices eso? Yo solo te necesitaba. A ti, Harvey. Anoche te necesitaba.

—¿Te parece si me acerco a tu casa a cenar esta noche? No me quedaré a dormir, solo a cenar —le propuso él.

—¿Ensalada César?

—Perfecto. —Él la miró inseguro y, al final, se acercó a sus labios para besarlos con suavidad—. Tengo que marcharme ya. ¿Estarás bien?

—Sí, no te preocupes. Siento lo de anoche... Bueno, solo lo siento a medias.

Lara sabía que diciendo aquello lograría sacarle una sonrisa a su novio, pero cuando escuchó cerrarse la puerta del apartamento volvió a sentir una fuerte presión en el pecho. Terminó de tomarse el café mientras se vestía y, tras hacer la cama y dejarlo todo como si ella no hubiera pasado por allí, se apresuró a regresar a su casa para poder terminar de leer todas las cartas. Necesitaba averiguar el motivo de aquel envío, aunque el proceso amenazara con derrumbar toda su vida.

Capítulo 11

Abril, 2005

De camino a la casa de Johnny, en Sylvan, Robert las miraba por el espejo retrovisor y, mediante comentarios jocosos, intentaba suavizar, sin éxito, el comportamiento de su amigo West. A pesar de ello, Molly parecía disfrutar de aquel juego, mientras que para Lara era de mal gusto.

—No te vayas muy lejos, Molly, no me hagas sufrir buscándote durante toda la noche.

—Si me encuentras, habrá premio —dijo ella, provocadora, tras bajar del coche.

—Eres un pendón, Molly —dejó escapar su amiga.

—Lo sé —rio la rubia.

El viaje hasta la bonita casa acristalada que los padres de Johnny tenían a las afueras se le había hecho soporífero a Lara, no solo por las insinuaciones de mal gusto de West, también por la inseguridad que sentía enfundada en aquel traje de Molly que notaba demasiado ceñido al cuerpo. Cuando se bajaron del coche, vio cómo su amiga intentaba andar firme con los finísimos tacones de su madre sobre aquel terreno lleno de piedras mientras West se frotaba la nuca, seguro de sus posibilidades aquella noche.

La casa estaba rodeada de una espesa arboleda. La más cercana a la vivienda estaba iluminada con guirnaldas que parecían formar un laberinto entre troncos; uno que, a pesar del frío, la seducía mucho más que meterse en la casa llena de gente con la que apenas tenía conversación.

El ambiente estaba cargado dentro, lo notó nada más entrar. Olía a alcohol, a tabaco y a densos perfumes femeninos. Johnny los recibió con la perfecta sonrisa del anfitrión; llevaba una camiseta de propaganda de un autolavado de coches y una corbata anudada con estilo italiano en el cuello.

—¡Hola, preciosas! Vais a conseguir que le dé un ataque al corazón a alguien esta noche. A mí mismo. —Acto seguido se tiró al suelo, desplomándose teatralmente y ellas rieron porque era inevitable hacerlo.

Johnny era adoptado y lo habían malcriado sin límite. Con los bolsillos siempre llenos, no había quien le controlase. Sin embargo, lejos de convertirse en un insoportable fanfarrón por ello, era la persona más desaliñada y despreocupada que Lara conocía. Nadie que no supiera de su familia sabría que, tras su apellido, se escondía toda una fortuna salida de la empresa constructora del padre y de la de maderas de la madre. Johnny daba muchas fiestas y Lara pensaba que lo hacía para sentirse acompañado. Vivir siempre solo dentro de aquel palacio de cristal debía de resultarle pesado a alguien tan abierto y social; y, aunque el dinero no podía comprar la amistad, sí que podía atraer con bebida gratis a las masas.

Molly le ayudó a levantarse del suelo y le pidió melosamente algo de beber.

—¡A la orden! Lo traigo en un periquete. —Él se giró de nuevo hacia ellas antes de cumplir su cometido y estiró el brazo señalando con el índice hacia un extremo del salón—. ¡Ah! Nuestro amigo está en la zona oscura y mística. Pero, tranquilas, sigue igual de muermo que siempre. —Y se alejó bailando.

Ciertamente, Eliott estaba en una esquina oscura y nublada. Todos los del equipo de baloncesto estaban allí, junto a la mesa en la que un grupo de chicos jugaba al Beer Pong. En cuanto él las vio, se escabulló del grupo con andar lento y las manos escondidas en los bolsillos traseros de sus vaqueros.

—¿Qué te has hecho en el pelo? —preguntó escandalizada Molly con los ojos abiertos como platos y la boca abierta.

—Me lo he cortado un poco, yo mismo. —Eliott se encogió de hombros.

—No hace falta que lo jures... Aunque sigue en su estilo, llamémosle... ¿despeinado? —se burló Lara.

—A mi madre le ha gustado tanto que me ha dado permiso para desaparecer de su vista hasta mañana. —Eliott se rio entre dientes y luego se encendió el cigarro que escondía detrás de la oreja.

—¿Entonces vas a quedarte aquí a dor...?

—¡Eliott! —Un par de chicas interrumpieron a Lara con gritos. Intentaban llamar la atención del chico, que, resignado, resopló el humo del cigarro y se dejó rodear por ellas.

En ese momento, también llegó Johnny con sus bebidas, lo que las apartó aún más de Eliott; por ello, decidieron moverse e ir en busca de Steven. En realidad, Lara se dejó arrastrar sin otra alternativa que la de ayudar a su amiga en una misión de caza y captura. Buscaron por los dos salones contiguos, por la cocina, los pasillos y el porche trasero. No encontraron rastro de él en toda la casa y Molly acabó refugiándose en el calor del roce que le ofrecía West.

Aquello dejó a Lara apartada con unas chicas que conocía del instituto, con las que no tenía mucho en común porque el centro de sus conversaciones eran los dramas coreanos, pero que al menos eran agradables con ella. Mientras Stella, Rose y Amy daban vueltas a su charla, ella miraba de forma furtiva a Eliott, que, con una sonrisa forzada, se apoyaba en la pared de enfrente apurando una cerveza. Parecía sentirse acosado por aquellas chicas que no le perseguían solo en el autobús, sino que también lo acosaban por los pasillos del instituto o en el comedor y que no faltaban a los partidos cada viernes.

De repente, sintió que Eliott la escudriñaba por encima del hombro y, antes de girarse para ver qué era lo que le hacía arrugar el entrecejo a su amigo, sintió que una mano se posaba en su brazo.

—¡Mira quién está aquí! Mi amiga la Trepadora.

Sintió acelerarse su corazón al ver al imponente Harvey tras ella. Su pelo triguero estaba meticulosamente peinado hacia atrás y la camisa celeste remangada a medio brazo le proporcionaba un atractivo maduro mucho más interesante que el desaliño generalizado de los chicos adolescentes de aquella fiesta.

Notó las miradas atónitas de las chicas que la rodeaban. Un chico guapo se había acercado a ella, ¡a ella antes que a Molly! Aunque, de hecho, aquella noche ella estaba lejos de resultar insignificante con su ajustado vestido de rayas negras.

Harvey retiró su mano, pero le dedicó una sonrisa y ella le miró con más asombro si cabía aún.

—Eres la última persona a la que esperaba ver aquí —le confesó Lara.

—Johnny y yo tenemos más de un amigo en común; además, sabía que a esta fiesta vendrían chicas muy guapas.

Ella se desinfló y miró a su alrededor. Sí, había chicas muy guapas. Se volvió y afirmó mirándolas, pero Harvey la agarró por el hombro para atraer de nuevo su mirada hacia él:

—Lo que quería decir es que pensé que *tú* podrías estar aquí —le dijo aproximándose con intimidad.

Lara no pudo contestar, tan solo dejó escapar una sonrisa nerviosa. Harvey se aproximó algo más, lo suficiente para que ella se fijara en su mentón recién afeitado, para poder oler la colonia masculina que emanaba y para poder impresionarse con su altura. Entonces bajó la mano que sostenía la bebida, ya que notó que le temblaba y no quería que él se diera cuenta.

—¿Qué pasa, Lara? —Eliott apareció de la nada y le pasó el brazo alrededor del cuello.

—¿Qué podría pasar? —preguntó ella, molesta porque él se presentase en ese momento y se metiera en medio.

—Hola, soy Eliott. —Alargó su mano para presentarse a Harvey mientras, con la otra, seguía agarrando a Lara de manera que parecía alguien reclamando una propiedad.

—Eliott, tranquilo, no pretendía molestar a tu novia. —Harvey había inclinado un poco la cabeza y miró de reojo a Lara.

—¡No! Él no es mi novio —se apresuró a corregir ella.

—Lara no es mi novia, es algo así como mi protegida, y te advierto que cuando bebe tiene muy mal carácter.

Lara se enfrentó incrédula a su amigo:

—¿Pero qué tonterías estás diciendo? ¡No necesito que tú ni nadie me proteja de nada! Vete con tus amigos y déjame en paz, Eliott.

Él, bajo el efecto de unos cuantos vasos de cerveza, se encogió de hombros, besó a Lara en la mejilla y se alejó mientras se encendía otro cigarro y revolvía su estrafalario pelo con la mano.

—¡Será idiota! No le hagas caso, Harvey; está borracho. —A pesar de su enfado, sintió la necesidad de disculparlo—. ¡Si yo ni siquiera bebo alcohol!

—¿Ah, no? Y eso que sostienes, ¿qué es? —El muchacho ladeó la boca en una sonrisa.

Lara miró su mano agarrotada alrededor de la bebida intacta que Johnny le había traído antes.

—Bueno, la verdad es que no sé ni lo que hay en el vaso —dijo con cara de resignación—. Me lo ha traído Johnny y no he querido rechazarlo... Ir de sana en una fiesta de estas es complicado, ¿sabes?

Cuando tengo algo en la mano suelen dejar de insistir. —Arrugó la nariz y él sonrió—. Pero a Eliott no sé qué cable se le ha cruzado, lo siento.

—Pues parecía reclamarte como si fueseis novios —apuntilló Harvey de una manera suspicaz.

—Eso sería absurdo. Es... Eliott, nos conocemos desde pequeños. Por cierto, ¿qué bebes? —le preguntó para cambiar de tema. Sentía cómo empezaban a arderle las mejillas.

—Cerveza. Me temo que finjo mucho peor que tú lo sano que soy.

—¿Te burlas ahora de mí?

—No, pero creo que me gusta provocarte. Pones una cara muy bonita cuando te ofendes.

—Harvey, ¿quién demonios eres? —Lara le preguntó negando con la cabeza mientras la sonrisa se instalaba en su boca.

La noche siguió de una forma muy distinta a como Lara había pensado que lo haría. Ella y Harvey salieron de la casa para pasear por el laberinto de guirnaldas mientras charlaban y, enfrascados en la conversación, ignoraron que dentro había una fiesta y el movimiento imparable de las agujas del reloj. Harvey le contó que tenía una hermana mayor que trabajaba en Vancouver y que sus padres se habían mudado hacía poco al sur tras jubilarse ambos. Ella le confesó las ganas que tenía de marcharse y de ver mundo, lo que hacía exactamente en el voluntariado y evitó mencionar a su padre en la conversación. Cuando él le preguntó cuáles eran sus planes cuando terminase el instituto aquel año, ella no le contó nada acerca del plan maestro y, simplemente, le contestó que no lo tenía claro.

—¿Pero no has mandado solicitud a ninguna universidad?

—Bueno, envié solicitud a Harvard, aunque aún no sé si me han aceptado. La verdad es que antes de comenzar la Universidad me gustaría tomarme un año sabático, viajar, descubrir un poco lo que hay fuera de aquí, descubrir quién soy lejos de la zona de confort...

—Pero comenzar la Universidad no tiene por qué cortarte las alas. El primer año es más una orientación que otra cosa. Eliges clases de aquí y allí, hasta que terminas por averiguar por dónde quieres encauzar tu vida. Yo mismo no sabía bien en qué especializarme, pero, tras unas prácticas de verano, descubrí que las finanzas internacionales me inyectaban tanta adrenalina en el cuerpo como tirarme en paracaídas desde una avioneta.

—¿Te has tirado en paracaídas desde una avioneta? —le preguntó impresionada.

—Bueno, no..., pero supongo que eso debe de meterte una buena descarga de emoción. —Y al ver la decepción en los ojos de la chica, añadió—: Pero puede que lo haga algún día, lo de tirarme en paracaídas. ¿Querrías hacerlo conmigo?

Lara lo miró, seguía tan desconcertada con el hecho de que aquel chico estuviera interesado en charlar con ella, que su conversación fuera interesante, que su realismo le hiciese ver las cosas desde otra perspectiva, que ante esa pregunta solo pudo contestar con rotundidad:

—¡Por supuesto!

Cuando, al día siguiente, Lara abrió la puerta de la habitación de Molly, se encontró por sorpresa allí a Eliott. Estaba recostado en la cama junto a su amiga, que llevaba un escueto pijama, y fue entonces cuando fue consciente de que no tenía ni idea de lo que ellos dos habían terminado haciendo la noche anterior. Harvey había insistido en llevarla a casa en coche, pero, aunque habían pasado un rato muy agradable charlando, aún no se sentía tan confiada como para subirse en su coche a solas. Por ello, había sido Robert quien la había llevado a casa cuando, tras un mensaje de teléfono, el hermano mayor supo que Molly hacía tiempo que se había marchado junto a

West. Sin embargo, al verlos a ambos hombro con hombro tumbados en la cama y reparar en las greñas que le caían a Eliott sobre los ojos, que se protegía con gafas de sol, pensó que ambos habían acabado juntos la noche y sintió un incómodo pinchazo en el estómago.

—¿Has dormido aquí al final? —le preguntó directa a su amigo—. Creí que bromeabas al decir que tu madre no quería verte hasta mañana...

—¿Acaso ha bromeado mi madre alguna vez en su vida?

Lara se metió entre ambos en la cama, separándolos de forma algo brusca y se recostó cruzando las piernas.

—¿No sentís girar el mundo hoy más deprisa de lo normal? —preguntó risueña mirando a ambos, esperando averiguar algo.

—No sé cómo de rápido va el tuyo, pero el mío va a la velocidad de la luz. No sabes cómo me pasé ayer y lo que nos pasó —dijo Eliott mirando cómplice a Molly, que afirmó para corroborarlo.

—Os lo tenéis bien merecido. Lástima que Steven se librara —añadió la rubia con tono rencoroso antes de arroparse con el edredón. Su amiga se enteraría después de que, como él no había ido a la fiesta, había terminado la noche enroscada en la lengua de West.

—¿Qué pasó? —preguntó Lara ansiosa por saber.

—Digamos que llegó un momento en el que dejamos de contar los vasos de cerveza que bebíamos y... cuando todo terminó, ninguno estaba en condiciones de coger sus coches. Johnny hasta se aseguró de que yo no pudiera hacerme con las llaves del mío, así que tuvimos que volver andando, ¡y ya era de día! Anduvimos durante casi dos horas aguantando el llanto de agobio de Bobby al ver que volvía a casa sin la lata vieja de su padre. ¡Por un Ford oxidado! —Eliott lloraba de la risa.

—¿Y por qué no te quedaste a dormir en casa de Johnny?

—Bueno, es que sus padres aparecieron y digamos que no se pusieron muy contentos.

—¿Johnny no les había pedido permiso para celebrar la fiesta?

—Digamos que él simplemente contaba con que ellos no aparecerían.

—¿Y no había nadie que te pudiera llevar, al menos, hasta el centro?

—¿Como quién? ¿Alguien del grupo de tu amigo Harvey? —Lara fulminó con la mirada a Eliott sin decir ni media palabra. Tenían mucho de qué hablar, pero su intención era hacerlo a solas—. ¿Aún estás enfadada conmigo? —añadió él en un susurro.

—Pues, ya que lo preguntas, no sé a cuento de qué le dijiste esa tontería. —Lara no había pegado ojo durante la noche. En su mente se repetían las conversaciones que había mantenido con Harvey, pero también se preguntaba una y otra vez a qué se debía la estúpida actitud de su amigo.

—Te pedí perdón —se excusó Eliott.

—No. Lo que hiciste fue besarme —le corrigió Lara.

—¡¿Cómo que os besasteis?! —Molly, exaltada, apartó de sí el edredón y salió de la cama.

—En la mejilla, Molly. En la mejilla. Lara estaba con su «noviete» —explicó el chico revolviéndose el pelo.

—¡Y qué pedazo de hombre! Os vi de lejos antes de que desaparecierais. ¿Tú y él...? —Molly comenzó a dar besuqueos al aire y expresó emoción ante la posibilidad de que su amiga pudiera haber encontrado un chico con el que, por fin, dar rienda suelta a sus instintos. Y no uno cualquiera, sino ¡uno muy atractivo!

—No, Molly. Solo hablamos. Estuvimos todo el rato hablando y, cuando dejamos a sus amigos, dimos un paseo por el bosque y... seguimos hablando. Es un chico cortés, de esos que te abren la puerta. —Lara contestó con la mirada fija en Eliott—. Ni siquiera intentó besarme.

—¡¿Cortés?! ¡Anda ya, Lara! A mí me pareció un pijo y un fantasma al que le gusta jugar con niñas de instituto y exhibirlas ante sus amigos universitarios. ¡Es un gallo de corral! Y a ti lo que te pasa con él es que te embobas porque te parece emocionante y nuevo. —Eliott se levantó y salió de la habitación con su característico andar pesado, engarrotado por el enfado.

—¡Niño de instituto lo serás tú! —respondió a gritos Lara, ofendida, cuando la puerta se cerró tras él. Harvey no era como Robert, ni de lejos. Quería añadir aquello a gritos, pero lo guardó dentro. Ella tampoco era como Molly.

Se hizo el silencio en la habitación de su amiga y ambas se miraron durante unos segundos sin pestañear.

—Me he perdido. ¿Qué acaba de pasar aquí? —Lara no le contestó, aún sentía las pulsaciones desbordadas—. Si Eliott no fuera nuestro mejor amigo y no lo conociéramos de toda la vida, juraría que está muerto de celos —afirmó la rubia extrañada.

Lara la miró estupefacta. ¿Celos? ¡Qué tontería...! No podía pensar en algo así. Era la primera vez que Eliott se enfadaba con ella y aquel portazo había resquebrajado su corazón porque, por muy molesta que se hubiese sentido con él, jamás habría pensado que algún día él pudiera llegar a marcharse dándole la espalda.

Diciembre, 2009

Querida Lara:

Este último año ha sido una sucesión de meses confusos, nublados y carentes de melodía.

Infinidad de noches, al despertarme en plena madrugada, he encontrado a alguna chica tumbada a mi lado en la cama. A veces sin recordar cómo esa persona ha llegado hasta allí; otras, incluso sin ser consciente de que con algunas no era nuestra primera vez.

Me excuso al pensar que mi mente no recuerda mis actos porque intento no mirarlas a los ojos. Las caras se olvidan mientras que las miradas son las que se clavan en el recuerdo, y yo no quiero que esas chicas se queden en mi vida, ni siquiera como imágenes borrosas en una esquina de mi cabeza. Ellas solo son estrechos y oscuros callejones por los que necesito perderme.

Muchas veces me he marchado de la habitación dejándolas dormidas, ajenas a mi frialdad. Me visto, cojo el paquete de tabaco y vuelvo a pasear por la calle hasta que el sol está suficientemente alto como para asegurarme de que se habrán marchado de mi cama a mi regreso. He llegado a prometerles amor eterno para atraerlas, para que caigan en mi red y que de esa forma me hagan olvidar, por unos minutos, el dolor que me consume, convirtiéndome con ello en lo que tú siempre odiaste.

Me encierro por las tardes en el cuarto de Chris hasta que la humareda que nos comprime nos echa a la calle, en busca de alguien nuevo que pronto encuentro. Simplemente me dejo llevar y la noche son ráfagas que, sentado en la cama junto a esas extrañas, se suceden unas tras otras. No puedo salir de aquí, es como estar dentro de un remolino que no me da opción de escapar. Me estoy ahogando. Me estoy destruyendo.

Leo ha amenazado con mandarme a casa si no mejoro el rendimiento y debo hacerlo porque por nada del mundo quiero volver allí y encontrarte con él. Podría dejar la academia, marcharme lejos, solo, abandonar la música... Pero entonces, ¿qué sentido tiene que siga respirando?

Perdí el trabajo, tampoco me importó. Estaba harto de llevar a gente arriba y abajo del río, repitiendo una y otra vez el mismo discurso rayado sobre la ciudad, sus colegios y su historia, viendo cómo reían, cómo se besaban, cómo me restregaban su felicidad por la cara.

Apenas como, no tengo dinero para pagar el comedor. Una pinta es más barata que un menú y así se cierra el círculo vicioso en el que ruedo como un hámster en la rueda de su jaula.

Esta tarde creí verte sentada en la ventana del cuarto, a través de la nube de tabaco... Estabas sentada allí, ¡lo habría jurado! Con los pies por fuera, dándome la espalda. Me ponías a prueba, como cuando nos enfadábamos. Era como si tu imagen me avisara de que lo que estoy haciendo no está bien. No te girabas hacia mí; por mucho que gritara tu nombre, no te girabas, como si no quisieras mirar a la persona en la que me he transformado. Me dabas la espalda, tal y como yo te la di a ti.

Pero es cierto, no estoy bien. Nada está bien y escribirlo es el primer paso que doy para reconocerlo. Siempre serás tú la primera a quien acuda, siempre has sido tú.

Por favor, vuelve a mi ventana, necesito verte. Cambiaré, pararé todo esto, aunque tenga que pedir ayuda; pero, por favor, vuelve a aparecerte y gírate hacia mí cuando te llame.

Eliott

Capítulo 12

Abril, 2005

Lara estaba furiosa porque no comprendía nada. Hasta entonces, a ella nunca le había ocurrido nada emocionante ni digno de contar a Molly o a cualquiera, y ahora que se sentía especial y afortunada, como si por fin, tras aquella noche junto a Harvey, la iluminase un halo de suerte, resultaba que su felicidad parecía una desgracia para la persona que más quería. Eliott jamás se había comportado así, era algo inexplicable y se sentía herida. Su amigo no había dado señales de vida durante todo el sábado y, por ello, el domingo se había despertado furiosa con él. Al mismo tiempo, sin embargo, sentía miedo ante la absurda idea de perderlo y le dolía tanto el corazón que solo podía pensar en ir a verle para aclarar la situación.

Aún metida en la cama, con todos esos pensamientos dando vueltas en el interior de su cabeza, se dio cuenta de que su padre preparaba café en la cocina cuando el aroma torrefacto se coló por debajo de la puerta de su dormitorio para trepar hasta su delicada pituitaria. No solo era sorprendente el hecho de que por sí solo él se hubiera decidido a levantarse del sillón o de donde fuera que la noche anterior se hubiera quedado dormido; también era algo insólito que el sonido que llegaba a sus oídos fuera el de una cafetera funcionando en lugar del de unos hielos chocando en un vaso antes de ser rociados con algún destilado. Deseó con fuerzas bajar para ver con sus propios ojos lo que ocurría y, a su vez, hacerse con una buena taza de ese café caliente, como si él hubiera preparado la bebida para ella. Como si, por primera vez desde hacía mucho, él le hubiera prestado la suficiente atención como para notar que ella estaba sumida en un alboroto emocional que le hacía necesitar unos brazos en los que cobijarse.

De pronto, escuchó que sonaba el piano abandonado, desafinado y custodiado por el ventanal del salón. Fue un sobresalto inesperado que aceleró su corazón. Las notas cabalgaban desde la planta de abajo hasta su habitación. Era una melodía dulce y suave que la hizo descalzarse y descender a cámara lenta los peldaños de aquellos escalones crujientes. Antes de asomarse al espacio abierto, apoyó la espalda en la pared del pasillo con el corazón martilleando su pecho. No quería interrumpir al intérprete, necesitaba escuchar aquellas notas como si fueran las palabras de una disculpa. Eliott acariciaba el piano, sus dedos se deslizaban ágiles al tocar aquellas teclas de nácar amarillento. Ella permaneció allí oculta, escuchando aquella pieza nueva que no habría podido decir si era suya o de un gran maestro clásico, hasta que él terminó con una nota sostenida en el aire con el pedal.

El chico de vaqueros desgastados, sudadera con capucha y pelo negro despeinado mantenía la espalda algo encorvada y la mirada fija en el teclado. Lara captó la tristeza que su profundo color azul desprendía y no terminaba de comprender lo que sucedía en el interior de aquella cabeza. Ni siquiera ella, su principal confidente, era capaz de descifrar la misteriosa mirada en la que se escondía una mente inquieta, codificada en acordes, compases y claves de sol.

Lara, invadida por una creciente agonía interior, no pudo contenerse más y se acercó hasta él para abrazarle por la espalda. Él apoyó una de sus manos sobre los brazos de su amiga enroscados en su cuello y dejó reposar en ellos su cabeza con cansancio.

—Te he traído algo. —Eliott arrastró una caja rosa de Voodoo Doughnuts que escondía junto al piano.

—Siempre intentas sobornarme con comida. —Lara le soltó para recoger el obsequio.

Lo abrió y descubrió un surtido de dónuts con glaseado de colores que hizo sonar sus tripas. Su enfado y angustia desaparecieron por completo en cuanto vio el de beicon con jarabe de arce. Saber que Eliott había ido hasta el Old Town para hacer la larga cola que siempre había a las puertas de aquella tienda, tan solo para llevarle a ella aquella dulce petición de perdón, era más que suficiente para concedérselo.

—Entre nosotros no ha pasado nada, ¿verdad? —Él la miraba con arrepentimiento y Lara no era capaz de resistirse a esos ojos, ni a aquellos dónuts.

—No, esta vez no ha pasado nada, pero que conste que te habría bastado con el piano —dijo rodeándolo por el cuello otra vez, conteniendo un deseo absurdo de besarle en él—. No te he oído llegar.

—Tu padre me ha visto por la ventana de la cocina y me ha abierto. —Eliott pareció agradecer esa muestra de cariño y relajó su frente arrugada—. Le he pedido que nos hiciera café para acompañar los dónuts. Creo que también le apetecen a él.

Lara sonrió por todo. Entre ellos, todo seguía igual y eso estaba bien; además, su padre los esperaba en la cocina, sobrio y dispuesto a desayunar con ellos.

Febrero, 2010

Querida Lara:

La otra tarde, mientras esperaba a las puertas de la secretaría de la academia para entregar una solicitud de prácticas en el estudio de grabación PineWood, vi un cartel pegado en el corcho de anuncios. En él ofrecían un trabajo como pianista, sin más detalles, pero apunté la dirección en una de mis partituras sin pensármelo dos veces. Sentí que era una señal. Yo necesitaba que algo ocupara mi tiempo libre y ese trozo de papel se me vino a la vista entre todos los panfletos que había ahí colgados, así que sentí que había llegado el momento de parar la corriente autodestructiva que me estaba arrasando.

Fui a aquella dirección que quedaba entre la estación de trenes y el jardín botánico. Era una casa de ladrillo rojo oscuro escondida detrás de un manto de hiedra, de tres plantas de altura y con un pequeño jardín algo menos cuidado que el resto de los de esa calle. Ascendí las estrechas escaleras que terminaban en una puerta principal pintada de color rojo que estaba abierta. Llamé al timbre, pero, como nadie salió, decidí cruzar el umbral. Me adentré por un pasillo estrecho y seguí el murmullo de unas voces agudas que me llevaron hasta otra puerta entornada por la que miré para descubrir un amplio salón de baile. Allí dentro había un torbellino de color rosa formado por voces chillonas que se callaron al descubrirme. Una chica vino hacia mí prácticamente de puntillas, como si sus pies apenas rozasen el suelo. Era evidente que se trataba de una profesora de ballet y que aquel sitio era una academia de danza.

A cámara lenta y con voz cauta me preguntó qué hacía allí. Le expliqué que había visto su anuncio y ella puso cara de alivio ya que, al parecer, nadie había respondido aún. Me pidió que esperase fuera a que terminara su clase y, cuando la última alumna se hubo marchado, ella me dio paso y se presentó como Sophie. Se envolvió en una bata y me llevó a una habitación para hacerme un pequeño cuestionario. Su aspecto era el de un ángel, con la piel blanca y el pelo muy rubio, pero en cuanto comenzó a hablar comprobé que era una persona fría y distante, que hablaba como si tuviera cuarenta años en lugar de veinte y que no mantenía el contacto visual ni era receptiva a las sonrisas. Luego fuimos hasta el piano con el que contaba la academia en la sala de baile para hacerle una demostración de mis capacidades. A todo respondió conforme, sin alabarme en ningún momento, pero en realidad creo que ya estaba contratado nada más entrar por la puerta.

Cuatro horas, cuatro días a la semana por un sueldo pésimo y ridículo era su oferta, era lógico que nadie hubiera aceptado, pero yo no me pensé dos veces el aceptar. Ni de lejos era lo que yo esperaba cuando leí el anuncio, pero necesitaba ocupar mis horas. Según Leo, solo necesito echar horas sobre el teclado para que la inspiración regrese a mí, y es lo que voy a hacer.

Sophie me ha dado unas partituras que tendré que tocar una y otra vez en cada clase, no va a ser muy emocionante, y, aun así, estoy ansioso por comenzar.

La de ayer fue la última noche. Lo juro, Lara.

Eliott

Octubre, 2015

Lara había regresado a su casa con la determinante intención de leer lo más rápido posible todas las cartas que quedaban dentro de la caja, para luego juntarla con el montón de cosas a desechar de la mudanza. Harvey era alguien maravilloso, la amaba de una manera excepcional y no se merecía todos los sentimientos que, de forma irracional, se habían despertado en ella hacia lo que era un viejo y doloroso recuerdo. Fue directa a darse una ducha, aunque con ella no consiguió despejar su mente tanto como esperaba. El jabón y el agua fría no tenían nada que hacer frente a la incomprensión, la culpabilidad y el nerviosismo que ahondaban profundamente bajo la piel. Envuelta en el albornoz, regresó a su dormitorio, miró la cama enredada con las cartas leídas y leyó aquella primera carta en la que Eliott parecía sufrir un cambio de conducta. Parecía que iba a marcar un antes y un después en el resto que le quedaban por leer y no pudo negar la emoción creciente que eso le supuso a ella. Sentía que ya estaba cerca de averiguar el motivo de aquel envío, por lo que se puso ropa cómoda, dispuesta a quedarse en casa leyendo el resto del día. Ella también estaba decidida a dejar zanjado todo ese asunto antes del amanecer; al día siguiente debía regresar a su vida, una en la que Eliott Warren era el pasado.

Mayo, 2010

Querida Lara:

En estos últimos meses, mi vida ha dado un gran cambio. Todo lo que hago gira en torno a la música. Incluso cuando duermo, sueño que estoy tocando. La razón de mi existencia se materializa más cada día y, aunque aún no se me ha revelado en qué forma o en qué momento, algo de esto será trascendente. Siento que voy en la dirección correcta.

He conseguido completar varios pentagramas con unas notas que hasta ahora había buscado fracasando siempre. Esta vez, es algo grande. Es bueno, Lara, muy bueno. Aún no lo he compartido con nadie, ni siquiera con Leo, pero aun así él está satisfecho con mis creaciones y lo ha demostrado de una forma curiosa: aumentándome las horas de sus seminarios. Creo que ahora espera grandes cosas de mí después de haber perdido casi un año entero perdido en composiciones vacías que me hicieron repetir curso...

Por ello, tengo tanto trabajo que solo estoy en la residencia para dormir. De todas formas, ya no tengo allí a nadie que me espere con ganas de sacarme a los bares cada noche. Chris terminó sus estudios y ahora está en Estocolmo, en cuya orquesta sinfónica consiguió el puesto de primer violín. Johnny, por su parte, se marchó hace medio año a Italia, decidido a coger el Interrail para recorrer Europa. A sus padres les dijo que había encontrado una nueva pasión: el turismo. Seguramente ellos se han conformado con la esperanza de que al menos con sus viajes adquiera fluidez en otros idiomas. No te voy a negar que hay días en los que extraño tener con quién reírme de banalidades, pero así también me ha sido más fácil alejarme del camino autodestructivo y, en realidad, tampoco tengo tiempo para pensar mucho en ellos. Mi intención es buscarme un pequeño apartamento y dejar la residencia.

Para mi sorpresa, las clases de danza son muy divertidas. Las niñas más pequeñas son muy revoltosas y me paso más tiempo esperando a que Sophie ponga orden en la sala de baile que tocando para ellas. Las adolescentes tienen una forma de hablarme que me incomoda porque... ¡se me insinúan! Y juro por Dios que yo mantengo los ojos fijos en el teclado para evitar que ninguna piense que le dedico algún tipo de atención, pero es como cuando en el instituto ninguna chica notaba que yo solo tenía ojos para ti y ellas seguían insistiendo en conquistar un corazón ya enamorado. También hay un grupo de señoras mayores que acuden a las clases por distintos motivos: como terapia, porque de jóvenes hicieron danza y necesitan revivir aquellos tiempos, como excusa para escapar un rato de las obligaciones del hogar... A ellas les gusta hablar conmigo, y reconozco que a mí también me gusta escucharlas. Una de ellas, Andrea, me trae todas las semanas galletas con pasas, Enriquetta me regaló la semana pasada una bufanda tan larga que puedo darme tres vueltas al cuello con ella y otra me preguntó si estaría interesado en ir a tomar el té a su casa para conocer a su sobrina Alice, que es optometrista. Todas las alumnas, en general, me han acogido en la academia de baile encantadas; sin embargo, Sophie solo me dedica malas caras por robarle tiempo con mis charlas y solo se dirige a mí durante las clases para decirme «repite esto» o «más despacio». Igualmente, yo disfruto viendo cómo todas se mueven y coordinan sus pasos de ballet, la forma en la que doblan sus rodillas en un demi-plié *o giran con la pierna estirada en un* fouetté. *Sí..., me estoy convirtiendo en todo un experto. Y como si el destino me hubiese traído hasta aquí por un motivo, en mi mente ha comenzado a nacer una composición para ballet que ya imagino sonando hasta el techo de un bonito teatro mientras una compañía de ballet se desliza sobre el escenario con cada estrofa. Creo que tiene el suficiente potencial como para convertirse en el trabajo final que tengo que presentar para poder graduarme.*

Sophie es seca y distante conmigo, es todo lo opuesto a una amiga, pero como maestra de danza es cariñosa con las niñas, con las adolescentes tiene mano firme y con las señoras termina siempre riendo. No sé si debería preocuparme ser la única persona a la que le dedica menos atención que a un enchufe, pero lo que tengo allí es suficiente para mí. Me aporta dinero con el que comprar comida, me aleja de caer en tentaciones oscuras y me inspira tanto como para sentirme Tchaikovsky componiendo El Cascanueces.

Hay días en los que, cuando salgo de allí, satisfecho y feliz, voy a la colina con una bicicleta que rescaté del río (sí, no te imaginas la de bicicletas que hay allí dentro). De alguna forma retorcida, me hace sentir que acudo en tu búsqueda. Me quedo sentado en la hierba mirando el horizonte hasta que la luz desaparece lentamente apagando el día y, antes de que la oscuridad llegue hasta mí, te entrego mi pensamiento, mis latidos, la energía restante con la que vibra mi cuerpo para así llegar vacío y extenuado a la residencia.

Siempre espero un nuevo amanecer en el que no necesite pensarte, ni recordarte, ni escribirte para mantenerte en mi vida, pero cuantos más años pasan, más claro tengo que, en realidad, tú eras el amanecer.

Eliott

Capítulo 13

Abril, 2005

Vivir en un lugar en el que llueve ocho meses al año es algo a lo que te acostumbras, algo a lo que te adaptas o algo que terminas aborreciendo. Para Lara, era algo que le podía llegar a producir todas esas reacciones en un mismo día. Cuando su espíritu se encontraba alborotado, fruto de la asfixia que ya de por sí le causaba vivir bajo el mismo techo que su padre, soñaba despierta con lugares paradisíacos; pero cuando había calma, cuando el día era tan solo un día más, cuando podía deleitarse con los tonos grises de una tormenta, Lara se abrazaba al romanticismo, a la dulce melancolía y a los sueños novelescos que combinaban tan bien con el repiqueteo de la lluvia.

Aquel era uno de esos días en los que el viento se afanaba en agitar las ramas de los árboles y el cielo se entoldaba para anunciar una tormenta de primavera. Las ráfagas de aire lanzaron las primeras gotas de forma violenta contra los cristales hasta llegar a formar ríos que desembocaban por las esquinas de los marcos de las ventanas. Habría sido un día perfecto para quedarse en casa y hundir la nariz en uno de sus libros, para tumbarse en la cama y desde allí barajar las posibilidades de su futuro, para pensar en la noche con Harvey o para cerrar los ojos e intentar recordar la melodía que Eliott le había dedicado la última vez al piano. Pero aquel solo era un rutinario día lectivo, uno que la obligaba a estar encerrada dentro del aula del instituto.

Su vida en el instituto no era precisamente la de una protagonista de película. Ella, por ejemplo, no tenía un gran grupo de amigas, aunque era consciente de que la culpa era suya en gran medida. Pero ¿cómo podía forjar amistad con chicas que tenían vidas perfectamente normales que giraban en torno a los chismes ajenos, a las fiestas de después de los partidos y a los chicos? Ellas eran adolecentes normales que no tenían que llevar una casa adelante, ni debían lidiar con un padre depresivo que se ahogaba en alcohol; no dedicaban la mitad de sus tardes a limpiar el baño de un anciano viudo con artritis ni a hacer la compra de otro medio inválido con el fin de ahorrar unos dólares con los que poder comprar un billete de avión a quién sabía dónde y quién sabía cuándo. Ellas irían a la Universidad mientras que ella aún no sabía hacia dónde orientar su vida; tenía notas excelentes como para conseguir una buena beca, pero el sueño de Harvard era tan anhelado por tantas como ella... Sus compañeras vivían una normalidad en la que Lara no encajaba, y tampoco merecía la pena esforzarse cuando ya tenía a Molly y a Eliott. Ellos siempre habían estado, y siempre estarían.

Cuando por fin sonó el timbre que anunciaba el final del horario lectivo, los alumnos se levantaron de sus asientos como si en realidad hubiese sonado la alarma de incendios. Ella también recogió sus cosas aprisa, entre comentarios cortos sobre el tiempo con Betty y una gran ansia por abandonar el lugar. Un ejército de chubasqueros y quejas oportunas invadieron la salida del instituto.

—Este fin de semana no viene mi hermano a casa, se queda a estudiar en el Campus, en la habitación de un compañero. Espero que se centre en los exámenes de la Universidad y que así no venga a incordiarme —comentó Molly.

—Pues hoy yo habría agradecido que te hubiese venido a recoger. Va a ser horrible coger el autobús urbano.

Lara suspiró al ver cómo el colapso de gente en el pasillo del instituto se abría cual Mar Rojo al paso de Molly, el mismo que se cerraba para ella teniendo que dar codazos para poder seguirla. La rubia desplegó un llamativo paraguas amarillo y naranja, fijó la mirada al frente y se paró en seco haciendo chocar a Lara contra su espalda.

—¡Esto sí que es la repera! Resulta que, después de todo, vamos a tener chófer. Tu caballero de brillante armadura está ahí enfrente —dijo Molly embobada. El paraguas se desequilibró en su mano y las gotas acumuladas se derramaron sobre la cabeza de Lara.

—¿Qué tontería estás diciendo? —Siguió la mirada perpleja de su amiga y la sorpresa le hizo cuadrar los hombros. Un ardor recorrió su cuerpo y sintió el corazón en la boca. Entonces, se miró de arriba abajo y notó cómo comenzaban a enrojecerse sus mejillas. Aquella ridícula ropa medio mojada, despeinada ¡y su carpeta de flores! Quiso darse la vuelta y meterse de nuevo en la clase.

—¡Vamos, boba, anda! —Molly arrastró a Lara hacia un empapado Harvey, que, con un aspaviento de brazos, intentaba llamar su atención.

Lara se iba acercando a él con el pánico de pensar que sus piernas fallaran y pudiera caerse allí en medio, en uno de los charcos que se formaban en las hondonadas del asfalto estropeado. La lluvia resbalaba sobre la pintura azul metalizado de su coche haciendo que esta brillara aún más, convirtiéndose en el objeto de las miradas de los alumnos a sus espaldas. Harvey estaba apoyado sobre el lateral con una pierna cruzada delante de la otra. En aquel momento, el resto del mundo dejó de existir para Lara: solo estaban ella, Harvey junto a su coche aparcado con las luces de intermitencia activadas y el suelo deslizante entre ambos.

—No recordaba si habías dicho que adorabas la lluvia o que la detestabas, así que, ante la duda, he decidido venir para preguntártelo —dijo él tiritando. Su pelo rubio se había oscurecido por el agua y se le pegaba a la cara, por la que se escurrían decenas de gotas.

Lara le sonrió y negó con la cabeza, se encogió de hombros y le contestó:

—¿Ambas?

—Hola, soy Molly. —Esta se presentó con una sonrisa descarada de oreja a oreja bajo el paraguas.

—Y yo soy Harvey. —Entonces, abrió la puerta trasera del coche y las miró mientras el agua seguía resbalando sobre su cara—. ¿Os llevo a casa?

—Claro, vienes como caído del cielo, igual que la lluvia —respondió divertida Molly mientras empujaba a Lara hacia la puerta delantera del coche y le susurraba con excitación al oído—: Como no te ligues a este tío te mato, Lara. ¡Tiene un BMW espectacular!

Lara estaba muy nerviosa; se resistió al empujón de su amiga y se sentó detrás junto a ella.

—Creo que mis vaqueros pesan unos tres kilos más ahora mismo —dijo él ya dentro, mientras sacaba de la guantera una arrugada camiseta blanca con la que se secó la cabeza.

Estaba empapado, pero eso no evitó que sonriera. Arrancó el coche y el sonido hizo que Molly pellizcara el brazo de su amiga con emoción. Lara aún no daba crédito a que el chico estuviera allí, a la salida de su instituto, que hubiese acudido por ella. Le temblaba la sonrisa porque aquello sí que era digno de una novela.

—Me alegro de haberte encontrado entre tanto paraguas. No quería marcharme sin despedirme de ti.

—¿Te vas? —La sonrisa de Lara se desdibujó.

—Sí, me voy a Seattle un par de meses. He conseguido que un amigo de mi padre me meta en su departamento financiero para poder hacer con él mi proyecto de fin de carrera. Aunque intentaré venir a menudo. —Las miraba por el espejo retrovisor.

Molly atizó con un codazo a Lara, que se sentía abrumada y siguió guiando al improvisado chófer hacia su casa.

—Recto y a la izquierda hasta el paso de peatones. ¿Un proyecto de qué? ¿Qué estás estudiando? —preguntó la rubia.

—Estoy terminando Económicas, por fin. Esta empresa de Seattle tiene sedes por medio mundo y eso es justo lo que a mí me gusta, las finanzas internacionales. Algo que os debe sonar de lo más aburrido a vosotras.

—¿Controlar el dinero del mundo? No me parece nada aburrido —dijo Molly, aduladora.

—Creo que podré hacer un proyecto bastante interesante y Seattle está muy bien. —Harvey elevó la ceja sonriente.

—Yo tengo muchas ganas de acabar el instituto y comenzar fuera —dijo Lara con la mirada perdida en el cristal—. Pero cuando me vaya no regresaré en mucho tiempo.

—Bueno, eso suena bien si aquí no piensas dejar nada atrás, porque cuando sí lo tienes, es difícil marcharte.

—Bueno sí, a ella, a Eliott... —meditó Lara, a lo que Molly le lanzó una mirada de espanto y, con rapidez, entendió que acababa de nombrar a alguien que no tenía cabida en la conversación en ese momento.

—Dejar a los buenos amigos es difícil, sí. ¿Sabes? Johnny me habló de vuestro amigo —comentó Harvey, que ya se acercaba a casa de Molly.

—¿Qué te contó ese chiflado? —preguntó esta con curiosidad.

—Pues que juega con él en el equipo de baloncesto, que es algo así como un genio del piano y que le surge un increíble mal humor cuando alguien se acerca a cualquiera de las dos. Así que intentaré no caerle muy mal, nunca me he tenido que partir la cara por charlar con una chica, y ahora llevo en mi coche a las dos por las que él rompe dientes.

Lara sonrió al recordar cada uno de los comentarios afilados que su amigo le había dedicado días atrás.

—No es para tanto, o... quizá sí, pero es que Eliott es así, protector. Si le caes bien y nos tratas como lo estás haciendo —Molly le sonrió complacida—, no tendrás ningún problema. Hay que reconocer que salvarnos de la lluvia y de ir en el apestoso autobús ya te da por lo menos un millón de puntos. Nosotras le queremos muchísimo, es como nuestro hermano. ¿Verdad, Lara?

—Verdad —susurró.

—Tomo nota. ¿Por aquí te viene bien, Molly? —Había conducido por las calles de manera precisa siguiendo las indicaciones de la rubia. Deslizó la mano sobre el volante para girar y acercarse a la acera, y ese movimiento le resultó muy sexi a Lara.

—¡Perfecto! Muchísimas gracias y espero que vuelvas pronto a vernos o a recogernos —se despidió entre risas Molly.

El corazón de Lara se aceleró en cuanto la puerta del coche volvió a cerrarse, ya no había quien le diera la mano para no temblar ni tartamudear.

—Si te quedas ahí detrás harás que me sienta como un taxista; aparte de que, por querer mirarte, podemos tener un accidente.

Lara obedeció y se sentó delante junto a él. Estaba viviendo aquellos instantes como si no fuera ella. Lo acostumbrado era que Molly se sentara junto al chico y ella lo observara todo detrás, que la dejaran a ella primero en casa y que no recordaran su nombre la siguiente vez que se vieran.

—Me da pena que te marches, ahora que empezábamos a no discutir cada dos palabras —bromeó la chica en el intento de parecer segura de sí misma.

Era cierto lo que Eliott había dicho, Harvey la excitaba mucho, no solo por ser guapo o por el curioso interés que despertaba su diferencia de edad, sino porque era el primer chico que demostraba un interés abierto por ella.

—Me lo pasé genial en la fiesta; hiciste que fuera diferente. Normalmente, las chicas que acabas de conocer no se ponen a hablar de los libros que leen, sino de los *realities* a los que están enganchadas. O te enseñan fotos de sus viajes, pero no te cuentan los sueños que las movió a ir a esos sitios y mucho menos me hablan sobre las encías que encuentran en los vasos de agua de los ancianos a los que ayudan en sus voluntariados. —Aquel comentario los hizo reír a ambos. Lara recordó que le había hablado sobre el señor Stuart y sobre el ritual de limpieza de su dentadura postiza—. Aunque no puedo culparlas, yo a tu edad tampoco era tan fascinante como tú —añadió.

—¡Tan solo tienes cuatro años más que yo! Tampoco es que seamos de generaciones diferentes. Quizá si no hablabas de esas cosas era porque no habías encontrado con quien hacerlo —le contestó ella sin mirarle a los ojos. El corazón se le había disparado al escucharle decir «fascinante».

—Te puedo asegurar que no había encontrado a nadie con quien hacerlo… Hasta ahora.

Entonces sí que se miraron, cómplices. Lara estaba mareada de la emoción y casi no fue consciente de que había guiado a Harvey hasta su casa. Sin moverse del asiento, con el coche parado en la carretera desolada, le preguntó:

—¿Cuándo te vas?

—En un par de horas, por eso fui hasta tu instituto. No quería quedar mal e irme sin decirte adiós.

—Pero ¿vuelves pronto?

—Sí, Lara. Estoy intentando que veas que me importa que sepas que volveré.

Harvey se acomodó en su asiento con seguridad y la miró directo a los ojos. La lluvia seguía golpeando con furia el coche y el limpiaparabrisas fue el protagonista de los silenciosos segundos que se sucedieron hasta que Lara soltó un escueto:

—¡Vaya!

—¿Querrás entonces que cuando vuelva te llame para vernos?

Lara se rio nerviosa.

—Pues claro. Aunque no te prometo nada. Mi agenda está de lo más apretada.

El muchacho apuntó el número de teléfono en su móvil, uno mucho más caro y de tecnología más avanzada que el suyo y, justo cuando Lara se disponía a salir del coche, la atrajo hacia sí con un decidido tirón.

—Voy a besarte —le anunció a pocos centímetros de su cara y esperó su reacción.

Harvey debió interpretar los parpadeos repetidos como una respuesta afirmativa, por lo que le agarró la cara con ambas manos para depositarle un suave beso en los labios. Lara vivió esos instantes con confusión. Se dejó besar y le gustó.

Sin cruzar nada más que una torpe sonrisa se bajó del coche azul, se paró en la acera y le despidió con la mano. Mientras lo veía alejarse, sin notar cómo la lluvia caía sobre ella, solo podía pensar en cómo le iba a contar aquello a Eliott.

No podía asimilarlo. Pensó que este se enfadaría primero por no haberlo esperado a la salida del instituto y, después, aún más, cuando se enterase de aquello. Segundos más tarde, como si se rebelara contra sus pensamientos, consideró que Eliott no era quién para enfadarse y que ella debía obligarse a no darle tanta importancia al juicio del que no era más que su amigo.

Se metió en casa; estaba sola y, como de costumbre, sintió el frío de la soledad. Voló escaleras arriba hasta su buhardilla y se tiró directamente sobre la cama, de tal forma que sus ojos chocaron con una foto de Eliott a los siete años, en pantalones cortos, con una sonrisa mellada y el balón de baloncesto bajo un brazo en el porche de su antigua casa. Volvió a sentirse mal. La confusión de sus sentimientos hizo que abriera la mochila y buscase los deberes que evitarían que su mente siguiera saboteándola.

Febrero, 2011

Querida Lara:

En una noche he conseguido lo que me ha parecido imposible durante medio año.

La otra tarde al final de la clase, Niky, la niña más peligrosa del grupo de pequeñas bailarinas, cogió mis partituras, salió corriendo y las tiró al aire, logrando que volasen y se repartieran por todo el salón. Le reí la gracia, pero te juro que mi deseo era estrangularla. El caso es que, mientras las recogía y las ordenaba, nos quedamos Sophie y yo solos en la sala de baile. Como de costumbre, ella ignoraba mi presencia allí y, sin ofrecerse a gastar dos minutos de su preciado tiempo para ayudarme a recoger, se puso a danzar. Yo ralenticé mi recolecta porque su forma de bailar era muy bonita, distinta a sus clases. Cruzaba y descruzaba los pies en el aire como si la gravedad no tuviera efecto en su cuerpo, su faldita revoloteaba cómplice con el aire que levantaban los giros y sus brazos dibujaban figuras imposibles. Sin embargo, tenía que pararse cada dos por tres para coger el mando de la cadena musical y adecuar las estrofas de la música que sonaba a los movimientos que ella quería repetir una y otra vez.

Yo conocía bien la melodía, Sueño de amor *de Franz Liszt, así que decidí tomar la iniciativa (sin preguntarle, porque sabía su respuesta por adelantado, y un rechazo no era lo que en realidad necesitaba), me acerqué al aparato y lo apagué. Ella se quedó perpleja y con un chillido me preguntó qué demonios estaba haciendo. Entonces, me volví a sentar en el piano, abrí la tapa y toqué los primeros compases.*

Le dije: «Te será mucho más cómodo decirme a mí que repita, que estar todo el rato agachándote para coger el mando hasta rayar el cedé, ¿no crees?».

Sophie no sabía qué responder; con sus dos brazos apoyados en la cintura parecía querer mandarme al infierno, pero lo que hizo contrariada fue constatar que no me lo había pedido. Se deshinchó al ver que yo seguía tocando y entonces aclaró que no podía pagarme más horas. Le contesté que yo no quería cobrárselas, ella afirmó insegura y ya no hablamos más. Se puso a danzar mientras yo repetía las partes que ella necesitaba. Ni siquiera debía pedirme que volviera a empezar, que retomase la melodía en una parte u otra; yo ya había memorizado sus movimientos y cuando fallaba sabía por dónde quería seguir.

Ahora, todos los días, después de las clases ensayamos juntos y parece ser que empiezo a caerle bien porque, al menos, ya me mira a los ojos.

Hoy me ha confesado que ensaya tanto porque quiere presentarse a las pruebas para entrar en el Royal Ballet de Londres. Su sueño es llegar a formar parte de la compañía rusa de ballet Mariinsky de San Petersburgo, la cual dice que es la compañía de ballet más asociada al clasicismo puro y refinado del mundo, que es lo que a ella más le gusta, pero para eso necesita antes hacerse un nombre aquí. Su sueño me pareció ambicioso, admirable. Creo que lo conseguirá, al menos, merecería cumplirlo por su esfuerzo y entrega.

Sin embargo, cuando yo le confesé que mi sueño es hacer bandas sonoras de películas, se rio de mí. ¡Dios...! Es engreída, moralista y poco empática, pero si no me estoy volviendo loco, creo que podemos acabar siendo amigos.

Os sigo extrañando mucho a Molly y a ti, aunque hayan pasado ya más de cinco años.

Eliott

Capítulo 14

Octubre, 2015

Harvey anunció su presencia con un sonoro saludo desde el recibidor. Lara, que no había aguantado la tentación de seguir leyendo durante todo el día, dobló rápidamente la última carta, la dejó junto con el resto y bajó las escaleras sin preocuparse del ruido que producían sus pasos acelerados.

—¡Cielo!

Su novio seguía siendo una visión imponente; estaba colgando su gabardina y el traje de chaqueta gris le quedaba en perfecta sintonía con su porte esbelto. La vista se le había resentido con los años, por los estudios y las largas horas de trabajo, y ahora necesitaba llevar gafas, lo que le daba un toque intelectual todavía más atractivo.

La pilló por sorpresa cuando la atrajo hacia él con un abrazo que la envolvió, haciéndola sentir minúscula, y la saludó con un beso largo y profundo. Después de todo, a Lara le pareció que las cartas debían haberle inquietado, pues hacía mucho tiempo que su novio no tenía aquellas muestras pasionales. Lara correspondió el beso con agrado e incluso, cuando él inició la separación, fue ella quien se apretó a su boca, alargando un poco más el contacto con sus labios. Harvey le dedicó una mirada de satisfacción y Lara volvió a sentirse hechizada por él. Tenía el poder de un imán sobre ella, se notaba que él lo sabía y aumentaba más su seguridad, aún más si cabía.

—¿Te importa si, mientras terminas de hacer la cena, veo a los Blazers? Va a comenzar el segundo tiempo.

Se deshizo del abrazo y se encaminó al salón, dejándola de nuevo en un estado de vacío que la hizo sentir estúpida por creer que las muestras de afecto iban a durar más tiempo. Quizá, que ella le hubiera besado con intensidad había sido muestra suficiente para él de que las cartas que había leído desde la noche anterior no habían influido negativamente en su relación.

Se fue a la cocina para espolvorear el parmesano sobre la lechuga, con la mente metida en lo que había leído. La intuición le hacía pensar que la bailarina terminaría por ser alguien determinante en aquellos años para Eliott. Se preguntó en qué podía parecerse ella a Sophie, qué las diferenciaba, qué parte de ellas habían conseguido llamar la atención del chico de ojos color azul intenso y de qué manera. Una bailarina... Lara elevó las cejas y negó con la cabeza para sí misma. Lejos de la mirada de Harvey arqueó los brazos sobre su cabeza e intentó dar un giro con los pies en puntillas, pero perdió el equilibrio y se clavó en la cadera la esquina de la alacena. Una bailarina. Eliott y una bailarina. Todo aquello era una locura.

Conocer a las personas que habían formado parte de su vida durante aquellos años le producía una rabia inmensa, celos, dolor... Ella tendría que haberlos conocido también, tendría que haber formado parte de aquella historia. Se paró, apoyó las manos sobre la encimera y se preguntó si, sabiendo cómo podía haber sido su vida junto a Eliott, la habría cambiado por la que había tenido junto a Harvey.

El sentimiento de culpabilidad le hizo agarrar la ensaladera, meter dos tenedores en ella y llevarla hasta el salón con la mejor de sus sonrisas adornando su cara. Concluyó que era mejor apartar el tema de las cartas mientras cenaba con su prometido. Él se había aflojado la corbata y remangado la camisa blanca, dejando al descubierto sus antebrazos. Ella lo miró y reconoció que era de locos sentir aquella revolución en su interior por solo un recuerdo lejano.

No hablaron mucho de nada en realidad, estuvieron mirando el partido mientras comían y compartían también una copa de vino sin alcohol, usando una caja cerrada como mesa y apretujados en el sillón que aún no había vendido. Podrían haber charlado de muchas cosas, podrían haber terminado de hacer la distribución de invitados en las mesas para el convite de bodas, podrían haber soñado despiertos con el viaje a Tailandia que realizarían en su luna de miel, podrían haber hablado sobre el envío inesperado de aquel paquete de cartas haciendo suposiciones o compartiendo recuerdos, pero no hicieron nada de eso porque sacar el tema de la boda se le hacía desleal a Lara cuando su corazón se sentía tan afectado en aquel momento y, a su vez, sentía que las cartas no tenían nada que ver con Harvey y quería custodiar su contenido con celo en su interior. Por ello terminó por preguntarle por la familia:

—¿Qué tal está tu hermana? ¿Has hablado con ella últimamente?

—Lo cierto es que sí, hablé con ella hace dos días. Han alquilado una casa para pasar el verano en Homer. Me dijo que estábamos invitados a pasar unos días con ellos si queríamos.

—Suena bien. Alaska la Grande... —silbó ella.

—Sí, bueno, ya sabes que a Ron le gusta la pesca y...

—... y poco más.

Ambos rieron, cómplices. Rellenaron la copa de vino una última vez y la apuraron sorbo a sorbo, compartiéndola como si fueran los besos que no se estaban dando. Lara casi se adormeció entre sus brazos mientras de fondo escuchaba el silbato del árbitro, las intervenciones del *speaker*, la música y los chirridos de las zapatillas sobre el parqué, pero, en cuanto terminó el partido, Harvey le comunicó que era hora de marcharse.

Él se lo dijo sin mover un músculo del sofá, quizás a la espera de que ella le sugiriera la opción de quedarse a dormir allí con ella, quizá deseoso de repetir la fogosidad de la noche anterior, pero Lara sí que se levantó.

—Sí, es tarde ya y mañana tenías la reunión con el departamento de desarrollo, ¿verdad?

—Bueno, sí. Ya está todo preparado, pero sí, me vendría bien ir fresco a la reunión.

Harvey la ayudó a llevar a la cocina los restos de su cena y luego se fue por la chaqueta que colgaba del perchero de la entrada.

—¿Te gusta? —ella le preguntó de pronto por el mueble.

—No sé... Solo es un perchero. En casa suelo colgar la chaqueta directamente en el vestidor.

Ella miró la estructura de madera con lástima, como si acabasen de sentenciarla a muerte y solo el beso fugaz de su prometido en los labios le hizo volver a la despedida.

—No te acuestes muy tarde leyendo. Tu cabeza también necesita descansar.

—Está bien, Harvey. Ya me queda poco...

Lara apagó las luces de la planta baja, subió hasta su habitación y deshizo la cuerda que anudaba el último montón de cartas.

Abril, 2005

La lluvia goteaba sin cesar por los bordes del paraguas y aterrizaba en sus zapatillas rosas. Desde la acera de enfrente, Lara veía a través del escaparate de la pastelería cómo su hermana colocaba en uno de los estantes cruasanes recién hechos. No tenía a quién más acudir. No quería contarle nada aún a Eliott ni desahogarse con Molly, ya que en el mundo entero no había nadie peor para guardar una confidencia. Había faltado al instituto por la mañana y, por primera vez en su vida, no había encontrado a nadie más a quien recurrir, solo a su hermana.

La relación con Claudia había tenido buenos momentos: cuando aún vivía su madre y solían jugar las tres con sus pinturas, cuando la veían cocinar y Claudia insistía en ayudarla o cuando se cepillaban mutuamente el pelo. Luego llegaron los malos momentos: cuando al quedarse solas con su padre en casa, ella encontró la manera de procesar su dolor mediante gritos contra su padre, como si él hubiera permitido que pasara, como si él no sufriera incluso más que ellas, como si fuera la única que había perdido a su madre, cuando se olvidó de Lara y desapareció durante semanas mientras su padre no reaccionaba y ella llamaba a todas sus amigas para seguirle la pista. Luego llegó el reencuentro: cuando Claudia se instaló en casa de su novio, Brett, cuya familia la acogió con cariño y logró que terminase el instituto. Fue entonces cuando comenzó a llamar de vez en cuando a casa, cuando comenzó a recogerla un par de veces al mes para invitarla a un helado o un batido, siempre y cuando no hablasen nunca de su madre. Para Lara eso era duro, ¿con quién mejor que con ella podía reavivar la imagen de su madre? Pero eso era justo lo que su hermana no deseaba. Ella había enterrado no solo su cuerpo, sino también su recuerdo para dejar de sentir dolor. En cuanto a su padre, Claudia había tardado un poco más en iniciar el acercamiento, aunque tampoco es que él hubiese estado muy receptivo a nada, y eso no ayudaba.

Hacía poco que había abierto aquella pastelería con aire europeo y, aunque siempre estaba ocupada, si Lara iba a visitarla, nunca le negaba unos minutos. No solía concederle mucho tiempo, pero aquella tarde de intensa lluvia no había clientela y no tendría muchos bollos por hornear.

Aunque Claudia había cambiado la ropa oscura y ancha de adolescente por bonitos delantales blancos sobre vestidos sencillos, el pelo teñido de rojo por una cuidada melena oscura recogida en un moño bajo y su gesto arisco por una sonrisa permanente, Lara no dejaba de sentir que esa sonrisa siempre era algo forzada cuando se la dedicaba a ella.

Tras armarse de valor, cruzó la calle y entró en la tienda haciendo sonar la campana sobre la puerta. Claudia se giró y esbozó el esperado gesto.

—Solo una loca como tú saldría hoy de paseo.

La pastelería estaba en Hawthorne, entre un Buffalo Exchange y una lavandería, bastante lejos de su casa, pero no había ido hasta allí a propósito; en realidad, la señora Ruth vivía a tres calles y aquella tarde le había limpiado la cocina en profundidad, recibiendo cinco dólares como agradecimiento.

Se metieron en la habitación escondida tras la cortina de cuadros y Lara agradeció tanto el calor como el aroma que provenía del horno. Se sentaron en torno a la mesa de amasar y, mientras Claudia la miraba expectante, ella pensaba en la mejor combinación de palabras para comenzar a hablar. Se veía a sí misma, con diez años, sentada en el alféizar de la ventana de su cuarto junto a Eliott, esperando verla aparecer por la cuesta un día tras otro tras la muerte de su madre:

—¿Crees que Claudia vendrá hoy? —preguntaba entonces con la cabeza apoyada sobre el hombro de su amigo.

—Mañana, seguro que vendrá mañana —respondía siempre él.

—Le he pedido a mi padre que saliera a buscarla con el coche por el centro, pero ni me ha mirado. —Las lágrimas empapaban el jersey de Eliott.

En cuanto Claudia le puso una taza de café caliente entre las manos, Lara regresó de su recuerdo y soltó a bocajarro su angustia:

—Tengo un problema, que es un problema porque yo he hecho que lo sea, pero no sé cómo hacer que no lo sea; aunque, de hecho, no lo es. No es un problema para mí, pero sí para Eliott, y si lo es para él, entonces también lo es para mí, aunque no debería serlo.

—Sé un poco más concisa, por favor —dijo Claudia visiblemente aturdida, antes de agarrar la silla que había enfrente y sentarse para escucharla.

—He conocido a un chico.

—¡Vaya, eso es estupendo! —exclamó su hermana mientras jugueteaba con un poco de harina.

—No, no lo es porque le gusto; es decir, lo sería si también me gustara a mí. —Lara le dio un sorbo al café y su cuerpo se estremeció de placer.

—Entonces no es estupendo, sino de lo más incómodo. Romper corazones es desagradable.

—Bueno... sí, sí lo es. Es estupendo, quiero decir. De hecho, el chico en cuestión es perfecto. Estudia Económicas en la Universidad, pero no es uno de esos engreídos, porque de verdad que parece que disfruta con lo que está estudiando. Parece inteligente, es atento y es tan guapo que podría salir en un catálogo de moda junto a Molly —rio y volvió a llevar a su boca la taza para dar otro trago reconfortante.

—¿Entonces por qué algo que parece genial es un problema?

—¡No es genial! No lo es. A Eliott le cae fatal y no sé el motivo. El otro día hablando de él terminó tan enfadado que nos peleamos en serio por primera vez en nuestra vida.

—Pero bueno, Lara, a quien le tiene que gustar es a ti. Y, por lo que parece, te gusta. Si Eliott quiere enfadarse, que se enfade.

—Harvey es fantástico porque cuenta cosas siempre interesantes, pero no son temas profundos como los que comparto con Eliott. Al parecer, él jugó también al baloncesto en el instituto y es seguidor de los Blazers, como Eliott. A mí también me gusta el baloncesto... —Comenzaba a divagar y lo sabía, pero siguió hablando mirando la taza, evitando los ojos de su hermana para poder decir lo que tanto le costaba—. Aunque no logro reírme con él tanto como con Eliott ni...

—Ni lo conoces tanto. Mira, Lara, parece que intentas buscar un Eliott en él y es absurdo buscar a alguien en otra persona. Todos somos únicos. Si quieres a uno como Eliott, te alegrará saber que ya tienes al original a tu disposición. Así que, o aceptas que Eliott se enfade y te dedicas a conocer a un chico maravilloso, o te olvidas de descubrir algo nuevo porque lo que quieres ya lo tienes. Tú decides.

—¡Pero es que es Eliott! Es dramático, a veces es como la dinamita y sueña demasiado. Eliott es... Eliott.

Entonces su hermana se levantó, se limpió las manos en el delantal y se aproximó a ella para acariciarle el pelo mientras le decía:

—Lo sé, lo sé...

¡Pero ella no sabía lo que quería! Y, aunque reconociese lo que el fondo de su alma le gritaba, no creía posible tener a Eliott en un sentido romántico jamás junto a ella, ya que él era... Él siempre... Él era... él.

Lara se apuró en terminar el café. Había acudido a Claudia con la esperanza de encontrar solución a su problema, pero las palabras de su hermana, unas que ella jamás se hubiera atrevido a pronunciar en voz alta, le habían dejado peor de lo que estaba. En unos días, Harvey regresaría, querría estar con ella y no sabría cómo decírselo a Eliott sin correr el riesgo de que él se enfadara. Es más, ahora no sabía si lo que realmente quería era volver a verlo o... Lara sacudió la cabeza y se puso la mano en la frente como si sintiera que tuviera fiebre. Se sentía furiosa con ella misma por no ser capaz de pasar de Eliott; sin saber por qué, su opinión le importaba más que la suya propia. Como si lo que más le importase en el mundo, en realidad, fuese él mismo.

Solo algo mejoró el día: el sol quería irrumpir entre las nubes que se deshacían perezosas dejando surcos alargados en el cielo. Y hasta habría disfrutado del largo paseo de vuelta a casa desde la pastelería si su cabeza no se hubiese convertido en un caldero de pensamientos confusos, contradictorios y reveladores en ebullición.

En cuanto llegó al final de la cuesta, se sentó abatida en las escaleras del porche y el olor a tierra mojada la envolvió. Miró la casa contigua con las ventanas cerradas y su jardín descuidado. ¡Cuánto extrañaba allí a Eliott! Se preguntó qué estaría haciendo él y se lo imaginó en su refugio de la azotea, tumbado en el viejo colchón que su madre había subido allí años atrás cuando compró uno nuevo para su cama. Quizás estuviese allí leyendo, quizá fumando. Seguramente habría pasado la tarde sentado al piano en el intento de componer alguna melodía que luego compartiría con ella. Tocando, interrumpiendo la melodía para agarrar el lápiz y escribir varios acordes sobre los folios con pentagramas, hundiendo sus dedos con furia en el teclado al atascarse con algunos compases y seguro que, más de una vez, se habría levantado enérgicamente del taburete tirándolo al suelo, como tantas veces había presenciado ella. Aquella tarde, Lara no estaba allí para calmarlo con una broma y apostó a que habría terminado fumándose medio paquete de tabaco. Le entraron unas ganas terribles de llamarlo y, cuando ya se había decidido a hacerlo y se disponía a levantarse del frío escalón, vio aparecer la silueta de Molly por la cuesta.

—¿Dónde te has metido hoy? Cuando más te necesito, vas y desapareces. —La rubia se desplomó haciendo que Lara se volviera a sentar junto a ella.

—No me encontraba nada bien.

—¿Que tú no estabas bien? ¡Pues yo he tenido el peor día de mi vida!

—¿Qué te ha pasado, Molly? —preguntó Lara con desgana.

—Pues que como hoy me has abandonado, en clase estaba terriblemente sola y me costaba mucho más que de costumbre concentrarme. Si no me gusta ir a clase contigo, ¡imagínate sin ti!

—¿Y por eso has tenido el día más horrible de tu vida? —Lara enarcó las cejas.

—¡Chsss! Calla y déjame que te cuente. Como te decía, estaba totalmente aburrida y he decidido distraerme mirando a Steven en Matemáticas. Lo he pillado mirándome unas cuantas veces y era muy frustrante no tenerte al lado para decirte: «¡Ey! Me está mirando. ¿Te das cuenta?», pero bueno, yo seguía mirándole fijamente a ver si así se daba por aludido y captaba mi interés en él. La verdad es que me ha parecido que se inquietaba en su asiento, pero he pensado que era porque el señor Lerman tampoco me retiraba la mirada; de hecho, me ha llamado la atención una vez por no prestarle atención.

—Y...

—Y cuando ha terminado la última clase, he empezado a recoger rápidamente las cosas porque, como ya sabes, siempre es de los primeros en salir. No es que pensara decirle nada, en realidad esperaba que fuera él quien lo hiciera, ¡y vaya si lo ha hecho! Yo estaba rehaciéndome un moño en el pelo en plan sexi, ya sabes..., mirándole de reojo, controlándole los movimientos para que no se me escapase, cuando se ha acercado a mí con una media sonrisa de lo más tétrica. Te juro, Lara, que cuando ha puesto sus libros y el casco de la moto sobre mi mesa y se ha apoyado en ella con las manos, el corazón se me salía por la boca.

»Entonces, me ha dicho: «Molly, no he podido..., es decir, ha sido imposible no darme cuenta de que no me quitas el ojo de encima durante el último mes». Entonces, con un tono de muy mala uva, me ha soltado: «Mira, no quiero que lo hagas, de hecho, es que no lo aguanto. No dudo que hayas conseguido a muchos mirándolos así, pero conmigo no conseguirás nada, así que déjalo de una vez. Déjame en paz aquí, en los partidos e incluso si te cruzas conmigo por la calle, ¿has entendido?».

—No te creo —dijo Lara asombrada.

—Yo tampoco daba crédito. ¡Me he quedado perpleja! Con cara de tonta profunda. ¡Delante de toda la clase! No he sido capaz de articular palabra y me he quedado allí parada viendo como él recogía su casco y sus libros y salía por la puerta como si nada. En mi vida me he sentido tan avergonzada; nadie jamás me había hablado de una manera tan grosera y desconsiderada. ¡A mí, Lara! ¡A mí!

—Me dejas sin palabras. ¿Por qué ha sido tan desagradable?

—Para colmo, después de eso, estaba tan trastornada que he ido a echarme agua en la cara al aseo y he tardado tanto en salir del instituto que el autobús ya se había ido y Eliott en él. No podía volver a mi casa en semejante estado catatónico, así que me he ido andando hasta su casa con toda mi rabia dentro. ¡Nadie me habla así, Lara! Necesitaba desahogarme y tú no cogías el teléfono.

—¡Cuánto lo siento...! —intentó cogerla de las manos, pero ella las retiró.

—Sí, bueno, cuando termine de contarte, escucharé tus excusas. Para colmo de los colmos, ha empezado a diluviar; yo obviamente estaba sin paraguas porque el día no estaba por hacerme concesiones y he tenido que andar empapada durante más de una hora. Gracias a Dios, Eliott estaba en casa; bueno, en la azotea, ya sabes, entre el montón de trastos, cajas y polvo que tiene arriba en la caseta. No entiendo cómo puede gustarle meterse allí.

—A mí también me gusta.

—Como que eres igual de rara que él... —señaló agotada—. Él se ha sobresaltado al verme porque parecía la protagonista de *The ring*. —Lara ahogó una risa al imaginársela—. Y casi quema el libro que estaba leyendo con el cigarro al caérsele de la boca. He roto a llorar en sus brazos sin consuelo y él, por supuesto, me ha preguntado qué demonios me había pasado. Y con la voz gangosa, sin apartarme de su pecho calentito y reconfortante, le he dicho: «Quiero que lo mates».

Lara rompió a reír, le pareció de lo más cómica la situación, aunque la expresión de su amiga delataba lo afectada que estaba.

—¡No te rías, Lara! Esto es de lo más serio —le recriminó Molly enderezando la espalda.

—Perdón. Y Eliott, ¿qué te ha dicho?

—Tras contarle detalladamente lo que te acabo de contar a ti, le he advertido que no me soltara lo de «Ya te lo dije», porque entonces yo querría matarle a él también, con lo que él me ha vuelto a abrazar y al final me ha dicho: «Ese chico no está bien de la cabeza; nadie actúa así». Y luego también me ha dicho: «¿Sabes, Molly? No hay que odiarle, hay que tenerle pena». ¿No te parece una actitud de lo más inteligente? —Molly abrió mucho los ojos para darle aún más importancia a la reflexión—. Le he dicho que, obviamente, el pobre cretino acababa de enemistarse con la chica más guapa de por aquí y eso va a destruir su reputación —dijo aquello con tal seguridad que ambas no pudieron evitar echarse a reír durante un buen rato.

Molly se dejó abrazar por Lara y le aceptó un pañuelo de papel para sonar sus mocos.

—¡Ojalá me enamorara de él! —suspiró Molly.

—¿De Eliott? —Lara sintió un pellizco en la boca del estómago. Un lacerante y abrasador pellizco.

—Sí. Una vez se lo dije: «Eliott, ojalá fueras el amor de mi vida», y me contestó: «Yo no te haría feliz; enamorarte de mí solo te haría perder». Y no estoy de acuerdo; él sí me haría dichosa, si mi corazón no fuera estúpido y solo se fijase en imbéciles, pero la verdad es que sería yo quien no haría feliz a Eliott. Nunca le he comprendido del todo, esa intensidad suya de sentir las cosas, su empeño por la trascendencia cuando yo hasta tuve que buscar en el diccionario esa palabra para entenderla. No soy capaz de conectar con su mente y aún menos con su corazón, al menos, no igual que tú. Tú siempre sabes qué decirle o lo que necesita para dejar de sentirse frustrado. Os envidio.

—¿Tú nos envidias a *nosotros*? No te entiendo.

—¿Recuerdas el verano de cuando teníamos diez u once años? Ese en que él era aún bajito, tan bajito que algunos se reían de él. ¿Lo recuerdas?

—Tú ya eras altísima entonces y él aún no había descubierto que tenía unos puños letales —puntualizó Lara.

—Éramos un trío muy particular, sí. El caso es que le hiciste tomar litros y litros de leche durante todo el año, e incluso te tumbabas durante horas allí, en su azotea con él; le decías que así crecería rápido. A mí aquello me parecía ridículo.

—A él también, aunque es verdad que me seguía la corriente —recordó Lara.

—Lo mejor fue verte al verano siguiente convencida de que ya era lo bastante alto, mientras los chicos aún seguían burlándose. Tu plan había sido un fracaso, pero él era feliz a tu lado, viéndote totalmente convencida de tu proeza.

—Sí, pero olvidas que callaste a aquellos idiotas definitivamente cuando se dieron cuenta de que eras tú quien les sacabas a ellos una cabeza. Eso también le hizo feliz —añadió Lara.

Molly sonrió. Sí, ella era importante para Eliott también, de otra forma; quizá por eso los tres se complementaban tan bien.

—Estoy segura de que él sería feliz ahora mismo si pudiera apalear a Steven, ya sabes cómo se pone de protector con nosotras. Recuerda lo absurdo que se puso el otro día en la fiesta cuando me vio hablar con Harvey.

—¡Ah, lo olvidaba! Cuando me iba se ofreció a acercarme a casa en coche y yo le he dicho: «¡Hasta que no tengas tu propio coche, no!». Ya fue bastante gorda la que le cayó encima por coger el coche del novio de su madre tras nuestra excursión al monte Hood. Entonces, le he comentado que Harvey vino ayer a esperarte al instituto y que nos llevó a casa en su cochazo. —A Molly le brillaron los ojos recordando el momento. «Bocazas», eso fue lo que Lara pensó, pero los pensamientos no se reflejaron en su gesto y su amiga prosiguió—: Ha estrellado el cigarro contra el suelo. «¡Pues vaya una alegría!» ha gruñido, y yo me he reído por dentro porque de verdad que creo saber el porqué de su mal genio. Y tú también, reconócelo. —Molly sonrió maliciosa a Lara, quien volteó los ojos desesperada—. Por cierto, espero que lo que tienes no sea gripe, ¡solo faltaría que me la pegaras para rematar el día!

Capítulo 15

Octubre, 2011

Querida Lara:

Tuve la fortuna de que me concedieran la beca de Programación y Sonido este verano. Me busqué un B&B para alojarme muy barato en Sussex y comencé a mediados de junio en el estudio. Estuve trabajando con Don Martin, un tipo con mucho talento y con un gran dominio de la producción musical. Hice de todo, desde la toma de sonido de instrumentos acústicos y electrónicos, hasta la fase de mezcla y grabación. Es alucinante lo que la tecnología te permite hacer y toda una experiencia el que algo creado en tu cabeza quede grabado y convertido en algo material capaz de llegar más allá de su creador, de mí.

La beca duró tres meses, hasta finales de septiembre. Durante las primeras semanas básicamente me dediqué a sacar copias, llevar café y comida a los grupos y a limpiarles el baño. Como imaginarás, fue frustrante, pero lo miraba todo con atención, sin perderme nada. Poco a poco me fueron dando más tareas: organizar los stands *de los micrófonos, desenredar cables, ajustar los micros a los* stands*... Cuando se dieron cuenta de que no dejaría de hacer preguntas hasta que me enseñaran el uso del* hardware *analógico, terminaron por sentarme junto al ingeniero principal y fue enton-*

ces cuando aprendí la planeación de micrófonos, el uso de la consola y el manejo de la grabación de sonidos. Estar allí y ver en directo cómo sucedía la magia era absolutamente increíble. Pude compartir espacio y experiencia con dos grupos de música que grabaron sus álbumes, con un grupo de músicos que grababan partes sinfónicas para grupos pop y con una agencia que llevaba pistas para mezclarlas de manera que resultasen cuñas radiofónicas. Todo era mucho y a la vez insuficiente. Yo quería más y decidí pasar al otro lado, así que miré mi cuenta bancaria, lo que había logrado ahorrar durante los últimos años, y se lo puse en las manos. Teniendo en cuenta que yo también trabajaría en la producción musical, que accedí a trabajar de músico para ellos y que eran unos tipos enrollados, la cantidad que les ofrecí les pareció suficiente.

Hoy, en esta carta, puedo decirte que lo he logrado. Conseguí escribir el último acorde de esta obra, la que ha nacido de tu recuerdo, de mi añoranza y de las palabras que nunca te dije. He logrado poner en este concierto para piano, en cada nota, mi corazón. Y no solo eso, lo he grabado.

El primer movimiento empieza con una fulgurante cadencia del piano sobre un acorde de la orquesta que parece sonar como un apoyo espontáneo. Lento y suave para atraparte con las primeras notas en lo que vendrá a continuación. La tonalidad en mi bemol mayor da alegría y por eso lo elegí para protagonizar esta parte: el resultado de los recuerdos que guardo en mi mente (tus enfados al no encontrar las cosas donde se suponía que las habías guardado, tu cara de placer al saborear una gominola, tus piernas balanceantes sobre cualquier cornisa...); a su vez, se acopla con un pianissimo *que le aporta un lejano aire de decadencia, al principio en modo menor y luego en mayor, reafirmado con la madera. Sugiere lo que viene a continuación, prepara el oído para aceptar una parte que debe profundizar en el corazón.*

Ese, el segundo movimiento, es un adagio *donde el piano dialoga con la orquesta en movimientos musicalmente perfectos. Tras una sencillez melódica a modo de coral, surge un canto con el piano a base de trinos de ascenso cromático que sobrevuelan la orquesta. Ahí está mi alma, mi espíritu y la libertad de todo mi ser. Puedes pensar que esta parte ha sido la más fácil, pero todo lo contrario, me ha supuesto largas horas de trabajo; lo fácil venía cuando pensaba en ti.*

El tercer movimiento vuelve a ser un irresistible allegro *en el que mis dedos se deslizan frenéticos. En medio del silencio, un redoble de timbales da pie a unos últimos acordes llenos de esperanza a la vez que de agonía y que intentan mandarte, a ti, un mensaje a través del viento: «Aunque no me veas, siempre estaré contigo bajo las ramas del cedro».*

Pasé tres meses inmerso en esto y, ahora que es algo real, no tengo nada más que hacer con él que guardarlo, porque tú, la persona a la que va todo dirigido, no puedes escucharlo.

Al regresar a Cambridge tenía mucho más claro hacia dónde dirigiría mi vida, pero estaba convencido de que debía seguir formándome todo lo que pudiera junto a Leo, así que dejé la residencia, me busqué un apartamento de una habitación y regresé a las clases junto a Sophie en cuanto abrieron la academia de danza tras las vacaciones de verano.

Siento que ha pasado una vida entera desde que me marché de Portland, a veces incluso me siento una persona diferente, pero tú sigues siendo mi constante.

¿Cómo puedo seguir amándote de esta manera solo a base de recuerdos?

Quizá la respuesta esté en mi corazón defectuoso.

Eliott

Abril, 2005

Lara estuvo dos días más sin ir al instituto y, con su supuesta gripe contagiosa, evitó que Eliott fuera a visitarla. Después de un largo quebradero de cabeza, tomó una decisión: no tomar ninguna. Ni siquiera pensaría más en ello, simplemente dejaría que la situación siguiera su curso. Si los pensamientos dudosos hacían amago de molestar de nuevo, simplemente los echaría a patadas de su mente. Permitiría que Harvey hiciera lo que se proponía y dejaría que Eliott se enfadara. Aceptaría lo que los dos hicieran y ella, simplemente, se dejaría llevar. *¡Carpe diem!* Pensó que Molly nunca se calentaba tanto la cabeza y que así le iba bien. Iría contra natura e intentaría actuar como su amiga, a la que nada le rascaba el estómago durante más de un par de horas.

Lo quiso celebrar, así que aprovechó que su padre no estaba en casa para poner la música alegre escandalosamente alta y cantó de cabo a rabo aquella canción desplegando sus pulmones. Se sentía feliz, liberada. Comenzó a bailar frente al espejo para alegrarse aún más viendo su propio reflejo de felicidad y, entonces, la puerta de la habitación se abrió inesperadamente a su lado. Paró de bailar de golpe y, tras pensarlo mejor, agarró de las manos a su visitante y le hizo bailar con ella.

—Menuda gripe la que tú tienes —dijo sonriente Molly.

—Ya no tengo nada, en realidad nunca he tenido nada. Por cierto, ¿quién te ha abierto?

—Tu padre. Hemos llegado a la vez.

Lara, sobresaltada, fue a apagar la música al pensar que el humor de su padre podría torcerse si el ruido le molestaba. Se tumbaron en la cama en posiciones encontradas.

—Explícamelo, porque, si no estás mala, ¿qué haces con el aspecto de haberlo estado? —continuó Molly, con su sonrisa de dentadura siempre perfecta.

—Es que me he sentido así de mal, como si tuviera una gripe emocional. Debería habértelo contado y así mi agonía habría terminado antes —dramatizó Lara.

—Cuéntame —pidió la rubia, deseosa.

—Se trata de un conflicto amoroso.

—¡Ey, chica! Esos tipos de problemas son solo míos. ¿Quién te crees que eres? —rio su amiga.

—Harvey me besó en el coche el otro día y prometió llamarme cuando regrese de Seattle —soltó Lara con cara de culpabilidad.

Molly torció el gesto con fastidio y resopló.

—Entonces lo vuestro va en serio... Ayer mismo le dije a Eliott que Harvey estaba coladito por ti —dijo con preocupación.

—A Eliott... ¿Y cómo reaccionó? —Lara enderezó la espalda, mantuvo los ojos abiertos y la respiración contenida.

Su amiga guardó silencio durante unos segundos, como si buscase la respuesta adecuada.

—Está de mal humor últimamente, pero supongo que no hay que hacerle mucho caso. Y ahora bien, ¿qué problema hay con el beso de Harvey? ¿No querías que te besara?

—Mi problema no es el beso, de hecho, eso estuvo genial. Es por Eliott. Me afecta su actitud y no debería. Se pone en plan insoportable si le nombro a Harvey. No sé por qué lo hace ni por qué se lo tomo yo en cuenta.

—Es tu mejor amigo, es lógico que te importe su opinión, Lara —le sonrió Molly condescendiente.

—Ya lo sé, pero es que me importa más de lo normal. Mi hermana dice que ... —hizo una pausa para morderse el labio, no estaba segura de confesarle sus sentimientos en voz alta— que busco un Eliott en Harvey.

La rubia volvió a quedarse pensativa, miraba fijamente a los ojos oscuros de su amiga, hasta que algo se reveló en su mente. Abrió los suyos de par en par y exclamó:

—Es que Harvey te gusta, pero a Eliott... ¡a Eliott tú le quieres!

—¡Claro que le quiero! Igual que le quieres tú. —La sensación de agobio regresó de pronto, el *carpe diem* se empezaba a esfumar.

Molly se bajó de la cama para dar pasos cortos por la habitación mientras su cerebro parecía funcionar rápido.

—No me refiero a la forma en que yo le quiero. Ha sido estúpido esconderte de él en tu cuarto durante estos días. Te da miedo lo que sientes, no lo quieres aceptar... ¡¿Quién dijo que el amor fuera inteligente?! De hecho, ambos parecéis un par de tontos últimamente. —Molly no hablaba, más bien meditaba en voz alta y se asombraba notablemente de las palabras que decía. Todo aquello era revelador y a ella le resultaba muy emocionante.

—Molly, ¿cómo voy a estar enamorada de Eliott? ¡Escucha lo que dices! Además, sería ridículo porque él...

—Él se muere de celos, por eso se comporta así, de ahí su mal genio.

—Tampoco le gustaba Steven, también estaría enamorado de ti entonces —puntualizó Lara con un pinchazo en el estómago.

—Razón no le faltaba con querer alejarme de ese memo, pero conmigo es diferente. Ya no sé cómo hacértelo ver. Lo que Eliott siente por ti no es lo mismo que siente por mí.

—Lo que tú digas... —contestó agotada Lara.

—La verdad es que solo vosotros dos sabéis lo que tenéis dentro. Aunque... ¡¿quién mejor que yo para descubrirlo?!

—Molly, no trames nada, me da miedo que pienses. Olvida todo lo que te he dicho, ¿vale?

Esta se levantó con una sonrisa planificadora.

—*Elioooott* —canturreó risueña, apoyada en la ventana.

—¡Déjalo ya! —le pidió Lara, quien también se levantó de la cama arrepentida de haberse confesado.

—Si ya lo he dejado, es que Eliott viene por ahí —dijo divertida, señalando hacia la calle.

Lara, espantada, se asomó y lo confirmó. El muchacho subía la cuesta, tranquilo, con una gorra oscura hacia atrás y las manos metidas en los bolsillos de sus bermudas.

—Te has puesto nerviosa. ¡Y colorada! No hay lugar a dudas, es a Eliott a quien amas. Puede que Harvey haya revolucionado las hormonas adolescentes que tenías anestesiadas, y lo entiendo porque está muy bueno, pero él no es Eliott. Nadie es como nuestro Eliott —seguía riendo Molly.

—¡No me líes más la cabeza y déjalo ya de una vez! —le rogó a la vez que comprobaba frente al espejo el tono de sus carrillos.

—Te gusta Eliott. ¡Ay, qué ilusión! Mis dos mejores amigos enamorados. Nada nos separará nunca.

—¡No!

—Sí —afirmó la rubia con su sonrisa más amplia.

—¡Que no! —Lara deseaba escapar de allí. Por un lado, quería que Molly se callase, pero, por otro, le producía un regocijo tremendo escuchar de boca de su amiga la posibilidad de que Eliott estuviese enamorado de ella. Esa hipótesis le resultaba sorprendentemente maravillosa.

—Sí y sí, te gusta. Mírate lo colorada que estás. —Molly volvió a tumbarse en la cama muerta de risa mientras que la cara de agobio de Lara empeoraba.

Esta volvió a mirarse en el espejo, comprobando que, con su pijama, tenía un aspecto tan patético como el que le había insinuado su amiga al llegar, y se asustó al darse cuenta de que, de pronto, le importaba que Eliott la viera de esa forma, pero se negó a cambiarse. Antes de aquella sarta de elucubraciones disparatadas nunca lo habría hecho, por lo que tan solo recolocó los mechones de pelo dentro de su coleta y se cruzó de brazos mientras esperaba que llegase su visitante.

Lo que no era más que un simple timbre causó en su interior una explosión. Vio salir a Molly de la habitación entre risas, escuchó cómo sus pies resonaban escaleras abajo y el crujir de la puerta al abrirse. Se sentó en la cama y esperó a que los dos subieran a su habitación. Reían por las escaleras y Lara se temía lo peor de la bocazas de su amiga. Sintió el corazón en un puño por unos instantes, hasta que vio a Eliott cruzar el umbral de su habitación, quien expresó en su cara la alegría de comprobar, por fin, que su amiga no estaba tan enferma como creía.

Llevaba una camiseta gris suelta sobre unas bermudas caqui desgastadas y a Lara le pareció que sus ojos eran de un alucinante tono azulado, más tormentoso que de costumbre, y que su sonrisa escondía un mensaje significativo.

—¿Te parece bonito tenerme como me has tenido estos días? Creía que estabas medio muriéndote y te veo más fresca que una lechuga. Eres es una quejica, Lara Evans. —Eliott se quedó en pie junto a la puerta, se quitó la gorra y se revolvió el pelo. Un pelo que a Lara le pareció más negro que nunca sobre unos ojos índigo que parecían brillar en su dirección.

—No tengo excusa, soy una mala enferma, una mala amiga y todo lo que quieras —le contestó lanzándose boca abajo en la cama y cubriéndose la cara con el edredón. No podía mantenerle la mirada, no con Molly formando hacia ella un corazón latiente con sus manos detrás de él.

El muchacho sonrió y atravesó la habitación con paso decidido hasta ella. La agarró con energía para levantarla de la cama, clavó su mirada en ella y besó su frente:

—Solo necesitas salir de esta habitación. Molly y tú sois las peores enfermas del mundo.

Besarse en diferentes partes de la cara era un gesto habitual de cariño entre ellos, como si fueran familiares de sangre, pero en aquella ocasión Lara sintió los labios de él arder en la frente y el corazón se le disparó. Fue como si su amiga con sus disparatadas ideas hubiese encendido dinamita en su interior.

—Sí, vamos abajo. Esta habitación tiene tan mal aspecto como tú —puntualizó Molly.

Lara le sonrió duramente. Eliott la bajó en brazos por las escaleras y la depositó suavemente sobre el sofá junto al piano. Lara nunca había sentido un frío igual al separarse de él. El chico se sentó al teclado del viejo piano de su padre y empezó a deslizar sus dedos para crear una agradable música de fondo.

—Molly, por cierto, esta tarde he defendido tu honor —anunció con unos acordes trágicos.

—¿Que has hecho qué? —se alertó la rubia.

—La verdad es que hemos sido Johnny y yo —puntualizó el chico, que seguía deslizando los dedos en una melodía propia de una escena de película de acción.

—¡¿Cómo no iba a estar presente Johnny?! —ironizó Lara antes de fijarse en los nudillos enrojecidos de su mano derecha.

—Infravaloráis a Johnny, se portó genial. Después del entrenamiento, recogió del suelo a Steven tras el puñetazo que le di en todo el estómago por estúpido. En realidad no debió hacerlo, porque el muy idiota quiso devolver el golpe una vez que se puso en pie de nuevo y tuve que atizarle en la cara unas cuantas veces más. No quería disculparse el muy idiota, sino que seguía en sus trece. ¡Nadie le habla mal a ninguna de vosotras! No es de caballeros.

—¿Y andar desfigurando caras sí es de caballeros, Eliott? —Lara hundió la cara en sus manos—. ¿Crees que puedes ir por ahí actuando como si fueras un matón de la mafia?

—Bueno, para defender vuestro honor, sí. «Hay tres formas de hacer las cosas: bien, mal y como yo las hago» —dijo Eliott citando a Robert de Niro en la película *Casino*—. La verdad es que no tenía intención de terminar así. Yo solo quería hablar con él, porque sé que, desde que su padre los abandonó, su familia ha pasado una mala racha. Quería decirle que, aunque necesite dinero, vender drogas no es la solución; que debía concentrarse en el baloncesto, en conseguir el fichaje de una buena universidad y que, desde luego, no tenía que comportarse como un capullo con Molly solo porque no tuviese la cabeza para chicas ahora mismo. Pero me respondió mal y le atizé.

—¿Y te sientes mejor por haberle pegado? —preguntó con impotencia su amiga.

—En realidad, lo único malo es que al final hemos tenido que dejar los Cardinals, bueno..., nos han expulsado. Tampoco era tan importante el partido del viernes, ya nada lo es —señaló en un susurro desviando la mirada—. Además, Steven no se atreverá a buscar revancha en el instituto, no puede correr el riesgo de que terminen expulsándole a él también del equipo. Como te he dicho, en su vida solo tiene la posible beca de deporte, los canutos mientras no le pillen y su moto. Para nosotros no supone ningún problema nuestra expulsión y con esto, creo que él ha aprendido que jamás se le puede hablar así a una mujer. Le pase a él lo que le pase.

—¿Cómo que no necesitas ya estar en el equipo? ¿Y tu expediente qué? Además, erais compañeros, no puedes ir pegándote siempre con todos por ahí como si fueras el justiciero de la ciudad. ¡Eres un troglodita que piensa que las chicas necesitamos que nos defiendan! ¡Molly no necesitaba tus puños! Además, mira cómo está tu mano ahora... —Lara se horrorizó al ver la hinchazón y solo por eso dejó de regañarle—. Voy a por hielo.

—Pues porque no le has visto aún la cara a Steven... —rio él ignorando las acusaciones de su amiga, como si nada le importase lo más mínimo—. Nadie que se considere amigo mío se arriesgaría a faltaros al respeto. Tú no viste cómo vino Molly aquella tarde en mi busca, Lara. —Eliott infló el pecho con orgullo y lo expresó con acordes trágicos al piano.

—Eso es cierto, Lara. Tú no me viste y a mí me parece genial que sea mi justiciero. ¿Qué haría sin ti, Eliott? —expresó agradecida Molly, abrazándose a su espalda.

A Lara aquello de pelearse le parecía tan censurable que sentía la sangre hervir de rabia. No podía entender la forma de actuar de ninguno de los dos, pero la de su amiga le parecía incluso peor por animarle. O, quizá, lo que sentía eran celos al ver cómo ella le abrazaba, como siempre, pero como si ahora fuera diferente.

Su cabeza era una mesa de billar en la que las ideas chocaban como bolas sobre el tapiz. Le entregó a Eliott la bolsa de guisantes congelados sintiendo el dolor en su propia mano al ver de cerca el resultado de la contienda, aunque él le aseguró que apenas le molestaba.

—Johnny dijo que, después de ver cómo le atizaba, se sintió mejor que cuando estrena calzoncillos. —Eliott soltó una carcajada.

Las chicas se miraron y terminaron riendo también. Lara seguía enfadada, pero no pudo evitar reír al imaginarse la escena con Johnny de protagonista.

—No voy a justificarme, Lara, pero, si te sientes mejor sabiéndolo, te diré que me enteré de que Steven le vende esa mierda que Molly y yo nos fumamos en la azotea a cualquiera. Y cuando digo a cualquiera, digo a chicos como Dereck, el hermano yonqui de Ethan; con la de veces que su familia ha intentado desengancharle ya... Así que sí, atizarle por Molly y por Ethan para mí fue mejor que encestar desde el centro de la cancha.

—Me habría encantado ver cómo le atizabas, pero me conformo con verte tocar el piano —dijo la rubia.

—¡Oh! Te aseguro que ha sido mucho mejor que verme tocar el piano; doy unos puñetazos increíbles.

—No hay nada mejor que oírte tocar el piano, Eliott —replicó Lara reconciliándose con él.

—Bueno, poder meternos en la pastelería de Claudia y que nos dejase coger todos los *cannoli* de crema que quisiéramos también estaría genial.

Esto los hizo bromear sobre el estómago insaciable del chico, el cual se desprendió de la bolsa congelada y dio media vuelta para aporrear el piano con las notas de *El padrino* y las chicas rompieron a reír. La tarde se sucedió entre bandas sonoras y debates sobre si el uso de la violencia podía estar justificado en determinadas ocasiones o jamás, sin conseguir llegar a un acuerdo.

Marzo, 2012

Querida Lara:

Se puede decir que Sophie y yo hemos alcanzado la categoría de amigos, por fin. Te aseguro que, después de dos años, ya había perdido la esperanza de que lo lográramos.

Desde mi regreso a la academia después del verano, ella se mostraba aún más tensa y esquiva, como si el tiempo de separación hubiese enfriado la relación que habíamos comenzado a cultivar cuando yo tocaba el piano para que ella pudiese ensayar. Desde el primer día, asumí que continuaríamos con aquella rutina, y ella volvió a sorprenderse cuando vio que me quedaba sentado al piano una vez terminado mi horario oficial como pianista en la academia. No me costó tanto convencerla como la primera vez; de hecho, pude ver que estaba muy estresada por la cercanía de la fecha de su gran prueba.

Ese primer día, tuvimos que reajustarnos, pero se la veía contenta por mi regreso; o quizás exagero al decir que se la veía conten-

ta, puede que solo se sintiese aliviada al no tener que usar la cadena de música un día más. Lo que ocurrió fue que, a la hora de marcharnos, ambos tomamos la misma dirección para ir a casa. Como te dije, alquilé un apartamento en Chesterton y ahora la dirección que yo debo seguir es la misma que la que Sophie toma para ir a su casa. Puede que ella no me quisiese a su lado, pero en cuanto me di cuenta de que ambos caminábamos en el mismo sentido, me pareció absurdo andar cuatro pasos por detrás de ella. La alcancé, le expliqué mi cambio de domicilio y seguidamente empecé a hablar de banalidades como del tiempo, del horrible café inglés o intentaba hacerla partícipe de mis impresiones sobre la gente con la que nos estábamos cruzando. ¿Recuerdas cómo nos gustaba imaginarnos las vidas de las personas que veíamos por la calle? Ella no fue muy partícipe de mi juego; en realidad, durante la mayor parte del tiempo, tuve la impresión de que no me escuchaba. Pero la ignorancia se fue transformando con los días en una media sonrisa; al poco tiempo, en contestaciones escuetas, y, sin darme cuenta, hemos terminado manteniendo conversaciones.

Ahora, al cerrar la academia, paseamos hasta la parada del autobús (tengo que reconocer que me salto mi bajada para acompañarla hasta la suya) y seguimos con nuestras intrascendentes charlas hasta despedirnos. Nunca hablamos acerca de su vida o la mía. Nuestras conversaciones son totalmente inocentes y fáciles. Es lo mejor que he encontrado aquí hasta ahora, alguien que no exige un compromiso; con ella no hay un plan para mañana, tan solo el ahora. Somos amigos circunstanciales, unidos por lo efímero de nuestras situaciones actuales.

El sábado quedamos, era la primera vez que nos veíamos fuera de los días laborales de la academia de ballet. Se había ofrecido a ejercer de guía para mí. Obvié mencionarle que durante mis primeros años aquí recorrí todas las calles de esta ciudad buscándome en ellas, buscándote absurdamente a ti. Tampoco le había hablado de mi etapa en Scudamore's, por lo que fingí ser un americano ignorante y dejé que me llevase por las zonas de visita más y menos típicas. Comenzamos en el jardín botánico, por el que dimos un rápido paseo porque, de verlo todo, habríamos echado todo el día allí dentro de sus jardines e invernaderos. Yo le hablé del jardín japonés de Portland y del jardín de las rosas creado por mujeres que querían exponer sus flores a los vecinos, y al menos me escuchó con interés. Supuse que Sophie, como buena inglesa, adoraba los jardines florales, pero lo cierto es que me confesó que había pensado que era un buen lugar para que un artista encontrase la inspiración, aún más para un chico que provenía de una tierra de leñadores. Tuve que reírme por su ocurrencia, pero le concedí que allí dentro me sentía casi como el mismísimo Lord Byron, a punto de escribir un poema. Tuve que contener la risa al ver que ella arrugaba el ceño.

De ahí, seguimos hasta el Sheep's Green, lo que me hizo pensar que su ruta turística iba a ser más campestre que monumental, pero me equivoqué porque, al atravesar la pradera de Coe Fen en la que pastaban plácidamente algunas vacas, salimos al puente Matemático y tuve que escuchar cómo me contaba la leyenda de que el mismísimo Isaac Newton lo había construido sin ninguna sujeción y lo usaba como ejemplo en sus clases. ¿Cuántas veces podía yo haber contado aquella historieta a los turistas en la barcaza? Seguimos paseando por los colleges *y ahí sí que le conté mi experiencia como camarero de cáterin en el Selwyn y su trágico final, que, obviamente, la hizo reír. Ahí fue donde comprobé que Sophie también era capaz de soltar carcajadas.*

Al final de la jornada, me sorprendió con dos bonos para ver Cambridge desde el aire, gracias a una empresa de avionetas que se llama Classic Wings, donde adjuntaban una entrada gratis al Imperial War Museum en Duxford. Era una idea atrayente, pero no tuve más remedio que confesarle mi vértigo patológico. Ella no quiso desaprovechar el bono y yo la animé a no hacerlo. Me compré un chocolate caliente y esperé sentado en la puerta del museo, desde donde salían los vuelos, a que ella regresara de su aventura aérea. Esperé mucho rato, pero valió la pena porque Sophie regresó hasta mí eufórica, con una foto panorámica en la mano. «Mira, este puntito de aquí, eres tú», me dijo. Me resulta extraño hasta a mí, pero ahora guardo esa foto entre mis partituras.

Estar con ella me consuela un poco, me hace sentir menos solo.

Sigo extrañando muchísimo la compañía de Molly, con sus razonamientos alocados y egocéntricos. ¡Cuánto me gustaría verla ahora en su nueva faceta de estudiante aplicada! ¿En serio crees que será buena psicóloga? Cuando lo pienso, siempre imagino que en realidad los caballos serán sus pacientes.

Y a ti... Ojalá supieses que vuelo hasta ti en sueños cada noche, hasta la montaña, donde me pongo detrás de ti y espero paciente.

Cada noche vuelo, sin vértigo, solo por ti.

Eliott

Capítulo 16

Octubre, 2015

Lara & Harvey
Anunciamos nuestro matrimonio,
que se celebrará el 12 de diciembre,
a las siete de la tarde, en la iglesia Oaks Pioneer,
donde celebraremos nuestra unión.
A continuación, brindaremos por el principio de nuestras vidas
en la Victorian Belle Mansion.

S.R.C.

Lara sentía que el corazón se le salía por la boca desde el momento en el que había vuelto a ver al repartidor pelirrojo en la puerta de su casa con otro paquete, esta vez más pequeño, pero que le hizo pensar que pudieran existir más cartas de Eliott para ella.

En realidad, el envío procedía de la imprenta a la que ella y Harvey habían encargado las invitaciones de la boda. Eran las pruebas finales de las tarjetas y los sobres, y se las enviaban para que dieran su conformidad y así poder imprimir el pedido completo.

Tener en sus manos, de forma tangible, la realidad de su próxima boda terminó por quebrar la fuerza con la que había contenido sus sentimientos. Tuvo que sentarse a los pies de la escalera al sentir que se mareaba y se tapó la boca con una mano temblorosa para contener sus sollozos. Iba a casarse con un hombre maravilloso, ¿qué estaba haciendo cediendo a los sentimientos que despertaban en ella aquellas malditas cartas?

Gimió con el nombre de Eliott entre sus brazos, como si le pidiera auxilio. ¿Por qué había querido que ella supiera de su vida después de diez años? Seguía leyendo, pero no encontraba la respuesta; ya estaba con el último montón y aún no había encontrado una pista que le pudiera aclarar esa pregunta. Reconociendo que era incapaz de abandonar su lectura, rompió a llorar sobre el papel crudo con letras en relieve que sostenía en sus manos.

Entonces, una llamada a su teléfono móvil cortó su llanto. Se lo sacó del bolsillo de su rebeca de lana y descubrió el nombre de Harvey en la pantalla. Descolgó sin darse tiempo a reponerse.

—Acaba de llegarme un mensaje en el que confirman la entrega del envío de la imprenta. ¿Lo has visto ya?

—Sí, tengo la invitación delante ahora mismo —le contestó ella con congoja en la voz.

—¿Qué es lo que no te gusta? ¿Prefieres que sea en color azul? Ya te advertí de que el verde era muy atrevido. —Harvey se mostró contrariado.

Lara se dio cuenta de que el tono de su voz transmitía inseguridad, pero ni mucho menos era por el color del texto.

—Puede ser, no sé... ¿Cuándo había que confirmarlo?

—Esta semana, Lara. Aunque dijiste que no cambiarías de opinión, que te encantaba esta idea.

—¿Lo dije?

—Sí, pero no pasa nada. Piénsatelo bien esta tarde y llama si quieres hacer cambios. Quiero que todo sea como desees.

«¿Por qué haces esto?», pensó Lara con culpabilidad. Harvey, siempre el agrado personalizado, detallista y complaciente.

—Sí, lo haré. No te preocupes.

Colgó sintiendo que se ahogaba; no podía pensar en nada más allá del contenido de las cartas leídas y desperdigadas por su habitación. Si era incapaz de centrarse en la elección de alfombras o cortinas para su inminente mudanza, elegir la tinta de las invitaciones era tan imposible como pensar en Harvey y en su relación. Volvió al cuarto y rasgó el sobre de otra carta con ansiedad.

Septiembre, 2012

Querida Lara:

Tras finalizar mis estudios en Composición y Dirección de Orquesta, ya había poco más que Leo pudiera ofrecerme en la academia que dirige. Según dice, yo mismo sé ya más y tengo más talento que cualquiera de los que imparten clase allí. Conociéndome, sabrás que no creo ni una sola de sus palabras, aunque sea tan placentero escucharlas; lo que sí reconozco es que cualquier cosa que pueda hacer ahora en este mundo tiene que ser más allá de este lugar que me ha acogido durante tantos años, más de los que llegué a pensar que tendría la fortuna de estar.

Leo siente mucho que vaya a marcharme, aún no sé dónde. Incluso me ha ofrecido trabajo como profesor de la asignatura que desee, pero en el fondo sabe que la razón de mi existencia es llegar a algo más grande. Quizás a Nueva York o a Los Ángeles. Es vanidoso pensar que lograré alcanzarlo algún día, pero luchar por conseguirlo es el motivo por el cual quiero seguir respirando. ¿Qué otra cosa tengo o puedo tener?

Siempre he sido su ojo derecho, incluso cuando creía que no era yo, sino Chris. En mis comienzos, cuando me sentía tan perdi-

do, cuando caí en el oscuro pozo de la autocompasión, cuando resurgí con deseos de comerme el mundo... Es lógico que se sienta orgulloso, apostó por mí.

Y lo que quiero contarte es que ha movido cielo y tierra para organizar un concierto a modo de despedida.

¡Hoy he dirigido mi primer concierto con una obra mía, Lara! No ha sido gran cosa, ni siquiera ha sido en un teatro, sino en una pequeña sala de audiciones en West Road, pero me ha acompañado la Orquesta Sinfónica de Cambridge y la gente ha pagado para asistir. ¡Ha sido increíble!

Hoy he escuchado mi nombre, hoy lo he sentido mío y me he sentido orgulloso de él. Cuando los aplausos han llenado el auditorio, han envuelto todo mi ser y me he sentido como en el salón de tu casa. Eran un par de cientos de manos y yo solo creía escuchar las tuyas aplaudiendo. El clamor me ha dado escalofríos y es que cada una de esas notas que habían emocionado a los asistentes habían salido de mí, de este Eliott.

Me he sentido pleno. He encontrado mi rumbo, el significado de mi persona. Tiene distintos caminos y distintas formas, pero siempre acaba en un mismo lugar y con una misma melodía. Has sido mi inspiración, cada compás llevaba tu nombre.

Estoy seguro de que allí, sentada en el alféizar de la ventana de tu cuarto, tú también la has escuchado.

Eliott

Orquesta Sinfónica
Ciudad de Cambridge
Sala de conciertos West Road
Sábado, 12 de octubre, 2012

La montaña

Concierto de piano en mi bemol

Director: Eliott Warren

Piano: Roger Hodge

Entrada: £ 18

Entradas con descuento: £ 16

Estudiantes: £ 8

Menos de 14 años: £ 5

Aquella carta incluía un pequeño programa azul que Lara desplegó con los ojos bañados en lágrimas. Le dolía tantísimo no haber podido ser partícipe de aquella noche... ¿Qué habría estado haciendo ella aquel sábado? Probablemente habría ido a cenar a algún restaurante con Harvey y habría terminado en su apartamento, enfundada en una de sus camisetas, sentada en el sofá a su lado, viendo el capítulo de alguna serie que ya había olvidado. Sin embargo, para él aquel día sería inolvidable. Su primer concierto, uno que le había dedicado a ella... ¿Para qué, si ella no lo había podido presenciar? Así de absurdo era todo.

Aquello le recordó el día en el que se había graduado en Derecho y Harvey le había regalado un pequeño brillante engarzado en oro rosa como colgante. A ella no le gustaban las joyas ostentosas y él siempre sabía cómo acertar en ese tipo de obsequios. Sin embargo, ella lo había fastidiado todo aquel día:

—El regalo más importante no es el colgante. ¡Te he conseguido una entrevista con el bufete de unos amigos de mis padres! Buscan una mediadora para los casos de embargos y divorcios —había dicho Harvey con un entusiasmo que rayaba con el orgullo.

—Pero yo esperaba empezar con algo más fácil, como temas de disputas entre comunidades de vecinos en una administración de fincas o algo así. No sé si estoy preparada para entrar en un bufete de abogados.

—No digas tonterías, tú eres la chica más lista que podrán encontrar y lo que no sepas lo aprenderás en un abrir y cerrar de ojos.

—Pero...

Lara recordaba la angustia, la inseguridad y el temblor de piernas que habían acompañado aquella conversación.

—Bueno, si no quieres, puedo llamar y decir que no te interesa —se había ofrecido él al ver el gesto torcido de Lara.

—¡Entonces pensarán que soy una idiota por rechazar una oportunidad así! Deberías haberme consultado antes, siempre estás tomando decisiones por mí.

—Lo hice con la mejor intención, quería darte una sorpresa, creí que era lo mejor para ti —se había excusado él con gesto de intentar comprender la desproporcionada reacción de ella.

Lara se había sentido tonta, aquella inseguridad ante el primer paso era ridícula, enfrentarse a los comienzos siempre le suponía un esfuerzo sobrenatural, pero Harvey tenía la costumbre de ponerla al límite. Era lo que necesitaba, pero no lo que quería, y en aquel instante se había sentido dominada por el enfado.

—Iré; no puedo rechazar la oferta, quedar mal y hacerte quedar mal a ti, pero alguna vez podrías darme el tiempo necesario para tomar mis propias decisiones, aunque conlleve equivocarme en la mayoría. ¡Déjame cometer errores!

Con Harvey no había margen para el error, siempre acertaba: en el momento, en el lugar, en el motivo. Estar con él le daba la sensación de ir sola, pero solo era eso, la sensación; era como andar sobre una cuerda floja segura de llevar atada a la cintura un cabo para las caídas.

Si Eliott hubiera estado junto a ella en el día de su graduación, imaginaba que él la habría visto bailar en la distancia, disfrutando de su alegría entre nubes de tabaco y a la espera de que ella le indicara el camino por el que la seguiría sin dudarlo un instante.

Lara comenzaba a dudar de que aquello entrañase alguna finalidad, de que existiera un motivo por el que Eliott regresaba a ella volcando sus diez años en una caja.

Se enjugó las lágrimas y releyó la carta. Al terminarla por segunda vez, se sorprendió al darse cuenta de que sonreía. Sentía orgullo, alegría y también esa admiración que Leo había debido sentir. Ella también había estado muchos años a su lado, junto a su piano, apoyándole, haciéndole creer que llegaría más lejos de lo que él, un gran soñador, podía creer.

Se imaginó a Eliott repeinado y ataviado con un frac, al frente de una pomposa orquesta, en una sala repleta de gente conmovida tras cada nota y volvió a sentir amor por el recuerdo de la persona que había estado en su vida hasta que un buen día había desaparecido de ella antes del amanecer. Las cosas nunca habían resultado del modo en el que Lara las había imaginado mil y una veces en su mente. Eliott se había marchado, nunca había regresado y había dado su primer concierto lejos de ella.

Rasgó el sobre de la siguiente carta porque lo único que podía hacer era seguir leyendo.

Capítulo 17

Mayo, 2005

El ritmo de todo se volvió frenético en mayo. El curso académico tocaba a su fin y Molly, que había vivido entregada junto a sus compañeros a las labores del Club del Anuario, ahora pasaba todo el tiempo del que disponía organizando el baile de graduación.

A la rubia le habían pedido ir al baile prácticamente todos los chicos del instituto, pero les había negado la oportunidad a todos y a cada uno de ellos. Había decidido, en solitario, que iría al baile en compañía de Eliott y de Lara, los tres juntos. Eliott se había encogido de hombros como si aquello no le importase y Lara, apabullada, había aceptado porque, al sopesar la idea de preguntarle a Harvey si le gustaría volver a asistir a uno de esos estúpidos bailes, se había sentido demasiado ridícula. A ella le importaba bien poco la fiesta y, menos aún, ir a los últimos partidos de los Cardinals sin Eliott presente en el campo; pero Molly insistía en seguir apoyando al equipo del instituto, por lo que terminaba acompañándola y teniendo luego noche de chicas junto con las otras compañeras de instituto con las que, en unas semanas, probablemente no volvería a tener contacto jamás.

Harvey le mandaba mensajes y la llamaba por teléfono de vez en cuando. Al hacerlo, no mencionaba el beso de su último encuentro, lo cual Lara agradecía enormemente. Eran conversaciones breves y sin contenido, pero ella sentía que conseguían un objetivo: continuar en contacto y mantener en suspense el comienzo de algo entre ellos.

Con Eliott había intentado aparentar normalidad durante los últimos días. Había seguido subiéndose al autobús con él cada mañana y, a veces, le comentaba de pasada las llamadas de Harvey, pero como esto último agriaba su carácter de manera casi inmediata, ella no podía más que cuestionarse si su amiga estaba realmente acertada al suponer que él tenía sentimientos de tipo romántico hacia ella.

Molly no ayudaba nada al bromear sobre el enamoramiento secreto de ambos, cuchicheando al oído de Lara cuando iban los tres juntos. Era verdad que ella tenía unos repentinos instintos de observar cada detalle de él: la manera como, al reír, Eliott enseñaba su paleta torcida sobre una dentadura perfecta; la forma de sujetar suavemente el cigarro entre sus labios al fumar o con firmeza entre sus dedos índice y corazón mientras escondía el pulgar bajo el mentón. Se había dado cuenta de que los gestos de cariño hacia ella eran menos frecuentes, pero que los sentía más intensos y que los besos de reconciliación que ella solía darle en la mejilla habían cesado, puesto que hasta los abrazos que solía regalarle ahora la estremecían.

La mayoría de los días, Eliott y ella habían terminado discutiendo de una forma ridícula durante el breve trayecto que unía la parada del autobús con el comienzo de la cuesta hacia su casa. Las animadoras que seguían acosando a Eliott, aunque ya no estuviera en el equipo, terminaban siendo la diana de las acusaciones de ella, mientras que su amigo insistía en suponer intenciones dudosas por parte de Harvey. A Lara le dolía que él pensara que alguien como Harvey no pudiera fijarse en ella con verdadero interés y que, como decía Eliott, solo buscase en ella un entretenimiento fugaz porque, por los años que él le sacaba, estaba en otra etapa.

—¿Qué universitario querría comenzar una relación formal con una chica de instituto? Serás un entretenimiento de verano y luego te romperá el corazón.

—Apenas me quedan unos días en el instituto —se defendía Lara.

—¿Y por qué no se espera entonces a que lo termines?

—¿Por unos días? ¿Qué diferencia hay?

—Porque tú ni siquiera sabes qué vas a hacer después. Te han aceptado en Harvard y ahora dices que no estás segura de si debes ir. ¿Qué sentido tiene comenzar nada con alguien que no tiene las cosas claras?

—¡Sabes que es por mi padre, Eliott! No todos le buscamos el sentido trascendente a todo. Algunos simplemente tenemos obligaciones o no encontramos la manera de comenzar algo. ¿Acaso tú sabes con certeza ya lo que vas a hacer? ¡Ni siquiera te molestaste en echar solicitudes! Desde hace unos meses parece que todo te da exactamente igual.

Por algún motivo, ahora que ambos tenían al alcance poner en marcha su plan maestro, hacían esfuerzos por no hablar de él.

—Sé perfectamente lo que quiero. —Eliott buscó la mirada de Lara y pronunció las palabras como si le dolieran—. Pero está claro que tú ahora prefieres otra cosa.

Aquella última discusión la había dejado muda y sola. Él se había encaminado con furia hacia su urbanización, eliminando la opción de acompañarla hasta el inicio de la cuesta, y ella había tenido que subirla sola, pensando en la verdad y las mentiras que escondía aquella afirmación. Después de eso, Eliott se había vuelto esquivo y se había recluido en largas sesiones de piano en el conservatorio.

Con todo ello, con Molly entregada a la graduación, con su padre vagando por la casa como un espectro tambaleante, con Harvey ausente y ella sumergida en un mar de dudas, la inundaba la soledad.

—Si sigo mirando la cara mustia que traes últimamente, conseguirás que me vaya antes de tiempo al otro barrio —le dijo una tarde la señora Ruth mientras Lara se afanaba en hidratarle las piernas resecas por la mala circulación.

—Lo siento —se disculpó intentando adornar su cara con una sonrisa.

—¿Mal de amores?

—Supongo... o puede que solo sea el fin de la primavera y la llegada del verano.

—Pero, querida, ¡si son las estaciones más alegres del año! Tu cara es definitivamente de mal de amores —había sentenciado la anciana.

El verano, en efecto, llamaba a las puertas de Oregón y el corazón de Lara, como si se hubiera sincronizado con el aumento de la temperatura, estaba en plena ebullición. Más aún conforme se acercaba la gran noche del baile. Necesitaba aclarar aquellos sentimientos para poder seguir adelante, para respirar, para tomar la decisión con la que encauzar su vida en alguna dirección, por lo que aquella tarde se decidió por fin a ir en busca de Eliott.

Bajó la cuesta serpenteante hasta la urbanización del chico con el corazón martilleando su pecho. No sabía cómo afrontaría la conversación, pero debía aclarar lo que ocurría entre ambos, descubrir los sentimientos de él. Eliott tenía razón cuando le decía que ella no sabía qué hacer con su vida, pero aquella afirmación abarcaba incluso un sentido más amplio, más allá del lugar hacia el que se dirigiría su vida, lo que ella necesitaba era aclarar su corazón.

Al salir del ascensor en la tercera planta, escuchó con agrado que Eliott estaba en casa, pues por debajo de la puerta se escapaba el sonido de una melodía. Era una nueva y pensó que quizás ese había sido el motivo de que hubiera estado más desaparecido. El piano era un juguete entre sus dedos, y se sentó en las escaleras para escucharle antes de entrar, no quería interrumpirle. En la mente de Lara surgieron las imágenes de la película a la que podrían acompañar las notas de su piano, al que acompañarían trompetas y violines, toda una gran orquesta. Estaba segura de que algún día sonaría así, ella estaría a su lado, quizás en Boston... No, seguramente sería en Hollywood.

Un brusco sonido hizo que Lara dejase su mundo mágico y se sobresaltó al ver salir del ascensor a la madre de Eliott.

—Pero ¿qué haces sentada aquí fuera? —le preguntó confusa Martha.

—Escuchaba a Eliott tocar. He preferido quedarme un rato fuera —explicó.

Para sorpresa de Lara, la mujer se sentó junto a ella en el frío escalón, soltando un gran suspiro. Durante unos segundos, dejó que la música de fondo las envolviese. Lara se sintió incómoda, nunca se había relacionado mucho con la madre de Eliott ya que, en el fondo, nunca le había perdonado que se mudara de casa y alejara a Eliott de la ventana de su cuarto. En todo caso, Martha se acomodó junto a ella en las escaleras y le surgió en el rostro un gesto mezcla de preocupación y de pena. No hizo falta que Lara le preguntara la causa de aquella estampa porque ella misma se lo confesó:

—Estoy tan preocupada por Eliott... No le entiendo. Creo que no sabe lo que hace, que se deja llevar por los impulsos y que va a cometer un gran error.

Lara no sabía a qué se refería, pero la escuchó atenta porque, si su amigo había tomado algún tipo de decisión, aún no la había compartido con ella. Estaba segura de que lo haría (ella siempre era la primera en saber lo que pasaba por su cabeza) y que, si aquella vez había sido su madre su confesora, debía de tratarse de algo muy especial.

Martha continuó con tono de desesperación en su voz:

—Tomar este tipo de decisiones basándose en algo tan incierto no puede acabar bien. Puede que le juzgue duramente, pero es que no sé qué pasa por su cabeza en realidad. Lo está procesando todo él solo y siento que le pierdo. Sabía que se iría a algún lugar, pero...

Lara sintió que el corazón se le aceleraba. ¿Le habría contado Eliott el plan maestro a su madre? ¿Estaría dispuesto a ponerlo en marcha de inmediato? La emoción la embargó, pero se guardó de expresar con la cara lo que sentía en su interior. Dejaría a su padre; sí, lo haría. Ya era el momento de mirar por ella misma. Si él quería ir con ella a Boston, lo haría. Intentó frenar sus pensamientos porque podía ser otra cosa, algo grande y auténtico. Un plan incluso más extraordinario que el plan maestro, porque Eliott era así, único. Era un genio, un maestro del teclado, y a todos los grandes genios siempre se los ha considerado excéntricos, cuando en realidad Lara sabía que la palabra adecuada para definirlos era «especiales». ¿Qué decisión drástica había tomado su amigo?

—Yo no creo que el silencio sea algo malo, Martha. No siempre.

—Hija mía, tú no sabes lo difícil que es educar a los hijos. Tendríamos que saber lo que piensan, lo que sienten, y este hijo mío solo habla con el piano y puede que contigo también —sonrió con amargura—, pero no conmigo. No debería haber secretos entre padres e hijos, ninguno.

—Bueno..., lo que pasa es que no es nada fácil entenderle. Él es distinto a cualquiera que conozca, es... Eliott. —Lara hablaba con timidez, escondiendo sus verdaderas opiniones.

La verdad era que Martha le parecía demasiado joven para tener un hijo de esa edad y demasiado guapa como para haberse doblegado a ser una viuda solitaria. También consideraba que se había entregado a sus relaciones y a su trabajo más de lo normal, y que tenía un poco abandonado a Eliott, quien terminaba muchas veces en compañía del novio de turno. ¿Cómo iba a comprender a un hijo al que casi no conocía? Precisamente, a un hijo complicado y «especial» como Eliott.

—Ya lo sé, Lara. Eliott tiene una personalidad complicada pero fuerte, eso me tranquiliza. Los niños débiles dan incluso más problemas a los padres, ¿sabes? De eso estoy contenta.

—Supongo que tienes razón.

—He intentado ser amiga además de madre, estar lo más cerca de él; sin embargo, hay cosas que las madres no podemos controlar ni hacer, como impedir que los hijos crezcan y se vayan de nuestro lado... —Lara se sorprendió de que Martha pensara que había intentado estar lo más cerca posible de su hijo, pero no abrió la boca. La insinuación de que Eliott le había dicho que quería marcharse era demasiado emocionante. Casi podía verse ya montada en un avión junto a él—. ¿Cómo voy a aceptar que lo pierdo, que se va tan lejos y durante tanto tiempo? Me voy a perder toda esa parte de su vida. Y, por si fuera poco, pensando que en cualquier momento él... Ya sabes... En fin.

Lara no entendía con claridad a lo que se refería, seguramente pensaba que ella había sido informada de todo ya, por lo que su deseo de que Martha terminara de confesarse con ella fue en aumento. Deseaba entrar y escuchar de boca de Eliott que, de alguna forma, iban a marcharse de allí juntos en busca de sus sueños. Si él estaba dispuesto a poner en marcha el plan maestro, ella le seguiría. Algo se había revelado en su interior: ¡eso es lo que quería! Lo que siempre había querido. Ella y él, conquistando el mundo. No era un sueño absurdo ni tonto, era el deseo más profundo de su corazón. Pero la madre de Eliott continuó hablando.

—¿Por qué me tiene que hacer esto Leo? Yo sé que, como mejor amigo del padre de Eliott, únicamente piensa en darle una gran oportunidad a su talento musical, pero Cambridge está tan lejos... ¡Podría hacer eso mismo aquí! Sé que mi postura es egoísta, sin embargo, no puedo evitar sentir un dolor muy grande ante la idea de que se vaya. Es que ¡ni siquiera va a asistir al acto de graduación! —gimió.

Lara no daba crédito a lo que escuchaba, no lo comprendía. ¿Quién era Leo? ¿Había dicho Cambridge? ¿Cuándo habían hablado ellos de marcharse a Inglaterra? Entonces una idea oscureció su talante y estremeció su cuerpo.

—¿Cuándo dices que se va? —preguntó temerosa.

—En dos semanas. —Martha apartó exhausta sus ojos del suelo y la miró con expresión de culpabilidad—: ¿No me digas que Eliott aún no te lo ha contado?

El silencio de Lara fue esclarecedor y la madre de Eliott, con evidente desconcierto, intentó sacarla del estado catatónico al que ella había sucumbido.

—Creí que a estas alturas ya lo sabrías —se excusó—. Vamos, pasa y habla con él, te lo contará todo. —Martha se levantó nerviosa y buscó las llaves de su casa dentro del bolso, pero Lara se dirigió al ascensor.

—No le digas a Eliott que he estado aquí ni que me has dicho nada. Por favor, Martha, prométemelo.

—Pero... —No pudo resistirse a la cara de la muchacha y asintió.

El descenso de los tres pisos se le hizo interminable y, en cuanto salió a la calle, fue víctima de la calidez del ambiente; le costaba respirar y, por más que intentaba tomar bocanadas de oxígeno, el aire caliente le ardía dentro. El corazón le dolía con cada latido y sintió que comenzaba a tragarse unas lágrimas que se resistía a expulsar.

De repente comprendió algunas cosas, como el hecho de que no le hubiese importado mucho la expulsión del equipo del instituto (con la mancha en el expediente que eso suponía), que se hubiera volcado en el piano obsesivamente durante las últimas semanas, que no hablase del futuro, que se hubiese alejado de ella... No conocía la razón de aquella marcha precipitada ni que la hiciera él solo, sin ella, y a otro lugar que no era Boston ni Houston. Cambridge era un sitio del que no había hablado con él en toda su vida. ¡Su padre era de Londres! ¿Y quién era Leo?

Comenzó a sentirse furiosa, engañada. Eliott se lo había ocultado a todo el mundo. ¡Se lo había ocultado a ella! Que se fuera a ese lugar era lo más absurdo del mundo. ¿Antes de la graduación? Sintió deseos de gritar de rabia, porque tan solo la idea de verlo marchar y perderle la enloquecía. No concebía un día en su vida sin él; era incapaz de asimilar aquella horrenda idea.

No podía suceder porque, si Eliott se iba, si se marchaba su mejor amigo, desaparecería su otra alma, se derrumbaría su mundo...

No podía suceder porque, si Eliott la abandonaba, perdería a su gran amor.

Capítulo 18

Septiembre, 2012

Querida Lara:

Soy el ser más estúpido sobre la faz de la tierra; he metido la pata hasta el fondo. Dentro de un par de horas tengo que ir a la academia de danza y por Dios que me aterra después de lo ocurrido. No sé cómo manejar la situación a la que tengo que enfrentarme.

Ayer, Sophie se acercó a mí enarbolando un folio. Era una carta en la que le confirmaban que la habían elegido como una de las bailarinas del Royal Ballet. No le decían cuándo sería el viaje ni le daban muchos detalles, pero ella ya sentía cumplida la primera parte de su sueño. Expresaba su emoción con dificultad, como si tuviera que quitar escarcha a sus sentimientos, pero en ella resultaba extraordinariamente humano. Le propuse celebrar nuestros respectivos éxitos recorriendo algunos pubs *de la ciudad.*

Sophie y yo brindamos tantas veces que nos quedamos sin dinero para poder coger un taxi y acabamos en mi casa tambaleándonos. Yo llevaba más de un año sin tomarme ni una cerveza, desde el día en que decidí salir del agujero oscuro, y ella parecía que hubiera bebido tan solo un par de veces en toda su vida. Recuerdo haber cenado con ella en algún momento de la noche, pero no debió ser suficiente, no al menos para todas esas cervezas. A duras penas lograba entender dos palabras seguidas de alguien que no tiene por costumbre decir más de tres cada hora.

Nos quedamos dormidos en mi cama, vestidos, incluso con los zapatos puestos; sin embargo, a la mañana siguiente me desperté al sentir un cosquilleo en los labios. Despegué un poco los ojos y vi la cara de Sophie a milímetros de la mía. No me dio lugar a procesar si estaba despierto o si seguía dormido. Ella volvió a besarme. Lara, hacía mucho tiempo desde la última vez que había tocado un cuerpo; sé que no es una buena excusa, pero reaccioné a su intención y no solo dejé que me desvistiera, sino que yo hice lo mismo con ella. Sophie es menuda, estrecha, es prácticamente piel y huesos, con leves ondulaciones que forman su pecho, pero se movía con tanta pasión que olvidé quién era y lo que aquello podía significar. No pensé en las consecuencias, tan solo activé mis movimientos para llegar al ritmo de los suyos. Segundos después de que ambos sintiéramos que nuestros cuerpos explotaban, Sophie recogió su ropa y se la puso en silencio mientras yo recuperaba el ritmo de mi respiración y, antes de que pudiera reaccionar, ya había salido por la puerta.

Dudo que ella espere algo más de esto, nunca noté que se sintiera atraída por mí de ninguna manera, aunque, después de lo ocurrido, ya no doy por sentado nada. No sé cómo voy a salir de esta incómoda situación. Yo no siento nada por ella, no quiero una relación, ni siquiera una en la que básicamente nos desahoguemos. Esas cosas no suelen terminar bien y yo estaba feliz con el tipo de amistad que manteníamos. Espero de todo corazón que ella no se haya enamorado ni lo más mínimo de mí, yo no puedo ofrecerle a nadie un corazón que ya te entregué a ti hace tantísimos años.

Por otro lado, es absurdo sentirse así. Tú me has olvidado, lo hiciste hace tiempo, rehiciste tu vida junto a Harvey y yo quedé en el olvido. Como debía ser.

Sin embargo, me siento culpable. No debería sentir que te he sido infiel. Además, estuve casi dos años acostándome con tantas mujeres que llegó un momento en el que no fui capaz de saber el número al que ascendían, por eso me pregunto por qué motivo esta vez me siento diferente.

Debo hablar con Sophie.

Eliott

Octubre, 2015

Ponerle cara a Sophie en aquel momento, tras leer aquella carta, fue fácil para Lara. Sophie era como una sirena, con abundante y sedoso pelo, de líneas delgadas y estratégicas zonas redondeadas que habían conseguido seducir a Eliott. Una sirena de dientes afilados que habían mordido su cuello, su boca, su alma...

Sintió náuseas, un fuego ardiente en sus entrañas y se obligó a respirar con ritmo cadente para no desmayarse por la opresión de sus pulmones. Un pensamiento enlazó otro y se vio a sí misma años atrás en brazos de Harvey, una noche de verano en su recién estrenado apartamento de soltero con vistas a Portland.

—Ven, preciosa, baila conmigo —le había pedido él algo achispado tras acabar con la última copa de vino de la botella que alguien le había obsequiado para celebrar su nueva etapa como independizado oficial.

—Espera que termine de colgar esta cortina.

—¡Baja de ahí, Trepadora, y ven a bailar con tu novio!

Lara recordaba cómo se había sentido cuando él la había vuelto a llamar con aquel apodo, cómo había bajado de la escalera metálica, obediente, y se había entregado a sus brazos, que la habían conducido con un ritmo balanceante hasta el dormitorio. Aquella primera vez con Harvey: tan joven, tan entregada, terriblemente maravillosa; y, a pesar de ser un recuerdo precioso, en el fondo sabía que su corazón, en aquel momento, había deseado que hubiera sido diferente, no con él.

Septiembre, 2012

Querida Lara:

Jamás creí que Sophie me lo pondría tan fácil. Cuando llegué, se comportó como si la última vez que nos hubiéramos visto hubiera sido con la última nota que toqué en la anterior clase. No tembló ni por un momento y sus palabras sonaban firmes y tranquilas, mucho más de como se encontraba mi alma.

Intenté tantear el tema y lo esquivó con frialdad. Para ella es como si nada hubiese pasado y para mí es un recuerdo tan incómodo que intento borrar de mi mente las imágenes.

Los días se han sucedido con normalidad, al menos en apariencia. Aunque hablemos y la amistad parezca no haberse visto afectada, creo que no volveremos a ir de copas juntos nunca más.

Finalmente, ahora puedo concentrarme en la siguiente etapa de mi vida. Algo increíble ha sucedido, algo que avala que el camino que elegí hasta aquí era el correcto.

Lara, dejo Cambridge después de siete años. Después de graduarme en la academia, de ser becario en el estudio de grabación, de la gira con el grupo como técnico de sonido, de la especialización en dirección de orquesta... ¡por fin me voy a Los Ángeles!

He conseguido una plaza en el programa de la USC Thorton School of Music para graduarme en Composición para Cine. Estoy dando todos los pasos que hay que dar para llegar a cumplir mi sueño, el cual solo necesitará un poco de suerte y la inversión de todo mi talento para llegar a materializarse. El programa está dirigido por profesionales de la industria, y en él colaboraré con cineastas y diseñadores de videojuegos. ¡El trabajo final se lleva a los escenarios de la Warner Bros.! Y muchos de sus estudiantes han llegado a ser nominados y premiados en los Oscar, los Emmy o los Baftas. ¿Puedes hacerte una idea de lo emocionado que estoy?

Me marcho en un par de semanas, aún no se lo he dicho a Sophie. Tendrán que buscarme un sustituto.

¿Sería una locura intentar contactar ahora contigo para que me acompañases? Pedirte que lo dejes todo, que busques el sol al sur de la Costa Oeste, a mi lado... Olvidar que te abandoné una vez y soñar que ahora todo es posible.

Ojalá pudiera hacerlo, Lara.

Eliott

Esta carta fue como un bálsamo para el alma de Lara; era evidente que aquella noche con Sophie no había significado nada especial para Eliott. Volvió a releer la anterior con detenimiento y su cerebro la traicionó imaginándose de nuevo la escena de pasión entre los dos, mezclando con ella sus propios recuerdos. Fantaseó con la posibilidad de que aquella noche Eliott no hubiera pensado más que en ella cuando hacía el amor a Sophie. Deseaba que hubiera ocurrido así, ya que, ridículamente, eso la hacía sentir mejor.

Entonces, una idea cruzó su mente y se levantó con rapidez de la cama para bajar hasta el salón. Era algo que se había prohibido hacer durante todos aquellos años, porque se había jurado que haría todo lo posible por olvidar a quien no la quería junto a él. Se había esforzado en no preguntar por él, en evitar toda información sobre su existencia, en esquivar cualquier muestra de que su vida continuaba sin ella...

¿Dónde diantres lo habría dejado? Levantó cojines, movió cajas, ladeó libros y al final, en una de las estanterías ya vacías, encontró su portátil. Comprobó que se había quedado sin batería después de tantos días sin usarlo y, tras realizar otra búsqueda, esta vez por su cargador, consiguió por fin encenderlo y teclear en el navegador «Eliott Warren». Inmediatamente aparecieron muchos enlaces asociados a distintas personas con el mismo nombre; entonces añadió en el buscador «pianista» y, tras pulsar el *intro*, aparecieron en la pantalla varios enlaces que claramente hablaban de él. Uno parecía remitir a la página oficial de la Academia de Música de Cambridge, un par a lo que parecían ser revistas para profesionales de la música y otro al programa al que se refería Eliott en la última carta que había leído. Al llegar a este último sintió que, si continuaba mirando, quizás encontraría algo que aún no había leído, que podía adelantarse a la historia, y sintió que, en realidad, quería seguir la pauta que marcaban las cartas. Aun así, no pudo evitar buscar las imágenes ligadas a su nombre y fue ahí donde su corazón estalló en mil pedazos que se repartieron por todo el salón. Ahí estaba él, ¡él!, con un frac al frente de una gran orquesta sinfónica o encorvado sobre un elegante piano de cola; la siguiente fotografía parecía ser una hecha a propósito para alguna publicación, pues era en blanco y negro, miraba hacia abajo y sostenía una batuta en las manos... Eliott, con las líneas de su cara apenas endurecidas por los años. Su misma melena revuelta, aquella mirada triste que le cortaba la respiración, sus manos, su espalda, su... ¿Cómo podía sentir el pulso acelerado y a la vez el pecho desoladoramente vacío? Era esa sensación que había experimentado atrás en el tiempo, la que te deshacía por dentro, que te hacía temblar de forma involuntaria, que te abría deseosa en canal para recibir un amor tan potente como toda la existencia de tu propio ser.

Jamás había sentido algo así por Harvey, no ese tipo de amor, aunque eso no significaba que no le amase, pero era distinto. Lara cerró el portátil y lo alejó de ella con dos dedos deslizándolo sobre el suelo. Pensó que el cuerpo solo sentía así una sola vez o, mejor dicho, con una única persona, con el primer amor. Y Eliott había sido su gran primer amor. Se convenció de que por ello su cuerpo había reaccionado así al volver a verle, porque algo tan potente jamás se extingue del todo. Eran las ascuas de un fuego y se preguntó con temor si aquellas cartas podían terminar siendo la chispa que volviera a encenderlo de forma temeraria.

Sin embargo, regresó a su habitación y cogió la siguiente carta de un montón cuyo tamaño le advertía de lo cerca que estaba del final.

Febrero, 2013

Querida Lara:

Los Ángeles es una ciudad abrumadora: hay mucho tráfico y mucha ambición. Llevo cinco meses viviendo en un verano permanente, en un diminuto apartamento en Venice (si se puede llamar «apartamento» a una sola habitación en la que hay un colchón en una esquina, un fogón en otra, un diminuto baño delimitado por una cortina en la tercera y un ropero en la cuarta. Es lo único que puedo costearme teniendo en cuenta que, para pagar el curso en la Thorton School of Music, he tenido que pedir un préstamo bancario que no terminaré de liquidar en esta vida a no ser que triunfe de algún modo. Al menos, tiene una ventana por la que, si me asomo, veo el Boulevard. Estar acostumbrado a desplazarme en bicicleta por Cambridge me ha venido bien aquí, donde los atascos te complican la vida, y así, en menos de una hora, logro llegar a la escuela de música, con los músculos activados y la cabeza despejada tras cruzar las infinitas avenidas regadas con palmeras igualmente infinitas.

Lo cierto es que paso casi todo el tiempo en la escuela. He venido hasta aquí con un solo propósito y, aunque mis nuevos compañeros insisten en que los acompañe en sus salidas de fin de semana, lo que yo hago es encerrarme en la biblioteca para estudiar partituras. Si quieres dedicarte a algo, debes conocer el trabajo de los mejores, por lo que Steiner, Horner, Morricone, Williams, Zimmer o Vangelis son mis verdaderos colegas. De todas formas, la programación de esta universidad es mucho más intensiva que la de Cambridge y deja muy poco tiempo libre. Además de las clases, hay eventos por las tardes o incluso durante el fin de semana, y los horarios cambian de una semana a otra. Por eso no he podido buscarme un trabajo con el que ganar algo de dinero. Voy a consumir mis ahorros, pero te aseguro que están mereciendo la pena cada uno de los dólares invertidos.

Lara, disfruto tanto cada minuto aquí que hay días que hasta olvido que debo comer. El ritmo es trepidante, es un allegro prestissimo. *Ni siquiera encuentro momentos para llevar mi mente a los debates místicos a los que solía entregarme hasta apenas unos meses atrás. Por suerte, por aquí algunos comerciantes tienen la costumbre de pintar imágenes religiosas para espantar a los ladrones, así que, cada vez que paso por delante de uno de sus establecimientos, recuerdo que debo vivir cada día con la trascendencia que merece.*

Vivo solo, y no me refiero a que solo yo ocupo el apartamento, sino que la soledad es mi compañera de vida y, aunque no es lo que yo deseo, es lo que he asumido al fin. Cuando dejas de luchar contra la realidad que te ha tocado, una en la que no hay nada que puedas hacer para que sea de otra manera, y lo asumes, es cuando comienzas a vivir de verdad, cuando buscas qué parte sí puedes controlar y te aferras a ella con todas tus fuerzas y te esfuerzas por encontrarle su sentido, por disfrutarla.

Me siento seguro frente al teclado, de lo que mis dedos son capaces de hacer, de lo que mi mente es capaz de componer, y sé que es importante. Una parte de mí pasará a la posteridad y eso me hace sentir inmortal. Esa sensación es poderosa, es mi realidad y me alivia el alma.

Y también hay una parte de ti que siempre será mía, que formará siempre parte de mi existencia: tu recuerdo, el amor que me entregaste y que yo guardé en el corazón como reservorio.

Una parte de ti siempre será mía.

Eliott

Lara entendió perfectamente a lo que se refería con aquello de aceptar la realidad que no puedes cambiar. Lo había tenido que aprender a la fuerza cuando él había desaparecido como si se hubiera esfumado del planeta Tierra, cuando su corazón se había roto para seguir latiendo con millones de cicatrices imborrables. Al principio había intentado aceptar que él no la quería, que debía seguir adelante, y que la única forma de hacerlo era matar los sueños de futuro que había creado con él. Los había enterrado y había tapiado todas las puertas de su mente que una vez la habían conducido a ellos. Y al final se había dado cuenta de que la única manera que tenía de lograrlo era terminando también con la existencia de Eliott, como si hubiera muerto la persona que ella conocía y que el que seguía con vida, quién sabía dónde, fuera alguien diferente. Por eso había tenido que pasar por todas las etapas del duelo, hasta que había sido capaz de mirar las fotos que colgaban de las paredes de su cuarto tan solo con añoranza, sin rencor. Sin embargo, aquellas cartas habían destrozado aquella realidad que tanto le había costado asumir y, a falta de tan solo dos por leer, seguía sin comprender el motivo de todo ello.

Se sintió tan culpable al pensar en Harvey, que seguía tan ajeno a toda la revolución sentimental en la que ella estaba inmersa... Él había sido una pieza clave para la aceptación de su realidad, con su paciencia, escuchándola, secando sus lágrimas, acompañándola y guiándola por los nuevos caminos de su vida... Y no solo eso, había influido también en la vida de su padre. Había sido él quien, en parte, había conseguido que fuera a una clínica de rehabilitación en busca de ayuda. El detonante para que su padre cediese había sido que Lara lo encontrase tirado en el suelo de la cocina sobre un charco de sangre, totalmente embriagado e inconsciente, con la cabeza abierta tras el golpe contra el suelo al haberse desmayado. No se había enfrentado sola a ese tipo de situaciones gracias a que Harvey estaba a su lado.

Ciertamente, Claudia había pagado la clínica privada, pero no había consentido tener la más mínima relación con su progenitor hasta que no estuviese recuperado. Al fin y al cabo, era de agradecer que su hermana hubiese colaborado en algo cuando él se había desentendido de ella en cuanto se había marchado de casa, pero había ignorado el hecho de que Lara también la había necesitado a su lado.

En la vida de Lara había muchos días grises para el olvido en los que su padre era protagonista; el más oscuro de todos, sin duda, había sido el de la muerte de su madre, pero el que la había condicionado más había sido el día que había perdido a Eliott.

Capítulo 19

Abril, 2013

Querida Lara:

Por fin había encontrado la dirección correcta, me encontraba lo más próximo a la felicidad que esta vida estaba dispuesta a darme, pero el destino es indescifrable, lo subestimé, y entraron en el juego la repercusión de los actos que creía intrascendentes. Eres responsable de tus acciones antes o después. Nada volverá a ser igual jamás. He destrozado mi sueño antes incluso de que comenzase a despegar. Mi sino ya estaba escrito, como así lo estará también cada uno de los días que me queden por vivir. Yo buscaba incansable el rumbo a seguir, pero este ha salido a mi encuentro y, Lara, ahora que lo conozco, me da un miedo terrible.

Cuando el semestre de otoño terminó, uno de los ingenieros de sonido de Sussex se puso en contacto conmigo. Se había enterado de que en Abby Road necesitaban a un compositor para orquestar tres canciones de Joahna Lewis, la cantante pop folk que comenzaba ya a sonar también en Estados Unidos, y él les habló de mí. La sola idea de compartir espacio con ella era tan intimidante como emocionante; la cara que el mundo tenía de ella era su excéntrica forma de vestir y su adicción a los vaporizadores, pero la discográfica se ofrecía a pagarme los billetes de avión y la estancia durante una semana en Londres. Coincidía justo con mis vacaciones y, como mi único plan para ellas era seguir estudiando, lo vi como una oportunidad para ganar algo del dinero que tanto necesitaba.

Ya en Londres, el trabajo no me llevó más de cuatro días. Trabajar con Joahna fue fácil, no era la estrella psicodélica que vendía al público, sino que resultó ser solo una chica que hablaba mi mismo idioma. Supo transmitirme con claridad sus ideas en un solo día y, cuando le mostré lo que había hecho con ellas, cómo las había elevado con un acompañamiento intenso y un toque electrónico, quedó encantada. Grabamos las tres canciones en los dos días siguientes y el resto del trabajo lo terminó mi amigo el ingeniero. Por eso me quedaron dos días libres que disfrutar en Inglaterra.

Llamé a Leo, le dije que me acercaría a Cambridge para verle. A esas alturas, Leo ya no era el severo director de la academia para mí, sino un viejo amigo que entiende mi mente de artista más de lo que lo hacen muchos. Estaba deseando poder contarle todo lo que había aprendido durante mis seis primeros meses en Los Ángeles y quedamos para cenar; sin embargo, de camino a su casa, el destino quiso que ella saliera de aquel establecimiento de zumos y batidos.

Sophie sostenía un vaso de plástico transparente por el que adivinaba un brebaje verde con pepitas negras flotando. Llevaba un sombrero de lana ladeado que hizo que me costase un par de segundos más reconocerla, pero, cuando la llamé, se giró y sus ojos de toparon con los míos. Le sonreí y, para mi sorpresa, su expresión se tornó contrariada. No comprendí su reacción, meses atrás nos habíamos despedido amigablemente, deseándonos mutuamente lo mejor, y aquella mirada casi acusatoria que de forma fugaz se desvió hacia abajo hizo que se me revelara lo que no había visto antes.

Lara, Sophie está embarazada. No hizo falta que le preguntase nada, aquella respiración agitada y la forma en la que apretó el vaso de zumo hasta que hizo derramar el líquido a sus pies, fueron señales más que aclaratorias.

—¿No pensabas decírmelo? —la acusé lleno de desconcierto.

—No podré presentarme a la audición, ¿sabes? Lo he perdido todo.

Me contestó lanzándome las palabras con demasiado dolor; estas cayeron sobre mí como una agresiva lluvia de granizo y yo sentí que todo el mundo se me venía encima. No respondí, no sabía qué decir. Fue ella quien, ahí mismo, en medio de la calle, continuó hablando.

Sin que le temblara ni una sílaba, me expuso todos sus planes. Tildó de desafortunado e inoportuno lo ocurrido entre ambos. Y me dijo que, si había seguido adelante con el embarazo, era porque se había sentido moralmente responsable de sus actos, pero no pretendía «hipotecar» su vida por algo así.

—¿Quieres darlo en adopción? —le pregunté confuso, congelado por dentro.

—Lo que te estoy diciendo es que yo no tengo ninguna intención de dejarlo todo por convertirme en madre.

—Pero... ¿por qué no me llamaste? ¿No tengo ni voz ni voto en nada?

—Por supuesto que no lo tienes.

Si llegaste a sentir hacia mí lo que yo sentí hacia Sophie en ese momento, comprendo que no quisieras saber nunca más de mí. Escuchar eso me enfureció tanto, Lara..., pero contuve toda mi rabia, porque hablar con ella nunca había sido fácil y, de pronto, me estaba enfrentando a una conversación improvisada en la mitad de la acera que parecía tener el poder de sentenciar mi vida.

—¿Y si yo lo quiero?

—¿Lo quieres? —me preguntó suspicaz, casi mostrando el alivio que le suponía aquella opción.

¿Cuándo los pensamientos pueden cruzar la mente por segundos? Toda mi vida, mis aciertos y errores pasaron como flashes de película ante mis ojos, y finalmente lo que salió de mi boca fue un sentimiento de protección.

—Lo quiero.

Lara, solo puedo decirte que, cuando te abandoné, perdí una parte de mí y que, al verme en aquella situación, sentí que no podía darle la espalda a algo que, posiblemente, será lo único bueno y extraordinario que dejaré de mi paso por este mundo.

Aunque ahora mismo sienta que me va a explotar la sien, que no hay suficiente oxígeno en este cuarto y que el corazón me late de forma cobarde, no pienso abandonar, continuar con mi vida y olvidar algo así. No volveré a cometer el mismo error.

Tengo unos meses para asimilar la vida que me espera y aceptar que mi carrera como compositor será diferente. Sophie y yo hemos hecho un trato: me avisará cuando se ponga de parto; mientras, no me quiere por aquí cerca. Por ello, he regresado a Los Ángeles, a la escuela de música donde intento volcar todas las emociones que esta situación me está produciendo en las composiciones.

Estoy aterrado, nunca he sabido hacer nada bien más allá de la música y mi vida es algo que pende de un hilo que podría romperse en cualquier momento. ¿Es eso lo único que yo puedo ofrecerle a ese niño? ¿Cómo voy a darle yo cualquier tipo de seguridad?

¡Dios mío, Lara! Ahora sí que te necesito y no puedo pedirte ayuda, no puedo pedir ayuda a nadie porque esta vez tengo que

enfrentarme solo a esto. Es algo que yo provoqué y que tendré que asumir. No abandonaré, no lo volveré a hacer.

Eliott

Octubre, 2015

A Lara se le había cerrado la garganta. Un calor abrasador empezó a subirle por el pecho hasta la cabeza y los párpados en tensión le producían dolor. Jamás, durante aquellos diez años, se le había pasado por la cabeza que Eliott pudiera haber tenido un hijo. Se levantó de la cama y fue hasta el baño para echarse agua fría en la cara.

No podía con más: la mudanza, la inmobiliaria, la decoradora, la boda, Harvey y las invitaciones, y además, ahora, Eliott con un bebé. Se miró en el espejo y un pensamiento le cruzó la mente: Molly.

Ella tenía que saberlo todo, seguramente sabía lo del hijo de Eliott. Sabía que ellos habían estado en contacto a través de los años, aunque de forma esporádica, ya que, no solo él había reconducido su vida, sino que Molly también había encontrado su lugar en el mundo, uno en el que no importaba su aspecto físico, donde no la buscaban por él, donde podía demostrar su valía. Lara había rechazado hablar sobre Eliott con Molly, y la rubia había entendido la necesidad de su amiga de dejarlo atrás para poder seguir adelante con su vida sin morir de dolor. No solo era de locos todo lo que había leído en aquellas cartas o haber estado tantos años sin enterarse de nada, sino que también era un despropósito haberlas recibido en ese preciso momento crucial de su vida.

Aunque aún le quedaba por leer la última carta, sintió la urgencia de ir a ver a Molly, así que cogió las llaves del coche, se metió el sobre doblado en el bolsillo de su abrigo gris y salió de casa como un vendaval; con la misma urgencia y agonía con la que años atrás su amiga había acudido a ella.

Mayo, 2005

—¡Necesitamos un plan!

Molly entró como un Mustang desbocado en la casa. Llevaba el pelo recogido en dos largas trenzas y un cuaderno de purpurina morada pegado al pecho entre sus manos. Lara, tras haber pasado en vela una noche angustiosa, tenía la cara marcada por unas profundas ojeras y el semblante deprimido.

—¡Es horrible lo que voy a contarte! Simplemente catastrófico, Lara. Necesitas sentarte para poder escucharlo. —La chica le agarró del brazo para forzarla a tomar asiento en uno de los sillones del salón mientras ella permanecía en pie delante—. Tú tranquila, que todo se va a solucionar, pero necesitamos un plan. —Señaló su cuaderno de purpurina como si allí dentro estuviera la solución a tal problema.

—¿Un plan para qué? —Lara se recogió en el sofá, tenía la mente agotada.

—No debería decírtelo, ya que Eliott me ha pedido que no te lo cuente, pero, claro, él no tiene la información vital de la que yo dispongo.

—Dudo que me sorprendas —aseveró con tranquilidad.

—Apuesto a que sí. De hecho, debería prepararte una infusión para que puedas digerir todo esto. Yo necesitaría beberme un litro de tila entero ahora mismo, no sabes lo angustiada que vengo.

Molly jadeaba y se abanicaba con la mano, a la vez que despejaba rebeldes mechones rubios de la cara, ante la impasibilidad de Lara, que parecía difuminarse entre la tela brocada del sillón.

—Ayer, mi hermano volvió a llamar a Eliott para que me recogiera de mis clases de equitación. Como comprenderás, me enfadé muchísimo con Capullo, pero bueno, eso no tiene importancia ahora. El caso es que nuestro querido amigo me pidió dar un paseo antes de llevarme a casa. No es que me apeteciera mucho pasear con las agujetas en el culo que tenía después de cabalgar dos horas, pero me lo pidió con esa carita suya de cordero degollado y no pude negarme.

—Ve al grano, Molly. —Lara se incorporó para dejarse caer sobre el respaldo. Comenzó a sospechar el rumbo de la conversación y se puso en alerta.

—Tenía una cara de lo más trascendental y le pedí que soltara de una vez lo que fuera que le estaba quitando el sueño, y me dijo: «Prométeme que vas a intentar comprenderme».

Lara comenzó a sentir celos. ¿Había hablado con Molly antes que con ella? ¿Sería posible que hubiera puesto a su amiga en primer lugar en aquella ocasión? Siguió escuchando, pero con los puños apretados, aguantando la respiración.

—Me preguntó si recordaba que, cuando fui a verlo por lo de Steven, se tuvo que ir pronto a casa, y yo asentí porque me hubiera gustado quedarme el día entero con él ahogando mis lágrimas en su hombro. Recuerda que tú, aquel día, estabas perdida.

—Lo recuerdo perfectamente, ¿y qué? —Su pie derecho martilleaba el suelo.

—Me confesó que se había ido a casa a tocar el piano, cosa que no resulta inquietante por sí sola, pero es que el motivo era que necesitaba aprovechar todas las horas posibles para prepararse. Lara, ¡se va a Inglaterra!, a una escuela de genios de la música en Cambridge, o algo de eso. Lara, ¡se va en dos semanas!

La bomba explotó en medio del salón. Molly se dejó caer vencida sobre un sofá, de forma trágica, pero sentida.

—Lo sé. —El labio inferior empezó a temblarle a Lara.

—¡¿Desde cuándo lo sabes?! No es posible, él me dijo que no te lo había contado aún —preguntó Molly contrariada.

—¡Así que te ha mandado él para contármelo! Pues se te adelantó su madre. —Había elevado la voz sin ser consciente de que lo hacía y su corazón latía cada vez más rápido.

—Pues hay que impedir que se marche y nos abandone, déjalo en mis manos. Ahora mismo no puedo pensar en esto porque tengo que terminar de organizar la fiesta de cumpleaños de mi hermano, pero mañana podemos ir de compras y te buscaremos un vestido de infarto para la noche del baile de graduación. Tendrás que hablar con él, contarle lo que sientes y no tendrá más remedio que quedarse.

—¿Por qué vas a prepararle tú una fiesta de cumpleaños a tu hermano? ¡Que se la prepare él o alguno de sus amigos por los que está dispuesto a vender su alma! Tienes mucha facilidad para organizar la vida de los demás, Molly, pero eres incapaz de ser dueña de la tuya. Dices que tu hermano te utiliza, que no eres más que un trofeo familiar que usa a su interés, pero luego haces todo lo que él quiere sin dudarlo ni un momento. Robert no hace más que moverte como a una marioneta, como si fueras su esclava, y tú te dejas. Estás tan acostumbrada a que te dominen que por eso no te das cuenta de que los chicos también se aprovechan de ti. Nadie te toma en serio, ¡nadie se enamorará de ti nunca si sigues así!

Molly enmudeció, la cara se le puso pálida y se le desplomaron los hombros mientras seguía con la mirada a Lara, que se había levantado de manera enérgica del sillón. Lara se volvió para lanzarle un último reproche antes de salir del salón:

—Y, si quieres que Eliott no se marche, ponte *tú* ese «vestido de infarto», ya que eres *tú* quien parece importarle. —Se aseguró de que el portazo que dio al encerrarse en su cuarto explotase en los tímpanos de Molly.

Capítulo 20

Octubre 2015

En cuanto Lara quitó la llave del contacto se dio cuenta de que había agarrado con demasiada fuerza el volante durante todo el trayecto; le dolían los nudillos. Desde el asiento de su coche vio a Molly tutelando una clase de equinoterapia: atendía a un chaval con autismo, al que puso a prueba cambiando la velocidad con la que el animal trotaba en círculos para que así pudiera trabajar su equilibrio. En la pista de al lado estaba Steven ayudando a subir a lomos de un precioso ejemplar blanco a una niña con una prótesis en la pierna. Resultaba irónico ese giro del destino que había hecho que él y Molly terminasen en el mismo lugar, compartiendo una misma pasión.

En cierto modo, Lara le tenía envidia a su amiga. Molly había conseguido todo con lo que soñaba de adolescente: vivía rodeada de sus caballos, seguía siendo la reina del lugar y había conseguido vivir feliz sin necesitar la compañía de un hombre. La rubia nunca había tenido grandes expectativas en la vida, pero había conseguido mucho más de lo que en su etapa adolescente habría sido capaz de idear. Después de tantos desengaños amorosos, de sentirse un objeto sexual, de que la gente pensara que lo único que podía hacer en la vida era posar delante de una cámara bien erguida para que se le señalasen aún más los pechos o que su destino sería terminar casada con algún hombre que la llevase a cenar a sitios caros..., después de abrir por fin los ojos a todo eso, se había propuesto demostrar a todos que era algo más, mucho más. Había querido comprender las mentes de las personas, los motivos que las llevaban a ser mezquinas, superficiales y manipuladoras, pero sus estudios universitarios le habían enseñado a llegar a conocer las inseguridades, miedos y debilidades de la gente, y cómo eso era en realidad el origen de toda la oscuridad.

Molly había terminado por unir las dos cosas que más le gustaban: la psicología y los caballos. Además, un golpe del destino había hecho que ella y Steven, aquel jugador de baloncesto que vendía droga y había roto su corazón, terminasen trabajando juntos. Él había sufrido un grave accidente de moto con veintidós años en el que había perdido la capacidad de hablar con fluidez a causa de un traumatismo craneal, y del que había salido con una prótesis en la cadera que le había regalado una cojera de por vida, pero había encontrado trabajo en el mismo lugar donde le habían ayudado a rehabilitarse, y era a Molly a quien pedía ayuda cuando las palabras se le atascaban en la cabeza y no conseguía comunicarse.

La rubia podía haber tomado la venganza al desprecio que él le había hecho de joven, pero ella no era así, no tenía mal corazón. De hecho, se apenaba por Steven, que ya no conseguía despertarle el menor interés, aun cuando después de los años y lo ocurrido, él sí que hubiera dado su pierna buena por que ella volviera a mirarle como entonces. Pero Molly ya no miraba a ningún hombre, tampoco es que mirase a las mujeres, simplemente no sentía la necesidad de tener a nadie a su lado y nadie especial había llegado a su vida como para volver a pensar en el amor.

Lara se sintió mal por sentir que su amiga había alcanzado su felicidad mientras ella... ¿acaso se había conformado? Negó con la cabeza. Ella tenía una vida increíble, un trabajo importante y a un chico sacado del molde de la perfección.

Bajó del coche, se acercó hasta la valla metálica y desconchada que rodeaba la pista de tierra y saludó con una sonrisa forzada a Steven a lo lejos.

—¡Por hoy ya está bien! Estáis haciendo muy buen trabajo; se nota que este caballo está feliz cuando lo montas tú. —Molly ayudó a bajar al chico y este sonrió elevando la barbilla y desplazando esquivamente la mirada a un lado.

No habían pasado los años para la rubia, pensó Lara al observar su envidiable silueta mientras entregaba las riendas del caballo al chico para que lo devolviera a los establos y se aproximaba a ella pisando fuerte, con el baile de caderas que seguía resultando hipnótico para cualquiera. Ellas dos ya no se veían tan a menudo como antes, aunque hacían todo lo posible por que su amistad no se perdiera entre sus respectivas obligaciones de trabajo.

La expresión facial hizo entender a Lara que su amiga ya sabía el motivo de que ella estuviera allí.

—¿Cómo está Steven? —preguntó en un intento de ser cortés.

—No hay manera de que deje de hablar como un androide, pero todo llegará. Mi paciencia es infinita, ya lo sabes.

Lara intentó no reírse con Molly, porque, aunque Steven seguía teniendo un carácter cerrado y autosuficiente que impedía que ella empatizara del todo con su desgracia, no dejaba de tener una discapacidad y la habían educado para no mofarse de las desgracias ajenas.

—Parece que fue ayer cuando te odiaba a muerte y, de paso, a mí también por ser tu amiga. —Lara guiñó un ojo y le dio un suave codazo.

—Quizá te siga odiando un poco —sopesó mordaz—. A veces pienso que, si no me necesitara, habría hecho lo posible para que me echaran del rancho. Aunque ayer me invitó a cenar, ¿cómo te quedas? —Soltó con una risita incrédula—. Pero no has venido para que hablemos de Steven, ¿me equivoco? —Molly vio cómo Lara apretaba los labios y tragaba saliva—. Vamos adentro, pasa y siéntate. Tú mantente tranquila. Respira hondo y cálmate. ¿Quieres una infusión o algo?

Las dos se metieron en la pequeña casa de campo donde vivía Molly. Una casa de madera pintada en blanco, con una llamativa puerta roja y ventanas en color azul índigo. «El color de los ojos de Eliott», había pensado Lara la primera vez que las había visto abiertas sobre la fachada impoluta; y, al recordarlo en aquel instante, se dio cuenta de que Eliott había sido un pensamiento recurrente durante esos diez años, aunque lo creyese enterrado en el olvido. La explanada se despejó de coches al ritmo que los alumnos terminaban sus clases y los trabajadores finalizaban su jornada.

—Está claro que sabes lo de las cartas. Quiero que me lo cuentes todo, desde el principio. —Lara buscaba una respuesta con ojos desconcertados.

—Bueno, es complicado. Pero, claro, con Eliott siempre es todo complicado, ¿verdad? —sonrió con temor.

—Lo único que sé, Molly, es que yo me levanté aquella mañana, tras el baile de graduación, con la esperanza llenándome el corazón. Pero él adelantó su partida y se fue sin decirme ni adiós. Incluso le disculpé por aquello, pensé que no le habría dado tiempo a aclarar sus ideas y que necesitaba irse lejos. Pero yo esperaba una llamada en la que me pidiera que le esperase, aunque no tuviera derecho a pedírmelo, ¡porque yo lo habría hecho! Y aun así esperé. Sin embargo, no hubo llamada ni un mensaje, y ni te imaginas cómo se me encogía el corazón cada vez que el teléfono sonaba y cómo se me rompía cuando no era su voz la que hablaba al otro lado de la línea. Y nunca habló, ni siquiera escribió, Molly. Yo esperé con ilusión el correo durante meses y, ahora, sin motivo aparente, me traen a casa un paquete con un montón de cartas de todos estos años. Y Eliott ¡con un hijo! Y quiere que... ¿Qué es lo que quiere, Molly?

A Lara le faltaba el aliento y su amiga se irguió en el asiento y se preparó para compartir con ella algo que sabía que necesitaba oír, pero que, al mismo tiempo, hubiera sido más prudente mantener fuera de su conocimiento.

—Como sabes, nosotros siempre hemos estado en contacto. Al principio me dolía no poder compartir todas sus noticias contigo porque no querías saber nada de él y, además, seguías ridículamente enfadada conmigo. —Molly le recriminó con la mirada una vez más aquel arranque de furia que había tenido con ella, y luego prosiguió—: Luego fui yo quien no quiso hablarte de él porque te veía tan bien con Harvey que creí que era mejor mantenerlo lejos de ti, dejar todo lo vuestro en el pasado. Pero, hará cosa de un mes, la madre de Eliott me llamó porque se iba apresuradamente a Los Ángeles. A Eliott le había dado una especie de ataque al corazón, algo de una arritmia, dijo, y estaba ingresado en el hospital.

—¿Qué? —Los ojos de Lara expresaron verdadero horror.

—Sí, al parecer, le detectaron hace años (¡cuando aún estaba aquí!) no sé qué problema cardíaco relacionado con un gen hereditario. Probablemente lo agravó por fumar tanto. Bueno, esto me lo estoy inventando, aunque fumar siempre lo empeora todo, ¿no? —Molly parecía divagar mientras Lara no movía ni un músculo de la cara—. Johnny se había mudado unos meses atrás a su apartamento y, ¡menos mal que estaba allí!, porque si no imagínate, el bebé allí solito...

—¡Dios mío! —Lara sintió un escalofrío por todo el cuerpo, pensó en la repentina muerte del padre de Eliott a causa de un ataque al corazón y comenzó a verlo todo con más claridad—. ¿Un gen hereditario? Pero él ahora está bien, ¿no?

—Bueno, sí. El caso es que... ¡Deja que te termine de contar! Me fui con su madre a Los Ángeles. ¿Recuerdas el seminario al que asistí hace un par de semanas? Pues era mentira. Eliott aún estaba ingresado cuando llegamos, pero yo lo encontré ya muy recuperado. De no haber sido así, ten por seguro que te lo habría dicho porque, ¡Dios mío, era nuestro Eliott!

Lara se tapó la cara con ambas manos. Las frases de la primera carta comenzaban a repetirse en su mente: «No puedo dar ese paso, no puedo hacerte eso a ti. Tú no debes cargar con el peso que llevo a mis hombros, no sería justo».

—Yo me quedé en el apartamento de Eliott con el niño y con Johnny, que fue un incordio, mientras su madre permanecía día y noche en el hospital hasta que le dieron el alta. Pero la historia, lo que te trae hasta aquí, comienza en ese par de días que estuve en el apartamento con Yuri.

—¿Yuri? ¿Su hijo se llama Yuri?

—Sí, se lo puso por el ballet ruso al que ese demonio de Sophie se fue y por no sé qué astronauta, me dijo, no le entendí.

—Yuri Gagarin, el primer cosmonauta de la historia. —Lara sonrió.

—Claro, solo tú podías saber de qué diantres hablaba. En fin, que yo me aburría muchísimo mientras el niño dormía. Johnny estaba más tiempo en la playa que en el apartamento para ayudarme, menuda ayuda... —se quejó, pero sin poder ocultar el cariño que sentía por él—. Y, bueno, tú sabes lo cotilla que soy, y tenía para investigar toda una casa dentro de una sola habitación, así que no hubo un rincón que no registrase; yo también necesitaba rellenar espacios en blanco sobre Eliott, ¿sabes? —se quiso excusar—. Y así fue como encontré todas las cartas. Tal y como has hecho tú estos días, me las leí una a una, y por Dios que se me partió el alma. Estaba tan claro que siempre te había querido, ¡que no dejaba de hacerlo! Hacía poco más de un mes que me habías anunciado que te ibas a casar con Harvey y yo, pues no podía dejar que lo hicieras sin que leyeras todo eso. Así que las empaqueté y te las envié.

—¿Leíste todas las cartas? Y las mandaste... ¡¿tú?! ¡Por Dios santo, Molly! ¿Y qué pasó con Eliott cuando se enteró? —A Lara le iba a explotar el corazón.

—Bueno, pues cuando volvió a casa, y tras pasarme un buen rato llorando al ver que estaba bien, intenté decírselo, pero no me atreví. Le habían dicho que debía llevar una vida muy relajada, sin disgustos ni emociones fuertes. Fuera tabaco, nada de excesos, mucha medicación... Y, claro, con el miedo de provocarle algo con la noticia, pues fueron pasando los días hasta que... —Molly se quedó en suspense y suspiró.

—¿Qué? —preguntó Lara ahogada.

—Pues un día fue él quien me habló de las cartas. Me contó que durante todos estos años te las había estado escribiendo y que, cada vez que escribía una nueva, planeaba mandártela junto con todas las anteriores, pero nunca se había atrevido a hacerlo y las había ido acumulando. Con lo de su infarto había recapacitado y creía que era el momento de hacerlo, de volver a tu vida y ver si le dejabas entrar. Pensaba mucho en Yuri y tenía miedo de dejarlo solo en el mundo. Sentía casi como una obligación el acercar a su hijo a ti, pensaba que debía existir una conexión entre vosotros tres. Yo le comenté que Harvey te había pedido casarte con él y ¡madre mía, cómo se puso! Tan enfadado como solía estarlo cuando hablábamos de chicos en el instituto. Me miró pidiéndome ayuda y consejo. ¡Oh, Lara...! Veía tanto amor en sus ojos por ti, y yo lo quiero tanto y te quiero tanto a ti...

—Lo sé, Molly. Pero ¿qué dijo cuando supo que tú ya las habías mandado?

—Nada, simplemente se encogió de hombros y sonrió diciendo que era una señal. Ya sabes, Eliott y las dichosas señales... Tras un rato de silencio, dijo que el resto dependía de ti. Al cabo de unos días, preparamos el equipaje y nos organizamos para regresar; todos menos Johnny, que se quedó custodiando el apartamento. Y ya está.

—Molly inspiró aire, triunfal, y miró a Lara, que se había quedado callada y concluyó—: No se le puede disculpar, pero tampoco puedes evitar seguir queriéndolo como lo quieres, ¿verdad, Lara?

—Yo no le quiero ya, Molly —dijo ella, cansada, casi convencida de ello—. Nunca me arrepentí de lo que pasó tras la fiesta de graduación, aunque le perdiera, porque le amaba con cada célula de mi cuerpo y de mi alma. Pero ahora quiero a Harvey, me entiendo con él y tengo una vida tranquila.

—Pero, cariño, nadie dice que la persona que ames sea la que más te convenga.

Lara no sabía si con eso hacía referencia a Harvey o a Eliott, pero calló, porque ella misma se lo cuestionó.

Capítulo 21

Mayo, 2005

—Estás enfadada.

—Déjame en paz, Eliott.

—¿Lo ves, Lara? Estás enfadada. Lo que no sé es si lo estás conmigo, con Molly o con los dos.

Se sentía atrapada dentro del autobús, comprimida entre Eliott y la barra a la que no había necesidad de sujetarse porque él la aplastaba sin posibilidad de que su cuerpo se ladeara con las curvas de la carretera. Era insufrible aquella sensación, tenerlo contra su cuerpo, sentir su aliento, percibir la dureza de su torso contra su pecho y mantener el enfado con coherencia cuando lo que deseaba era agarrarse a él e impedir que se marchase lejos de ella.

Aquella mañana, Lara no le había recogido en su casa; se había asegurado de salir con tiempo para no llegar tarde en bicicleta hasta el instituto, y en clase había tomado más apuntes que en toda su vida, evitando así cruzar una sola palabra con Molly. Parecía que su amiga se retiraba dejándole espacio para respirar, y eso la enfadaba aún más. Podría gritarle tantas cosas aún…

A la salida se había metido en el baño el rato suficiente como para que la rubia y él se fueran sin ella de vuelta a casa, pero no había podido esquivar a Eliott, que la esperaba paciente, sentado en la acera de la parada fumándose un cigarro.

—Ya sé que lo sabes.

—¿El qué, Eliott? ¿Que sé el qué? —le espetó con los brazos en jarras.

—Que me voy.

Escucharlo de sus labios fue como sentir un disparo en el centro de su alma. Durante un segundo sintió que se quedaba sin vida, pero el dolor se convirtió en una rabia que quedó reflejada en la ironía de sus palabras.

—A Cambridge... Eso no queda muy cerca de Boston, ¿verdad?

Lara podía sentir la respiración de Eliott sobre su cara y creyó que el corazón le podría estallar. No pudo sostenerle la mirada porque en ella había surgido una imperiosa necesidad de estrellar sus labios contra los de él, y eso nunca lo había sentido antes. Era desconcertante, doloroso, agónico y ardiente.

—¡Lo de Boston era un sueño tonto, Lara!

—Sí, desde luego, tonta es como me siento —respondió ella, dolida.

—¡No te estoy llamando ton...! Mira, Lara, no quería pasar estos últimos días peleándonos o con caras tristes, eso es todo. —Eliott resopló y desvió la mirada a través del cristal de la ventana del autobús—. Estaremos en contacto todos los días, te llamaré a diario. Te escribiré cartas.

—Ya nadie escribe cartas, Eliott.

—Yo lo haré, lo juro por Dios. Y quiero que tú también me escribas, porque una carta es mucho mejor que un mensaje o que un correo electrónico.

—No hay nada como el papel... Es tangible —convino Lara, que, amante de los libros, siempre había defendido el romanticismo que entrañaba entregarse a las letras escritas en celulosa.

—No te dejo sola, Lara. Tienes a Molly y a tu novio, Harvey.

—¡Venga ya, Eliott! Todo cambiará y sabes que Harvey no es mi novio. Todo cambiará entre *nosotros* —pronunció esa última palabra con deseo, dándole un nuevo significado.

Estaba agotada y, abatida, dejó caer su frente sobre el pecho de Eliott. Respiró profundamente para intentar retener en su mente aquel olor a colonia suave y nicotina, para captar el calor que desprendía el centro de su corazón.

—No hablemos más de esto —dijo él tras besarla con complicidad en la coronilla.

—Está bien, no hablaremos más. —Lara supo en ese momento que no sería capaz de retenerlo. El cambio había empezado ya.

Al fondo del autobús, los observaban las animadoras que siempre perseguían al chico, pero, tras ser testigos del fuego que había salido de los ojos de ambos en aquel breve trayecto, no se atrevieron a perseguirle cuando llegaron a su destino.

Otoño, 2015

Eliott estaba en Portland; después de diez años, había regresado. Lara conducía de vuelta a su casa tras hablar con Molly durante toda la noche, analizando sus sentimientos con ella, recordando viejos errores y comiendo helado sin reparar lo más mínimo en las calorías, intentando así anestesiar el corazón. Se habían quedado dormidas al alba y habían despertado justo a tiempo de tomar un desayuno tardío que las había sumido en un silencio meditativo. Molly la había despedido con un abrazo que se había prolongado algo más de lo necesario, como si ella necesitara transmitirle su apoyo incondicional y no encontrase las palabras adecuadas para hacerlo.

El nerviosismo recorría su cuerpo. Lara miraba frenética las calles esperando verle, hasta tal punto que un frenazo a tiempo la salvó de empotrarse contra un camión de reparto. Asustada, aparcó apresuradamente a su derecha, con la ironía de encontrarse justo enfrente de la imprenta donde estarían preparando sus invitaciones de boda, con la tinta verde. Sentía el corazón a punto de salirle por la boca y sus labios temblaban en una combinación de risa nerviosa y llanto contenido. Apoyó la frente en el volante e intentó respirar profundamente. Un bip en su teléfono móvil la sobresaltó y se golpeó la nariz con violencia.

No olvides llamar a la imprenta para los cambios en las invitaciones. Esta noche trabajo. Mañana te llamo. TQ.

Sintió que el mundo se le venía encima; no había suficiente aire en el coche. Con manos temblorosas buscó en los bolsillos de su abrigo un caramelo de eucalipto que le devolviera el aliento, pero con lo que tropezaron sus dedos fue con la última carta de Eliott doblada. Había un salto importante de tiempo desde la anterior a esa, pero ella ya conocía los motivos por los que él no había tenido tiempo para escribir cartas durante esos meses. La vida le había dado un vuelco. Se preguntó si, durante esos meses, la falta de tiempo no habría sido solo una excusa, si se había olvidado de ella, si no había encontrado hueco para recordarla, para necesitar hablarle por medio de sus cartas. Se preguntó entonces el motivo de regresar a esa práctica meses después... Rasgó el sobre y comenzó a leer aferrándose a cada palabra.

Agosto, 2015

Querida Lara:

«Ya vendrán tiempos mejores», solía decirte yo mientras tú me respondías: «Sí, pero tardan mucho». Tú, siempre tan impaciente. Y yo, tontamente confiado en que el futuro sería eterno para nosotros.

Pues bien, ese momento ha llegado. El último año me ha cambiado la forma de ver el sentido de mi existencia, el significado de los tiempos, la importancia de las elecciones y de sus repercusiones. Lo malo quedó atrás, está enterrado, y últimamente solo puedo pensar en los buenos ratos que solíamos pasar juntos. He pensado en ti, de otra forma, no como la parte de mí que había perdido, sino en ti como la persona que aún existía en mí. Te he recordado una y otra vez. Como cuando me volvías loco intentando averiguar lo que rondaba por tu cabeza y cómo me hipnotizabas cada vez que reías. Siempre tuviste la sonrisa perfecta: sincera, abierta y sin complejos. Me quitabas el aliento, me desarmabas y era feliz cuando me hacías sentir parte de tu felicidad.

Querías huir conmigo a otro país, como si eso te diera la oportunidad de ser alguien especial, como si necesitaras la libertad para encontrarte, y no te dabas cuenta de que ya lo eras, siempre has sido maravillosamente única. Supiste llegar a mi corazón y conquistarlo antes incluso de que fuera consciente de ello. Tú nunca fuiste «normal y corriente» ni los días podían ser rutinarios junto a ti.

Cuando fui consciente de lo que sentía por ti, Lara, fue demasiado tarde para confesártelo. Quise protegerte del dolor de mi destino incierto, quise alejarte de mí. Pero me llevé todo tu amor y evité pensar en cómo pudo afectarte todo el que yo te había dejado a ti.

Ahora, quiero dejar por escrito que entiendo que al amor no se le da pausas en el tiempo, que se es preso de lo que se siente y que no puedes escapar de ello, aunque te vayas al fin del mundo. Cuando lo sientes, lo sabes. Fluye por ti y no puedes pararlo. Una vez que metes a alguien dentro de tu corazón, si no lo rompe, jamás sale de ahí.

A lo largo de todo este tiempo, cuanta más gente conocía, más quería volver a ti; cuanto más me ofrecía el mundo, más deseaba poder compartirlo contigo; cuanto más pleno me sentía, más necesitaba tu compañía. Y aun con todo eso, seguía esforzándome en mantenerme lejos de ti.

Ahora que soy padre y siento una nueva clase de amor, en lo único que pienso es en lo completos que seríamos si tú también formases parte de nuestra vida. De forma inesperada has pasado a ser un folio en blanco en el que hablarte a ser una posibilidad en voz alta.

Hacerte saber que te quiero quizá sea egoísta, pero es una verdad inmutable, y quizás ha llegado el momento de que lo sepas, porque ya he visto cómo sería el fin de mis días sin ti y lo único que quiero es poder darte la mano hasta mi último amanecer.

Eliott

Lara miró hacia la imprenta, pensó en Harvey y el corazón se le encogió. Entonces lo supo, sabía adónde tenía que ir.

Capítulo 22

Junio, 2005

Molly se había puesto un espectacular vestido dorado que se anudaba a la nuca con una lazada, dejando así la totalidad de la espalda al aire. Se había recogido el pelo en un elaborado moño que daba protagonismo a su largo cuello y se había maquillado como una modelo profesional gracias a la experiencia adquirida de sus sesiones fotográficas. Estaba verdaderamente espectacular, eso fue lo que pensó Lara mientras ambas se miraban al espejo.

Se había disculpado con Molly, no quería continuar con el absurdo enfado, porque la sensación de desolación ya era demasiado intensa por sí sola como para alejarse de la única amiga que le quedaría allí en unos días. Había pasado toda la mañana con la rubia ayudándola, a ella y a los demás, a decorar el gimnasio para el baile. Su trabajo había sido simple, solo debía colgar manojos de globos exactamente donde le decían, el resto ya lo tenían controlado: el puesto de palomitas, las mesas dulces, los puestos de bebida... También habían alquilado dos grandes torres de luces que se movían al ritmo de la música recorriendo toda la sala y habían montado un escenario en el que habían colocado una mesa central para el disyóquey contratado gracias a uno de los amigos de Capullo. Se trataba de Eddie Hands, conocido como el Manos Largas por tener cierta inclinación a tocar con libertad los traseros de las chicas que se acercaban a su mesa de mezclas. Molly no había tenido problema en dejar que le palmeara el trasero cuando había ido con su hermano a hablar con él para así conseguir que actuara allí aquella noche; para ella no significaba absolutamente nada y se había sentido poderosa al lograr a un carísimo disyóquey valiéndose de su patética debilidad por los culos respingones. Todo el mundo alabaría su logro.

Lara había estado a punto de sacar todo el dinero que había ahorrado hasta entonces para invertirlo en un gran vestido de fiesta; en un momento de rabia, había pensado que era absurdo reservarlo para llevar a cabo un sueño que ya jamás cumpliría. Sin Eliott no iría a Boston ni abandonaría a su padre, pues no había en ella un deseo propio tan fuerte como para marcharse sola al otro lado del país para estudiar algo en Harvard. Ella soñaba con ser parte del sueño de Eliott, con descubrir el mundo junto a él, con verle triunfar, con vivir juntos aventuras, con vivir juntos y... Todo eso había muerto, y la posibilidad de acompañarle hasta Cambridge no existía; por algún motivo, él no se lo había propuesto dejándole claro así que no era su deseo que ella fuera con él. Y por eso le odiaba, porque le dolía; sin embargo, no podía evitar dejar de sentir un amor desgarrador que se había revelado en su corazón al mismo tiempo que todo a su alrededor se desmoronaba. Finalmente, no había tocado el dinero y había cedido al traje que Molly le había elegido. Las marcas de ropa solían regalarle algunas de las prendas con las que posaba para los reportajes de moda y le había asegurado que uno de ellos sería perfecto para ella. Su amiga seguía insistiendo en que Lara podía cambiarlo todo aquella noche, que la fiesta de graduación tenía una magia especial; insistía en que ella debía abrirle su corazón a Eliott y que así él no se marcharía.

—A Eliott le da igual lo que yo sienta. Ha decidido marcharse a otro lugar sin mí, sin ofrecerme la opción de ir con él. ¡Y te juro que habría ido aunque no fuera al lugar que habíamos pensado! Él no me quiere, Molly; él quiere alejarse —le explicó mientras su amiga le pintaba la raya en uno de los ojos.

—¡Claro que te quiere! Igual que yo supe que tú le querías, sé que él te quiere. No hay nadie que os conozca tan bien a ninguno de los dos, pero parecéis ciegos el uno con el otro. ¡Él no tiene ni idea de tus sentimientos! Quizás ha elegido marcharse porque no soporta ver que no le correspondes y que ahora estás tonteando con Harvey.

—¡Oh, vamos...! Yo llevo años viéndole a él tontear con mil chicas.

—Pues no era lo que yo veía. Yo veía a un chico muy guapo al que se le echaban encima siempre las chicas como moscas a la miel mientras él intentaba no ser antipático al rechazarlas, exactamente al contrario de lo que hizo Steven conmigo, pero Eliott lo hacía porque solo tenía ojos para ti.

—Molly, no insistas. No hay vuelta atrás. Él ha tomado ya una decisión. —Lara agarró las manos de su amiga en una súplica.

—Estaría genial que alguna vez tú hicieras caso de lo que te digo yo. Mírate, estás preciosa. ¡Claro que aún todo puede cambiar!

Lara se miró en el espejo y reconoció que Molly había sabido resaltar sus rasgos. Estaba bonita con aquel vaporoso vestido rosa que tenía un escandaloso escote de pico; la verdad es que le favorecía, sin embargo, no tuvo fuerzas para hacerle entender a su amiga que el poder de influir en los chicos con el aspecto físico no era su don. Ella no era capaz de engatusar a nadie con una sonrisa brillante por el carmín, ni con aquella tela suave que marcaba sus discretas curvas, en un baile lleno de adolescentes que se las apañarían para añadir alcohol a las bebidas del gimnasio, y mucho menos si ese chico no era uno normal y corriente. Era Eliott, y ella no sería capaz de crear un embrujo al estilo de Molly que fuera capaz de retenerle.

El chico las recogió en el coche del novio de su madre (aquella vez con su permiso), y dejó que Dora le fotografiara en medio de las dos en su salón. Mientras los flases de la cámara se repetían, Lara sintió que de alguna forma salía de su cuerpo para sobrevolar la escena. Todo parecía normal, como si no estuviera a punto de cambiar su vida. Sonrió ausente e, imitando con esfuerzo la emoción de su amiga, se montó en el coche para dirigirse al baile.

Repitieron las poses para las fotos a la entrada del gimnasio y luego se separaron llamados por los que habían llegado antes. Eliott se fue junto a sus excompañeros de equipo y ellas a por una bebida.

—Esta tarde he visto a Steven, iba en su moto. Creo que él también me ha visto porque ha acelerado como un loco; algún día va a tener un accidente. ¿Acaso creía que iba a salir corriendo detrás de él o algo así? —La rubia daba pequeños sorbos a su refresco en un intento de ocultar su frustración.

—¿Aún sigues pensando en él? Molly, estás preciosa y... mira a tu alrededor. Esto está lleno de chicos que no te quitan el ojo de encima. Steven no se merece que le dediques ni un segundo de tus pensamientos —dijo Lara para animarla.

—Sí, tienes razón. Sin embargo, Steven... —Acababa de localizarle en el lado opuesto de la sala del que se encontraba Eliott—. Bueno, mañana pensaré en la manera de hacer que cambie su actitud. Tiene que haber algo y, tarde o temprano, lo descubriré.

—Molly, siempre consigues lo que quieres, pero no te obsesiones con quien no merece la pena. Tú vales muchísimo más de lo que te imaginas, y eso que tú ya crees que vales mucho —bromeó.

—¿Obsesionarme? ¡Qué tontería! ¡Andy! ¡Ven a hacerte una foto conmigo!

Molly comenzó a brillar entre flases y Lara miró a su alrededor. La fiesta era un éxito total; todos los alumnos se habían esmerado en ponerse guapos y elegantes, y en el aire flotaba la exultante sensación de libertad que, tras el acto de graduación, se materializaría por fin.

Eliott parecía pletórico de alegría ajeno a la profunda tristeza que ella intentaba disimular mientras deambulaba por el gimnasio convertido en sala de fiestas, forzando sonrisas y anestesiando el dolor de su corazón con cada bocado de salmón *teriyaki* de la mesa de aperitivos japoneses. La música electrónica tronaba en sus oídos y la hacía sentirse espectadora de la película de su vida. Intentaba ocultarse tras el tenue resplandor de los focos para mirarle, quería fijar en su mente cada uno de sus movimientos mientras él se desenvolvía entre risas y bromas, ajeno a su observadora. Destacaba sobre todos los demás con sus movimientos inconscientemente tan masculinos, con su pelo oscuro como la noche y revuelto, con el destello de aquellos ojos azules que parecían emitir luz propia. El traje de chaqueta le quedaba muy bien a pesar de ser el de su padre; aunque lo veía raro, igual que ella se sentía rara dentro de aquel vestido prestado.

Quería acercarse a él, pero no sabía qué decirle sin romper a llorar; en realidad, deseaba que la noche terminara pronto. Fue mientras pensaba eso cuando Eliott sintió por fin sus miradas y se giró hacia ella, le dedicó una sonrisa cerrada y se disculpó con sus compañeros para aproximarse en su dirección, con el cigarro sin encender colgando como por arte de magia de su labio inferior y la mirada ardiente.

—¡Hola, Trepadora!

Sintió aquel susurro detrás de su oreja y fue como un baño de nitrógeno líquido sobre la nuca. Se giró hacia Harvey, y notó cómo las manos de este se tomaban la licencia de colocarse sobre sus caderas. Aquel contacto ardía y Lara creyó que se le paraba el corazón. No había un momento peor para que él apareciera. ¿Qué demonios hacía allí, en su baile de graduación? Respondió petrificada al suave beso en los labios que él no pudo contener y con la voz temblorosa acertó a decirle en tono acusador:

—¿Cómo has... entrado? ¿Qué haces? ¿Por qué no me has dicho...?

—Porque entonces no te habría sorprendido —sonrió triunfal—. Supe por Johnny que vendrías sin pareja a tu baile de graduación, que serías la carabina de tu amiga Molly, y no podía permitir eso. Cogí un vuelo y aquí estoy. Y viendo lo preciosa que estás, sé que he hecho lo correcto.

—¡Oh! Eso es... ¡Vaya! —Lara alzó las cejas sobrepasada.

El muchacho sonreía complacido, creyendo que su aparición la había dejado realmente impresionada, pero entonces su teléfono móvil comenzó a sonar en el interior de su chaqueta y un gesto de fastidio se apoderó de él.

—No tengo más remedio que cogerlo. Vuelvo enseguida, Lara.

Lara, petrificada, lo vio salir del gimnasio y luego giró con rapidez la cabeza hacia Eliott: el chico se había quedado parado a medio camino, con las manos en sus bolsillos, abriendo así su chaqueta y con la mirada clavada en ella. Lara avanzó en su dirección, pero entonces le vio retroceder y darle la espalda. Ya no había alegría eufórica, Eliott era una sombra encorvada que daba media vuelta y se perdía entre la gente.

—¡Eliott! —lo llamó desesperada.

Empezó a chocar con unos y otros que le obstaculizaban el paso, perdió de vista su pelo alborotado y, para abrirse paso, tuvo que empujar a una chica que se volvió para insultarla. Habría gritado para que todo el mundo callara, para que la música dejara de sonar y así todos se fueran de allí; todos, excepto Eliott.

Entonces el camino se abrió fugazmente y lo vio. Allí estaba, aplastando contra la pared del gimnasio a una chica que apoyaba sus manos en el trasero de Eliott. Lara acertó a dar solo un paso más hacia él porque todo su cuerpo se desinfló. Alguna vez sospechó que él podía haberse besado con otras chicas en alguna fiesta de después de los partidos, pero como nunca lo había visto con sus propios ojos, lo había ignorado. Si verlo en esa situación con otra ya era atroz, ser consciente de lo mucho que lo quería en ese momento fue devastador.

—Perdona, perdona, perdona... —Lara corrió buscando la salida y lo logró sin sentir ninguno de los empujones que recibía. El vestido largo se liaba entre sus piernas y los tacones repiquetearon al descender las escaleras de salida hasta que por fin estuvo en la calle. La soledad allí la acogió con los brazos abiertos. La música de dentro resonaba atenuada en la oscuridad y, así, temblando, miró de un lado a otro en busca de algún refugio en el que cobijarse. Cruzó la carretera sin mirar y solo escuchó el pitido de una moto como un zumbido lejano en sus oídos. Se sentó en la acera escondida entre dos coches, donde el haz amarillento de una farola parpadeante apenas la iluminaba, pero hacía relucir el brillo tenue de la suave gasa del vestido resbalando sobre la acera. Se tapó la boca con ambas manos y comenzó a llorar intentando contenerse sin éxito. Los hombros se le movían de arriba abajo y sentía cómo sus dedos se iban humedeciendo con la mirada clavada en el asfalto.

Notó que había perdido la noción del tiempo al sentir deslizarse sobre ella una chaqueta que desprendía un aroma demasiado doloroso y familiar: colonia suave y nicotina. Eliott se sentó a su lado en la acera y le ofreció un pañuelo de tela:

—Si te seco yo las lágrimas te destrozaré el maquillaje.

Esa vez Lara no se rio ante aquel intento de resultar gracioso. Alzó su mirada y le arrebató la tela de algodón con rabia.

—¿Sabes? A Pipper no le ha sentado nada bien que la dejase tirada para ir corriendo detrás de ti. Has salido como alma que lleva el diablo.

—¡Pues vete! Nadie te ha llamado —le replicó furiosa.

—No pienso hacerlo hasta que me digas el porqué de esas lágrimas.

—¿De verdad no te enteras de nada, Eliott? ¿De veras no lo entiendes?

—Pues... ¡Yo qué sé! —Él arrugó la frente realmente desconcertado—. ¿Te ha hecho algo ese Harvey?

—¿Harvey? No, Eliott. ¡No se trata de Harvey! ¿De verdad necesitas que te lo explique?

Eliott se retiró un poco, la mirada de amor agónico de Lara era muy evidente y él decidió dirigir los ojos hacia el suelo.

—Claro, es obvio que no quieres oírlo. Pero a mí esto me duele y también me asusta. Siempre te lo he dicho todo porque eres mi mejor amigo, pero, irónicamente, si hablamos de esto, puede que dejes de serlo. Lo que pasa es que, si sigo callada, me va a matar este dolor de corazón que hace que me falte el aire. Y te juro que...

Eliott se agachó con rapidez frente a ella y le puso un dedo en la boca para hacerla callar:

—Chsss, respira.

Lara estrujaba el pañuelo entre sus manos y calló al sentir el contacto de él en su boca. Él separó su dedo para sacarse del bolsillo del pantalón el paquete de tabaco. Al darse cuenta de que no le quedaban cigarros dentro, lo convirtió en una pelota y lo lanzó dentro de la papelera que colgaba de la farola. Terminó por enfrentarse a una mirada vidriosa que brillaba en la oscuridad hacia él con desesperación, a solo unos milímetros. Le recolocó los mechones de pelo detrás de sus orejas con suavidad, sin soltarle la cabeza al terminar. Acarició las mejillas de Lara con ambos pulgares y, lentamente, la atrajo hacia él. Se anuló el aire entre ellos y llegó un único pero profundo, largo y perfecto beso húmedo en los labios.

La boca de Eliott sobre la suya, presionando y arrastrándose con lentitud hasta separarse. Por fin, los dos, juntos en un beso. Sin embargo, Lara no tuvo tiempo para procesar lo ocurrido porque escuchó la voz de Harvey.

—¡Lara! ¿Estás ahí fuera, Lara?

La llamaba desde las escaleras del edificio, pero ella no podía dejar de mirar a Eliott, que se había separado tan solo unos milímetros de su boca y la miraba con profundidad. Y no fue ella quien reaccionó, fue él.

Eliott se levantó y Lara vio cómo alzaba la mano hacia Harvey para que lo viera.

—Eliott, ¿qué haces? —le susurró del todo confusa al ver que revelaba al otro su escondite.

—No podemos dejar sola a Molly después de haberse dejado la piel organizando la fiesta; además, ya no estás mareada, ¿verdad? —Eliott no la miraba, volvió a esconder sus manos en los bolsillos y los dedos que acababan de acariciarla desaparecieron junto con la sensación más maravillosa que había sentido nunca.

—Pero ¿qué estás diciendo, Eliott? —Lara se levantó y le tiró del brazo para hacer que la mirase.

—Harvey, Lara ya se encuentra mejor, solo se había mareado un poco ahí dentro —siguió sin mirarla y comenzó a cruzar la calle.

—¡Vaya! Siento haberte tenido que dejar, te prometo que he apagado el teléfono y no volverá a sonar en lo que queda de noche. —Harvey se acercó a ella, la levantó y la sostuvo por su brazo.

—¡Eliott!, ¡Eliott! —Lara, petrificada, vio cómo, ignorando su llamada, él se perdía en la oscuridad de la calle.

Capítulo 23

Octubre, 2015

Aparcó el coche frente a las canchas de baloncesto, donde a Lara le pareció ver a más gente que nunca jugando, y, antes incluso de quitar las llaves del contacto, le vio. Su ropa era más formal y estaba cuidadosamente peinado. No distinguió ningún cigarro en su oreja, pero sin duda era él. Con una mano botaba su antiguo balón de baloncesto frente a la canasta y con el otro brazo sostenía a un niño de rizos rubios, que resultaban llamativos al lado del pelo tan negro de su padre.

Su mente viajó diez años atrás cuando sus dedos tamborileaban al ritmo frenético de su corazón sobre el tronco áspero del cedro rojo, con la mirada fija en el camino de ascenso.

Toc. Toc. Toc.

Recordó que las ramas se mecían al compás de una brisa que se colaba por su nuca y le erizaba el vello, y que, cuando ya había pasado una hora, había comenzado a temerse lo peor porque Eliott nunca se retrasaba los domingos. Nunca.

Acurrucada en su árbol, conforme la tarde perdía su brillo en la montaña, el silencio había caído pesado como una lápida sobre ella.

La noche anterior a aquella tarde, había corrido tras Eliott, dejando a Harvey boquiabierto en medio de la calle sin entender nada.

Junio, 2005

A su amigo se lo había tragado la oscuridad. Lo buscó desesperada dentro del gimnasio de nuevo y luego volvió a salir para recorrer las calles de alrededor sin éxito, así que terminó por coger un taxi hacia su casa ignorando lo cerrada que estaba la noche y atravesó las canchas de baloncesto luchando contra el viento, decidida a aclarar lo sucedido. Eliott tenía que oírlo todo de su boca, no podía dejar que él pensara que le importaba lo más mínimo Harvey. Estaba segura de que él sentía lo mismo que ella y necesitaba comprender el motivo por el que él se había alejado tras besarla.

La puerta del portal chirriaba; se movía ligeramente de dentro a fuera por la corriente gélida que dominaba la medianoche, lo que había impedido que se cerrase, para fortuna de Lara. Una vez dentro, y conforme se iban iluminando los números al elevarse el ascensor, los latidos de su corazón se precipitaron.

La puerta de latón de la azotea rugió en el silencio contra el suelo y la primera respiración laceró su seca garganta. Entonces se adentró entre el laberinto de trasteros hasta llegar a la puerta de la caseta de Eliott y se la encontró a oscuras; sin embargo, justo cuando iba a darse la vuelta para ir a buscarlo en otro lugar, se dio cuenta de que, dentro de ese pequeño escondite, Eliott pretendía ocultarse de ella.

—¡Eliott! Ábreme, sé que estás ahí. Tenemos que hablar. —El silencio golpeó su estómago—. ¡Vamos, Eliott! No seas crío, puedo oler el cigarro que te estás fumando —le gritó con desesperación.

—¿Qué haces aquí, Lara? —La voz del chico traspasó la puerta y la oscuridad.

Finalmente, un Eliott de ojos cansados se asomó y Lara pudo ver el brillo imperturbable de sus ojos azules cuando este lanzó el cigarro delator con un golpe de dedos hacia fuera.

Durante el trayecto en taxi, ella había preparado un discurso en el que quería explicarle cómo el comenzar una relación con Harvey había hecho que se diera cuenta de lo enamorada que estaba de él; sin embargo, al verse cara a cara de nuevo, se había reavivado en su interior el calor del beso que se habían dado minutos antes y se lanzó sobre él con un abrazo asfixiante, hundiendo los labios en su cálido cuello. Se agarró a su cuerpo, reteniéndolo, inmovilizándole, sin necesidad de palabras y él reaccionó rozándole la espalda con las manos, como si aún estuviera reticente a responder a su gesto.

En aquel momento, ella trasladó los labios desde el hueco de su cuello hasta su oído y, con voz pausada, abrió su corazón:

—Eliott, sé que me quieres. Sé que me quieres como yo te quiero a ti, así que no huyas de mí. Molly me lo dijo y yo me reí de ella, pero tenía razón y no sé cómo no me he dado cuenta hasta ahora. Harvey no es nada, no es nadie, no significa nada para mí. Él no es tú.

Con miedo frente al silencio de Eliott, se despegó de él y elevó la mirada para enfrentarse a sus ojos. Él seguía callado y la miraba sin parpadear mientras, con una mano, empezaba a acariciarle los mechones color caoba y se los recolocaba detrás de las orejas. Lara sintió que su otra mano empezaba a agarrarse con más fuerza a su espalda y, como respuesta, le coló la suya bajo la camisa blanca libre ya de la corbata y suelta sobre los elegantes pantalones azules. La posó con suavidad sobre el pecho de él para sentir el corazón, que latía rápido y con fuerza. Ella le regaló una sonrisa ante el descubrimiento y él la miró rendido. Ambos buscaron el beso, aproximándose a sus bocas con lentitud, respirando antes el uno del otro hasta que el roce dulce de sus labios sirvió para que también unieran con más fuerza sus cuerpos. Un beso perfecto que hizo que la noche dejara de ser fría; de hecho, Lara pensó en aquel instante que nunca se había sentido mejor en toda su vida, con un calor que emanaba desde el centro de su pecho.

Notó cómo él la atraía hacia el interior de la caseta y se dejó invitar. Dentro, apenas unos tenues haces de luz lunar se colaban por las rendijas de los respiraderos metálicos colocados en lo alto de la pared, pero ni el olor a humedad y tabaco, ni el polvo suspendido en el aire, ni los destartalados metros ocupados por trastos viejos fueron impedimento para que continuaran besándose. Y poco a poco fueron descubriéndose, sorprendiéndose ante la liberación de sus sentimientos. Eliott despejó los tirantes de los hombros de ella, Lara se abrió paso entre los botones de la camisa de él, y ambos terminaron revelando partes de su cuerpo prohibidas para los amigos que ahora necesitaban mostrarse. Él la ayudó a sacarse el vestido por la cabeza con manos firmes, como si lo difícil hubiese sido el primer beso y los siguientes movimientos se desencadenasen solos. Ambos se tumbaron sobre el viejo colchón que cubría el suelo de cemento temblando de frío y de emoción. Ninguno de los dos esperaba algo así de aquella noche, pero una vez abiertos sus corazones eran incapaces de frenar los latidos. Aquel momento crecía con la fuerza de un huracán, como si detener los besos no fuese una opción, como si hacerlo fuese un enorme error.

Lara buscaba el brillo azul de sus ojos en la oscuridad, con temor de que, al cerrar los párpados, todo se esfumara y descubriera al abrirlos que todo había sido un sueño, pero las nuevas caricias de Eliott no dejaban lugar a dudas de que aquello era real. El viento silbaba fuera y rieron cuando la puerta se cerró con un fuerte golpe y los asustó. Y continuaron con otro beso que imitó al primero, pero que vino acompañado de un recorrido con la mano de Eliott hacia abajo por la curva de la espalda de Lara, hasta que se detuvo en su cintura con determinación. La recolocó con suavidad bajo su cuerpo mientras hundía la otra en su pelo y sostuvieron la mirada durante unos segundos, porque aquello no tenía marcha atrás.

Octubre, 2015

Lara se estremeció sentada en su coche. Hacía muchos años que no se permitía recordar esa noche, la más perfecta de toda su vida; reconocerlo seguía doliendo. Inevitablemente, ese recuerdo estaba enlazado al de la tarde del día siguiente, y dolía aún más.

—Nos vemos luego en la montaña, a la hora de siempre, y ya veremos cómo arreglamos lo de Cambridge.

Era lo que ella le había dicho antes de separarse al comienzo de la cuesta, mientras el sol comenzaba su ascenso regalándole los primeros haces de luz del nuevo día. Estaba segura de que Eliott la había escuchado, aunque no le hubiese contestado. Sin embargo, tras dos horas de espera subida en el árbol, a Lara había comenzado a nublársele la vista de tanto fijarla al frente, y se había dado cuenta al fin de que Eliott no había pronunciado palabra alguna durante todo el rato que habían estado en la azotea. Habían compartido miradas, besos, abrazos asfixiantes, profundidad... pero palabras, no.

Había repasado mentalmente lo sucedido una y otra vez, convirtiendo la noche en una sucesión de fotogramas y lo que destacaba en su mente era una mirada agonizante en Eliott que ella no había entendido y el silencio que él había llenado con besos. Ocultaba algo, no lo había visto claro la noche anterior, pero el silencio en la montaña le había permitido interpretarlo todo de forma clara.

Las tripas se le retorcieron de nuevo al recordar cómo ella había mirado al frente durante dos horas hacia el camino de ascenso a la montaña sentada en aquella rama incómoda. Dos horas en las que Eliott no había aparecido, hasta que ella había entendido que ya no lo haría.

Lara sintió que se mareaba al volver a verle, real, en carne y hueso, a unos metros de distancia, diez años después de aquel doloroso domingo en la montaña. La respiración se le entrecortó y su cuerpo comenzó a temblar.

En el preciso instante en el que iba a bajarse del coche, su mirada se encontró con la de él. Sus ojos... Volvía a ver aquellos ojos azules. Los balones sobrevolaban su cabeza y los chicos de la urbanización corrían a su alrededor entre chillidos y empujones, pero su imagen parecía congelada en el tiempo, con la mirada clavada sobre ella. El corazón le bombeaba como si fuera a explotarle dentro del pecho y dudaba entre arrancar de nuevo y pisar el acelerador para huir de allí, o salir corriendo hacia él.

Eliott se decidió antes que ella, soltó a Yuri en el suelo y lo dejó jugando con el balón, al cuidado de un par de muchachos de la pista. Con paso decidido y sin apartar la mirada ni un instante de ella, llegó hasta su coche. Estaba allí, parado a menos de un metro, con las manos en los bolsillos traseros de su pantalón vaquero y los hombros algo encorvados, mirándola con la frente arrugada.

—¿Problemas con la puerta del coche?

Lara se derritió con la sonrisa que vio en Eliott a través del cristal. Acababa de terminar de leer todas sus cartas y ahora estaba allí. Tenía las emociones disparadas, la realidad la golpeaba por todos los costados. Su mirada, su sonrisa, la Tau al cuello, su pose despreocupada pero firme. La sensación de que el tiempo no había transcurrido chocaba con el aspecto maduro que le daba su pelo algo más corto, más formal y con su aura de paternidad.

Sentía el cuerpo petrificado, así que optó por bajar la ventanilla; eso tan solo requería apretar con el dedo un botón.

—Hola, Lara.

Escuchar salir de sus labios su nombre otra vez fue como una descarga en el centro de su pecho.

—Hola, Eliott. —Su voz se quebró y esto le fastidió tremendamente—. ¿Yuri?

Hizo la pregunta mirando al niño, que los observaba al fondo y él asintió.

—¡Tiene hoyuelos! —soltó ella con sorpresa.

Era rubio, con rizos y poseía un par de hoyuelos que produjeron en Lara una composición mental de cómo sería Sophie; la Sophie de las cartas, la mamá de ese niño, la madre del hijo de Eliott... Sintió que las mejillas le ardían y que necesitaba aire. Logró salir del coche, pero se quedó pegada a la carrocería y adoptó una postura defensiva al cruzar los brazos bajo el pecho, a la par que dudaba si un abrazo y un par de besos era lo que procedía o era mejor conservar una mínima separación entre ambos.

—Has venido a verme —constató él sonriente.

—Sí, bueno... Vengo de casa de Molly y me ha contado lo que te... lo tuyo. Te veo bien. ¿Te encuentras bien? —Lara solo podía pensar en las cartas; deseaba que él las mencionara, pero Eliott mantenía aquella expresión de felicidad desconcertante para ella.

—Molly ya te ha puesto al día. ¡Cómo no! —rio desenfadado—. Me siento bien. Mi madre no me deja hacer nada, no sé cuanto más pretende alargar mi convalecencia. Tú estás genial, se te ve... genial.

Lara respiró profundamente y decidió romper la tensión, al fin y al cabo, seguía siendo Eliott.

—No he recorrido el mundo como quería ni he conseguido que impriman mi nombre en ningún lado como tú, pero soy feliz. —Lara contestó con la sinceridad con la que lo habría hecho unos días atrás.

—Bueno, a mí Leo me ayudó mucho para conseguir esas cosas, he tenido mucha suerte.

—Yo creo que tu suerte se llama «trabajo y talento».

«Sabe que las he leído, es obvio que da por hecho que he leído todas sus cartas. Y aquí estamos, el uno frente al otro, como si no acabase de leer que me ama, que me amó, que insiste en amarme hasta el final de sus días», pensó Lara. Quería decírselo, necesitaba que él supiera que había pasado los últimos días absorbida por todas y cada una de sus cartas, que no había hecho otra cosa más que leer y alterar su, hasta entonces, estable corazón.

Eliott se giró un instante para mirar a Yuri y seguidamente soltó:

—Molly me ha dicho que te vas a casar.

A Lara le estallaron los oídos. Eliott, el hombre que ahora era Eliott, estaba enamorado de ella y estaba dispuesto a demostrárselo. A través de sus cartas, ella conocía lo que había hecho durante aquellos años, lo que había estado sintiendo, y también tenía muy presente que podía haber muerto de ese ataque al corazón.

—Eliott, han pasado muchos años, estoy a punto de casarme y tú... Yo he cambiado.

Él dio un paso hacia ella y entonces afirmó con intensidad:

—Yo siempre te conoceré mejor que nadie.

El teléfono móvil de Lara empezó a sonar dentro del coche. Eliott la detuvo agarrándola con suavidad de un brazo antes de que se girara para meterse y cogerlo.

—Lara... —Sus ojos azules la traspasaron y sintió que la piel le quemaba allí donde su mano le agarraba.

—Eliott, ¿para qué has vuelto? ¿Qué es lo que pretendes? ¡Voy a casarme!

—Pues precisamente por eso; he vuelto para intentar impedirlo.

La sonora bofetada que Lara le propinó hizo que Yuri a lo lejos comenzase a llorar.

En realidad, ella deseaba besarle; no había un deseo más fuerte en su cuerpo que ese, pero el impulso de su mano fue la única respuesta que le dio a Eliott.

Este, sin perder la sonrisa, comenzó a andar hacia su hijo sin darle la espalda a ella.

—Me merezco esta bofetada y muchas más, pero he venido con un objetivo muy claro. ¡Te quiero, Lara Evans! —Salió corriendo hacia su hijo tras gritar lo último con tono alegre y los brazos alzados al cielo.

Sintiéndose confusa, ofendida y con un amor por él que, aunque lo intentaba, no podía frenar, se metió en el coche y arrancó sin volver a mirarle. ¡Eliott acababa de gritarle que la quería! Totalmente desconcertada, condujo hasta su casa como si hubiera puesto el piloto automático con aquellas palabras resonando con insistencia en su cabeza.

Capítulo 24

Octubre, 2015

Era agradable besar a Harvey, su cuerpo siempre respondía bien a aquellos estímulos. El experto en finanzas internacionales seguía siendo imponente, seguro de sí mismo y terriblemente atractivo. El cosquilleo aún recorría su cuerpo al besarlo, pero aquella vez el corazón de Lara latió con normalidad, su piel no se puso de gallina y solo podía pensar en el último beso que Eliott le había dado años atrás en la azotea de su casa.

Aunque sabía que Harvey no era capaz de adivinar lo que ella pensaba, él sí que podía reconocer sus gestos y, cuando ella le había abierto la puerta de casa aquella tarde, había debido percibir su inseguridad y por eso la había sorprendido con otro apasionado beso justo en el recibidor.

—¿Fuiste a la imprenta? —le preguntó por fin mientras colgaba su chaqueta en el perchero—. Te llamé. ¿No has visto mi llamada perdida?

—No, a las dos cosas. —Lara se repuso del incómodo momento del beso.

—¿Entonces has decidido dejar las invitaciones como están? Espero que no cambies de idea mañana porque ya no hay vuelta atrás.

—No. El caso es que he estado con Eliott. Está aquí, en Portland. En casa de su madre.

Harvey dejó de aflojarse el nudo de la corbata.

—¿Y? —Apretó el mentón.

—Tiene un hijo, ¿sabes? —Lara se sentía cobarde, confusa y la dura mirada de Harvey la había intimidado.

—¿Un hijo? ¿Eliott se ha casado? —preguntó algo más relajado.

—No, él solo tiene un hijo. Rubio, con hoyuelos en los mofletes.

Harvey volvía a apretar el mentón, dio un paso atrás y metió las manos dentro de los bolsillos de sus pantalones.

—Lara, ¿qué está ocurriendo aquí?

—Es Eliott; él está aquí.

—Eso ya lo has dicho.

—Le dio un ataque al corazón y ha vuelto, con su hijo. Se llama Yuri, como el astronauta.

—¿Astronauta? —Harvey puso cara de desesperación y agachó un poco la cabeza para mirar bien a los ojos de ella—. Lara, no sé si pretendes decirme algo, pero si por él no has podido ir a la imprenta, no te preocupes. Me da igual si tengo que pagar otras invitaciones nuevas. Yo quiero..., es decir..., elige la tinta que quieras, ¿me entiendes? —A Lara le estaban entrando ganas de llorar, su labio inferior comenzaba a temblar y que Harvey se comportara así de condescendiente lo empeoraba todo—. No sé qué demonios te habrá escrito Eliott en todas esas cartas ni lo que te habrá dicho cuando lo has visto antes, pero te recuerdo que él se fue —hizo hincapié en esas últimas palabras con intensidad—. Puede que hayas olvidado lo que sufriste, pero yo no, porque fui *yo* quien te consoló durante meses, fui *yo* quien esperó a que te dieras cuenta de que él no merecía la pena. He sido *yo* quien te ha abrazado los últimos años y soy *yo* quien puede hacerte feliz porque nunca me he ido ni me pienso ir. Estoy aquí, siempre he estado aquí. —Con sus impetuosos «yo» la había agarrado por ambos brazos en pequeñas sacudidas mientras a ella se le escapaban dos lágrimas gordas y brillantes de los ojos.

—Harvey, dame un día. Dame solo un día —le pidió Lara hipando.

Él la soltó desconcertado. Se quedó quieto mirándola durante unos segundos y seguidamente se giró para volver a ponerse la chaqueta. Abrió la puerta para salir y antes de hacerlo la miró dolido.

—Lara, yo estoy dispuesto a darte todos los días de mi vida.

El colapso de sentimientos le había provocado un estado de embriaguez que la mantenía frente a la apagada chimenea de su casa con la mente en blanco. Cuando Harvey había cerrado la puerta detrás de sí, había notado en su propio corazón todo el daño que le estaba causando, y se sentía terriblemente mal por ello. Él la amaba tanto... Tanto como ella había amado una vez a Eliott, por eso podía ver con claridad la repercusión de su comportamiento en él.

La luz, que se había ido filtrando por las cortinas a lo largo del día, apenas iluminaba ya un salón dominado por las cajas embaladas, pero Lara no necesitaba luz, ni calor, ni comida, ni espacio. Ella estaba en pausa, sobrepasada, y tan solo porque llamaron con insistencia a la puerta, logró salir del trance.

Abrió con desgana y cuando le vio con el hombro apoyado en el umbral, con esa pose tan relajada, tan atrayente, tan suya... soltó todo el aire de sus pulmones con profundidad, como si se rindiera ante él.

—Te invito a cenar. —Eliott la miraba con cautela y, al no recibir contestación, le suplicó dulcemente—: Solo es una cena, Lara.

Ella reconoció perfectamente aquellos antiguos sobornos que su amigo solía hacerle con dulces y gominolas, con los que siempre lograba quitarle los enfados, y se sorprendió al darse cuenta de que seguían surtiendo efecto.

—¿Qué comeríamos? —preguntó en el intento de no dejar escapar una sonrisa traicionera. Se habría mentido a sí misma si no hubiese reconocido que se sentía feliz de verlo en la puerta de su casa, inmensamente feliz porque no estaba muerto, fascinada de que volviera a estar allí y de que la estuviese invitando a cenar juntos.

Eliott se incorporó desplegando la sonrisa que parecía llevar tatuada la nueva versión de sí mismo e hizo que sus ojos brillasen antes de lanzar una sugerencia:

—Podría llevarte adonde quisieras, pero yo mataría por un bocadillo de carne con tomate de los Food Carts de Alder Street.

Lara recordó aquellos deliciosos bocadillos y corrió por su bolso con una emoción que decidió disfrutar. ¡Al demonio con la dieta preboda! De hecho, ya pensaría en la boda más adelante.

—¿Dónde diantres las habré metido? —No recordaba dónde había dejado las llaves y, mientras rebuscaba en los bolsillos de todas las chaquetas que colgaban del perchero de la entrada, escuchó la risa entre dientes de Eliott—. ¿De qué te ríes si se puede saber?

—Sigues igual de despistada.

Se giró para contestarle con un improperio y lo descubrió con su llavero entre los dedos.

—Estaban sobre la consola. —Se encogió de hombros y señaló la mesa de cristal que tenía al lado.

—¿Y por qué no me lo has dicho en lugar de ver impasible cómo me vuelvo loca?

—Porque sigue siendo divertido, porque decírtelo es demasiado fácil para ti y porque así puede que, con mucha suerte, termines algún día por prestar atención a dónde vas dejando las cosas.

Lara frunció el ceño, repitió esas palabras en su cabeza, «demasiado fácil», y pensó en Harvey. Sintió una enorme punzada de culpabilidad, pero Eliott hizo tintinear las llaves en el aire para hacerla reaccionar y ella cerró la puerta dispuesta a aclarar sus confusos sentimientos pasando un rato con él. Solo era una inocente cena.

—¿A quién le has robado el coche? —le preguntó ella a sabiendas de que no era el automóvil de su madre.

—Lo he alquilado para esta noche.

—¿Un Spider?

—Bueno, cabía la posibilidad de que me mandases al infierno. Si lo hacías, al menos me habría dado una vuelta de consolación en esta preciosidad.

Eliott se apresuró a abrirle la puerta y ella se estremeció al pasar a su lado. Seguía oliendo igual, lo que le hizo ver que no había abandonado el hábito de fumar por perjudicial que fuese para él.

—Bueno, ahora también debe de irte bien.

—He compuesto la banda sonora de una serie de dibujos para adultos.

—¿Para adultos? —Lara abrió los ojos como platos.

—No ese tipo de dibujos para adultos —rio Eliott—. Son dibujos fantásticos, de superhéroes. La grabé para Genesis Entertainment y dicen que tendrá unas cinco temporadas.

—¿Y eso es mucha pasta? Si no es indiscreción preguntarlo...

—Digamos que puedo alquilar este coche por una noche sin que me tiemble el pulso.

Eso no fue aclaratorio para Lara, pues ella sabía bien que él podría haber donado su riñón con tal de complacerla. Eliott arrancó el motor, que sonó como el rugir de una manada de tigres, y se dirigieron al Old Town mientras ella no dejaba de preguntarse cómo podía ser tan fácil volver a estar a su lado. Bromear con él, reír con él, temblar por él... Se miraban más de lo necesario, como si ambos necesitaran comprobar que lo que tenían al lado era una visión real, que estaba ocurriendo, que volvían a estar juntos.

La mayoría de los camiones de comidas cerraban a mediodía, pero aún había un gran número de ellos que se mantenían abiertos pasadas las once de la noche, entre ellos Freddo's. Se pidieron un especial con salsa picante y una ración de patatas para cada uno.

—Mmm... Tengo ganas de llorar ahora mismo —dijo Eliott con la boca llena después de darle el primer mordisco al bocadillo.

No había esperado ni siquiera a llegar a la zona de mesas habilitada para que la gente pudiera sentarse a comer la comida de las camionetas. La salsa se le escurrió por los lados de la boca y él intentó recogerla inútilmente con la punta de su lengua al tener ambas manos ocupadas con los bocadillos y las patatas. Lara era la que llevaba las servilletas, por lo que tuvo que limpiarle la cara, y aquel simple gesto se volvió demasiado íntimo, porque la forma libre e intensa con la que Eliott la miraba parecía una constante declaración de amor.

—Cierra el pico un momento o terminaré esparciéndote la salsa por el resto de la cara —le amenazó ella entre risas, reteniendo dentro de sí las ganas de devolverle esa misma mirada, aunque fuera una sola vez.

—¡Lara! ¡Qué sorpresa! ¡Qué suerte encontrarte por aquí!

Ella dejó de limpiar la cara de Eliott al escuchar que la llamaban y entonces vio a Letizia, una amiga de Harvey, y a su marido, Alfy. El corazón se le disparó, como si la hubiesen pillado *in fraganti* siéndole infiel a su prometido, aunque ni la cara de la chica ni la de su marido le estuviesen enviando ese tipo de señales.

—¡Letizia! ¡Qué alegría verte! ¿Cómo te encuentras?

—Mucho mejor; el primer trimestre ha sido un verdadero asco. Hasta el desodorante de Alfy me provocaba náuseas, pero ya estoy bien, por eso hemos venido hasta aquí a por un burrito de Del Taco. Me ha venido un antojo irresistible y pienso comerme todo lo que me apetezca hasta que nazca el bebé. Tengo que aprovechar antes de que el hecho de estar gorda sea algo que no pueda achacar al embarazo, ¿verdad?

Ella rio escandalosamente, Alfy le sonreía con ternura a la par que miraba a Eliott con recelo y Lara hizo una bola con la servilleta manchada con la salsa en su mano.

Era su turno para hablar; Letizia la miraba esperando una réplica y ella lo hizo lo mejor que pudo:

—¿Quieres un poco de mi bocadillo? Es enorme.

—¡Oh, no! Esta noche quiero mi taco. ¿Y qué tal está Harvey? —preguntó por fin, mirando también con curiosidad a Eliott.

—Bien, trabajando. Está bien.

—¿Hasta tan tarde? Chica, tienes que decirle que rebaje un poco el ritmo o no tendrá energías para afrontar la luna de miel.

Volvió a reír y esa vez lo hizo mirando de arriba abajo al que era un desconocido para ella.

—Se lo diré; ahora nos tenemos que ir. Tenemos que... —Intentó pensar en algún motivo de peso, pero no se le ocurrió ninguno.

—Tenemos que comernos los bocadillos antes de que se enfríen —intervino Eliott.

—¡Oh! Sí, claro. Y yo tengo que ponerme a la cola —rio la embarazada señalando la alta demanda del carrito de tacos—. ¡Dale recuerdos a Harvey!

Ella comenzó a andar rápido, lejos incluso de la zona de mesas para comer y Eliott se apresuró para ponerse a su altura.

—¿En serio ha dicho que estaba gorda? ¿Qué va a dar a luz..., un guisante? —preguntó él siguiendo el rumbo incierto de Lara.

Entonces ella lo miró y comenzó a reír. Tuvo que reconocerle que Letizia sí que tenía un cerebro del tamaño de un guisante, pues solía decir ese tipo de estupideces. La amiga embarazada de Harvey seguía estando más delgada que ella incluso después de llevar meses a dieta.

—¿Quieres que nos tomemos esto en un lugar en el que nadie te haga sentir incómoda por vernos juntos? —le preguntó él entonces.

Ella abrió la boca para responderle que no le importaba que la gente los viera, pero era mentira. Se había sentido muy mal, ni siquiera se había atrevido a presentarles a Eliott, aunque solo fuese un viejo amigo al que hacía diez años que no veía.

—Eso estaría genial —reconoció.

Regresaron al Spider y Eliott puso rumbo de regreso a su barrio. Cuando dirigió el coche claramente hacia el aparcamiento de su edificio, Lara le preguntó si acaso iban a cenar en su casa.

—No, allí están Yuri y mi madre. Quiero poder pasar un rato tranquilo contigo, y hay un sitio, arriba, que es solo mío.

Lara le habría corregido, le habría dicho que aquel lugar no había sido solo suyo, que una noche había llegado a ser de los dos, pero la sola idea de volver a subir hasta la azotea le producía una emoción difícil de ocultar y de definir.

Subieron al ascensor, que pronto comenzó a oler a salsa picante. El reducido espacio dificultaba que los pensamientos se ordenaran con claridad dentro de la cabeza de Lara, que estaba sometida a los sentidos: a su piel ardiente, a la proximidad de su brazo con el de Eliott, al recuerdo del sabor de unos labios que habían sido suyos justo en el lugar hacia el que ascendían...

Él se bajó en el tercer piso para poder recalentar los bocadillos y le dio la llave de la azotea para que ella le esperase allí. Apenas fueron unos minutos, pero Lara estuvo varias veces a punto de salir corriendo y regresar a su casa. Finalmente, se sentó en el borde, como tantas veces había hecho años atrás, y se sorprendió al encontrar aquella altura mucho más amenazante de lo que le había parecido entonces.

Cuando escuchó el chirrido de la oxidada puerta contra el suelo sonrió, porque eso seguía igual, no había cambiado. Era excitantemente inapropiado estar allí arriba, en el lugar en el que se habían amado diez años atrás, donde ella le había confesado su amor y habían terminado enlazados dentro de una caseta que podía vislumbrar al fondo del pasillo de trasteros que se alineaban frente a ella.

Adelantó su cuerpo para bajarse de su elevado asiento y fue cuando Eliott la paró con una señal de alto en su mano.

—¡No te muevas! —le advirtió él cuando se unió a ella.

Se aproximó con el brillo de sus ojos azules como regalo, le tendió la comida y unas cocacolas y, de un salto, se sentó a su lado dando con su espalda al vacío.

—¿Qué te parece? —le preguntó Eliott mostrándose.

—Me dejas sin palabras.

—Es lo que pretendía, pero no me pidas que me dé la vuelta y mire hacia abajo, esto es lo máximo de lo que soy capaz —sonrió con satisfacción.

—¿Ya no tienes vértigo?

—Claro que lo sigo teniendo, pero ahora intento vencer muchos miedos.

Lara sonrió sorprendida y optó por darle un mordisco al bocadillo en lugar de contestarle. Cuando el relleno de carne con tomate inundó su boca, se trasladó al pasado y sintió una felicidad que había olvidado.

—Está increíblemente bueno —dijo con la boca llena.

Eliott la miraba comer embelesado sin hacer amago de seguir comiéndose el suyo.

—¡Deja de mirarme! Como te lo pienses mucho terminaré con el tuyo también.

—Es que estás preciosa. —Eliott le pasó su bocadillo y abrió la lata de cocacola.

Lara elevó las cejas con sorpresa. Eliott jamás le había dicho algo así directamente. Sintió que el calor se concentraba en sus mejillas y explotó en risas.

—¿Estás de coña? Hoy no me he duchado, voy sin maquillar y en los últimos años me han salido tres canas. ¡Míralas!

—Es verdad, no estás preciosa. Debí decir que *eres* preciosa.

—¡Para ya! No te pega, tú no eres... Tú no me decías este tipo de cosas. No nos hablábamos así. Y ahora no está bien que lo hagas.

—¿Por qué no? Después de tantos años callado, no pienso seguir estándolo. Es lo que quiero decirte ahora, mañana y... durante el resto de los días de mi vida.

Aquello le recordó a Lara lo de su enfermedad y no pudo seguir negándole sus palabras por inapropiadas que fuesen.

—Háblame de ella —le pidió entonces.

—¿De Sophie?

Ella afirmó con la cabeza y le dio un trago a su refresco, preparándose para lo que iba a tener que escuchar.

—Es una chica con pasión. Y me refiero a que tiene mi mismo tipo de pasión. Ella por el ballet, yo por la música. Cuando nos conocimos, ambos teníamos marcados unos objetivos ambiciosos y creo que eso fue lo que terminó por convertirnos en amigos. Sabíamos que nada era más importante para nosotros que nosotros mismos. No sé si eso la hace mala o buena persona, tendría que juzgarme a mí de la misma manera.

—Pero tú no abandonaste a tu hijo.

—Ella podía haber decidido no tenerlo, pero lo tuvo... Y sacrificó mucho por eso. —Él la defendió y Lara se sintió mal por haberla juzgado—. Los dos estábamos cerca de alcanzar nuestros sueños y todo se complicó. Cuando Sophie me dijo que estaba embarazada... cuando te enteras de algo así, tú dejas de importar, solo importa estar a la altura de las circunstancias. Ella cedió todo lo que pudo y yo sentí que le debía el resto. Bueno, sería mentira si dijera que lo hice solo por su sacrificio, en algún momento sentí que quería algo que jamás había pensado que sería posible.

—La miró esperando que comprendiese la magnitud de sus palabras.

—Ser padre.

Eliott afirmó y continuó:

—Tenía que ganar dinero, estaba sin blanca, había invertido todos mis ahorros en aquella titulación de música en la Thorton, pero aquel lugar te ofrecía buenos contactos con la industria, yo ya tenía experiencia y eso ayudó. Compaginé como pude las clases con sesiones de grabación; comencé consiguiendo grabaciones de acompañamiento de piano para grupos de música y terminé contactando con la gente que buscaba compositores para bandas sonoras. Las estrellas se alineaban.

—Siempre supe que estabas destinado a la alfombra roja, Eliott —le dijo sonriente.

—Bueno, te aseguro que yo sentía que mi vida parecía más una mala película que algo real —recordó con amargura en la voz.

Miró a Lara como si con ello recobrase fuerza y la sonrisa regresó a sus labios. Ambos mantuvieron silencio durante un par de minutos mientras apuraban sus bocadillos.

—¿Sabes? Siempre creí que sería Molly, que ella y tú acabaríais juntos; antes de que te fueras y todo se desmoronase, claro. Pero era lo que muchos pensaban, no solo yo. Ella era la guapa explosiva, la extrovertida, físicamente hacíais buena pareja... Nunca se les ocurrió pensar que yo pudiera ser la que te gustaba. ¡Nunca se me ocurrió a mí! —Lara carraspeó nerviosa al darse cuenta de que había sido ella quien había sacado los sentimientos de él en la conversación—. ¡Y fíjate ahora! Molly defiende con firmeza su distanciamiento de los hombres. Desde luego, si hubiera tenido que apostar por una pareja estable para ella, nunca habría ganado un céntimo.

—Cuando Molly me llamó para contarme que trabajaba con Steven en el rancho, casi le cuelgo. ¡Me expulsaron del equipo por su culpa!

—Eliott, te expulsaron porque le diste una paliza. Y ahora es diferente; ya no es el de antes tras el accidente.

—Sí, ahora está lisiado.

—Se está redimiendo. Eso está bien.

—No es el único. Yo también lo estoy intentando —le reconoció.

—No pareces haber cambiado, Eliott. Sé que lo has hecho, pero al verte de nuevo, no lo parece. Es como si el tiempo no hubiera pasado —dijo Lara con suavidad, cediendo a la sensación embriagadora de estar junto a él.

—He cambiado lo que necesitaba cambiar, para estar aquí justo ahora. Tú ya lo sabes, lo has leído en mis cartas; sin embargo, yo no sé qué ha sido de ti en estos últimos diez años. Háblame de ti, Lara.

—No hay gran cosa que contar. Terminé Derecho, me especialicé en Mediación y he seguido viviendo junto a mi padre hasta hace unos meses. Claudia ha tenido un niño, ¿sabes? Él quería vivir cerca para poder ayudarlos. —Miró de reojo a Eliott para ver su expresión, porque sentía que había resultado la exposición de una vida simple y en absoluto había sido así—. Cuando acepté que tú no volverías, ahí estaba Harvey para rescatarme... y he sido feliz con él. Es bueno, ¡muy bueno! Me quiere mucho y me trata como si fuera única.

—Parece una vida perfecta.

—¿Y por qué dices «parece» con ese tono tan poco creíble? —preguntó ella ofendida.

—No tenía intención de hacerte enfadar tan rápido, pero ahí va... —resopló—. Porque suena bien, pero no me creo que seas feliz con él. Eres única, por supuesto, pero no creo que él sepa cómo de única eres. Parece más que has seguido su camino en lugar de ir a por el tuyo. ¿Qué fue de tus sueños, de tus planes de futuro, de marcharte lejos de aquí?

—¡Pasó que se esfumaron contigo! —espetó Lara, que se bajó del muro con deseos de marcharse de aquella azotea—. Mis sueños estaban ligados a ti. Yo quería salir de aquí, pero contigo. Verte luchar por tus sueños, ver cómo los conseguías. ¡Ese era mi sueño!

—Tú querías ir a Kenia a ayudar a la gente, ese era tu sueño.

—Esa era otra vida que habría querido vivir si tú no hubieses existido, pero existías y yo quería una vida contigo, haciendo cualquier cosa, pero contigo. Sin embargo, me dejaste, decidiste por mí, mataste la posibilidad de tener la vida que más ansiaba vivir. —Tomó aire porque todas aquellas palabras habían salido atropelladas de su boca y continuó hablando dolida—: Uno no puede vivir tres vidas en una sola, Eliott. Si elijes un camino, inmediatamente estás desechando los otros. No puedes ser voluntaria en África y a la vez llevar una vida normal con un marido, una casa y unos hijos. Yo soñaba con esas dos vidas y al final elegí una.

—Te rendiste, Lara.

Ella sintió tanta rabia al escuchar aquello que se dirigió decidida a la salida, dispuesta a dejar de escuchar aquellas acusaciones injustas de alguien que no tenía derecho a decirle a ella absolutamente nada.

—Te rendiste a la opción fácil —le repitió.

La joven se detuvo antes de dar un paso más hacia la salida, respiró hondo y se tragó esas últimas palabras. Era cierto, había escogido la salida fácil, la que le garantizaba no volver a sufrir, pero que la había condenado a una vida en la que se había difuminado su propia naturaleza hasta convertirse en una sombra de su novio. Una sombra que andaba segura por un camino fácil y lleno de señales puestas por él.

—Aún no es tarde, Lara. Mientras el corazón siga latiendo, nunca es tarde para cumplir sueños —le dijo Eliott, que se había colocado a su espalda con la precaución de no llegar a tocarla.

Lara no pudo resistirlo; se venció sobre él. Apoyó los hombros sobre su pecho y bajó la cabeza en un suspiro. Deseó que la rodeara con los brazos desde atrás, pero él no lo hizo.

—Mientras el corazón siga latiendo... —repitió ella con un escalofrío.

La noche había caído sobre ellos y ya a duras penas se veían la punta de los pies con la luz amarilla y parpadeante de la azotea.

—¿Tienes frío?

—Un poco —reconoció Lara.

—¿Quieres bajar a mi casa un momento? Yuri se debe de estar quedando dormido y está acostumbrado o, mejor dicho, malacostumbrado a hacerlo conmigo. Me gustaría mucho que me acompañaras.

A Lara le intimidaba un poco el niño; aunque era hijo de Eliott, solo podía pensar que era hijo también de la chica de las cartas, pero accedió. La conversación se había vuelto demasiado intensa, su corazón seguía latiendo desbocado y habría deseado descargar toda su rabia con puñetazos sobre su pecho si no hubiera tenido también que vencer las ganas de abandonarse en él besándole.

—¿Qué pasó con Sophie? ¿Sigues en contacto con ella? —preguntó Lara mientras se dirigían al ascensor para bajar.

—Desapareció.

Lara se dio cuenta de que, para Eliott, no había nada más de lo que hablar sobre ella; con una sola palabra había despejado una pieza inservible sobre el terreno de juego.

Entraron en la casa y, al llegar al salón, la madre de Eliott los saludó visiblemente aliviada y no tardó en entregarle el niño a su padre.

—Yo ya no tengo la espalda para estos trotes —le dio un beso a su nieto en la frente y respiró liberada—. ¡Qué alegría tenerte aquí, Lara!

—Sí, yo también me alegro de verte, Martha.

Habían pasado muchos años desde la última vez que había estado en aquel salón, pero permanecía exactamente igual. Entonces pensó en la casa que seguía en pie junto a la suya, al final de la cuesta. Los lugares seguían ajenos al paso del tiempo, envejecían por el descuido, pero conservaban de una forma curiosa el alma de lo que fueron en sus días de esplendor. No maduraban, no crecían, no morían; permanecían como testigos del paso del tiempo.

Lara miró a Eliott, que intentaba encontrar la postura más cómoda para sostener al niño. Se acercó al piano colocado en una pared y lo acarició un poco. Deseaba que Eliott se sentara y tocara, pero el pequeño se agarraba al cuello de su padre con fuerza y con la cabeza medio escondida la observaba fijamente a ella.

—Yuri, esta es Lara. —Eliott le ofreció el niño y ella retrocedió como si le pretendieran poner en los brazos un hierro candente.

—No, no, no... Los niños lloran conmigo; hasta mi sobrino llora cuando le cojo.

—Él no llorará, te lo aseguro. Y necesito que lo tengas para poder tocar. Quieres que toque, ¿verdad? —Y se lo cedió, forzándola a sostener al niño con manos inseguras.

Para sorpresa de Lara, el niño se agarró a su cuello como le había visto hacer con Eliott y le propinó un beso.

—¿Lo ves? Él también piensa que eres preciosa.

Lara sonrió nerviosa delante de la madre de Eliott. No daba crédito a su nueva actitud desinhibida y agradeció que Martha desapareciera con el pretexto de necesitar un baño caliente para su dolorida espalda. Ella se sentó con el niño acurrucado en sus brazos, pero con la mirada puesta en su padre.

Eliott se pasó la mano por el pelo antes de colocar delicadamente los dedos sobre las teclas, encorvó ligeramente la espalda, puso el pie derecho sobre el pedal y surgió una melodía creciente que llenó el silencio de una manera maravillosa.

A Lara le entraron ganas de llorar por la belleza de la música y por la estupidez de su orgullo durante todos esos años. Si ella lo hubiera sabido, habría ido tras él a Cambridge y no habría desistido hasta que él cambiara de opinión. ¡Cuánto tiempo perdido!, se lamentaba internamente, mientras Eliott tocaba con una ligera sonrisa en los labios las notas de *La Montaña.*

Capítulo 25

Octubre, 2015

Lara aguantó la risa cuando escuchó la canción que Eliott hacía reproducir en su teléfono para mecer a su hijo hasta dormirlo. Se habían ido hasta su antigua habitación, donde habían acoplado la antigua cuna de Eliott junto a la cama, en la que ahora él balanceaba entre sus brazos al pequeño.

—¿La banda sonora de *Ghost*?

—Yuri no solo es un romántico, como yo —explicó elevando los hombros—; además, es un gran admirador de Maurice Jarré. Solo se duerme con él...

La música siguió sonando y con su melodía él acunaba al pequeño a media luz.

—Pues parece que funciona —admitió ella.

—¿Sabes qué banda sonora hizo también Maurice Jarré? —Ella negó con la cabeza y él sonrió—. La de *Romeo y Julieta,* la antigua.

Lara abrió la boca impresionada; aquella siempre le había gustado especialmente. Él lo recordaba.

—¿Y sabes cuál más? —Ella se encogió de hombros—. Te sorprenderá porque, además, recuerdo que me contaste que tu madre te puso el nombre de Lara porque su película favorita era *Doctor Zhivago.*

Eliott cogió el teléfono y eligió otra canción. En cuanto comenzó a sonar, ella la reconoció, aunque no hubiera sabido el nombre de su compositor.

—¿Sabes cómo se llama esta parte? —Ella, rendida, volvió a negar con la cabeza—. Se llama *Lara says goodbye to Yuri*. Los nombres de las personas que quiero están unidos en una de las mejores bandas sonoras que se han compuesto. Es una señal.

Eliott lo afirmó rotundo y ella se emocionó envuelta por las notas, por el significado que tenía para ella aquella melodía, por las señales que Eliott creía ver ahí, por el momento tan íntimo que compartían. Lara recordó cuando hablaban de películas, de bandas sonoras, de compositores y de sueños. Podía volver a tener eso, podía convertirse en parte de ellos. Ellos tres podían formar una familia, aquella era una oportunidad que le estaban poniendo al alcance de su mano.

Nunca había hablado de tener hijos con Harvey, quizás él lo diera por hecho, pero nunca había sido un tema de conversación entre ambos, ni un sueño de futuro compartido en voz alta. Cuando ambos miraban al frente siempre había planes de viajes, proyectos de trabajo y planes de diversión con amigos. No era justo pensar que Harvey no quería formar una familia con ella; sin embargo, en aquel momento, que nunca hubiesen hablado de ello le pareció revelador.

Lara y Yuri en una banda sonora de película... Ella le sonrió, pero no dijo nada. Los observó en silencio, conmovida. El pequeño se agarraba con su mano a la camiseta blanca de Eliott sobre su pecho y, al rato, terminó por tener una respiración profunda que señaló el momento exacto para dejarlo en su cuna.

—Me parece increíble —le susurró a Eliott en la penumbra del improvisado cuarto del niño.

—Al principio fue duro. Muchas veces pensé en volver aquí para pedir ayuda a mi madre, pero era responsabilidad mía. Y, bueno, Johnny me ha ayudado mucho.

Se miraron y rieron todo lo bajito que pudieron.

—¿Johnny? ¡Madre de Dios! ¿Qué es de él ahora que te has ido?

—Ahora mismo sigue en mi apartamento de Los Ángeles, pero supongo que, en cuanto vea que estoy bien, volverá a Australia. Dice que quiere montar una escuela de buceo allí, con el dinero de sus padres, por supuesto.

—¡Pero si era el peor nadador del equipo en el instituto!

Volvieron a reír con complicidad, como si no hubiesen pasado los años entre ellos.

—Estaba tan equivocado cuando me marché para alejarme de ti, Lara... Creí que hacía lo correcto, que tú no merecías llevar en tus hombros el peso que llevaba yo. Lo que tengo, Lara, es una sentencia de muerte. La peor pesadilla de mi madre se hizo realidad cuando mi tío murió. Era algo que la comunidad médica llevaba estudiando poco más de cinco años y ni siquiera mi madre, ¡ella es nefróloga, no cardióloga!, sabía de qué iba todo eso. Entonces empezaron a hacerme pruebas y llegaron aquellos resultados a casa. Jamás podré olvidar la expresión de su cara. Cuando me dijo que yo también portaba el gen del síndrome Brugada, no entendí lo que significaba; en realidad, no lo había oído en mi vida. Sin embargo, cuando llegaron los síncopes nocturnos y los mareos, todo se hizo real. Con dieciocho años, aquello me aterró, Lara.

Ella buscó su mano y se la apretó. Sentía que su corazón se resquebrajaba con cada palabra de aquel relato que no quería creer.

—En cualquier momento podía pasarme lo mismo que le había pasado a mi padre y a mi tío; caer fulminado con un ataque de corazón. «Muerte súbita» lo llaman. —Tomó aire y entrelazó sus dedos en los de ella aprovechando el acercamiento que Lara había iniciado—. Me dijeron que la esperanza de vida para alguien con la mutación genética es de treinta o cuarenta años como mucho, y yo no quería hacerte pasar por algo así, por lo mismo que pasó mi madre, por una pérdida como la que había sufrido también tu padre. Pero, cuando hace un par de meses me dio el ataque al corazón, solo podía pensar en ti. En ti y en Yuri, claro. No podía dejarle solo y no podía morir sin haberte dicho lo que sentía a la cara. Con veintiocho años, todo se ve diferente, puede que solo me queden un par de años de vida, o diez o que en cualquier momento...

—¡No digas eso! ¡No lo digas, por favor!

Lara se había girado hacia él; le había puesto la mano en la boca aproximando su cuerpo al de él. Eliott se la retiró con suavidad y continuó hablando:

—Ahora sé que tenía que haberte contado lo que me pasaba para darte opción a elegir.

La madre de Eliott asomó la cabeza por la puerta y los interrumpió:

—Ya he salido del baño; podéis iros cuando queráis.

Lara salió apresurada de la habitación y así cortó la conversación reveladora de Eliott. Veía claramente hacia dónde se conducía y no estaba preparada aún. Para ella no había cambiado su visión de la vida en esos diez años, aunque reconocía que había aceptado que no sería como había soñado y deseado desde el día en el que él había salido de su vida. Sin embargo, ahora todo parecía volver a ser posible y aquello provocaba temblores en su cuerpo y excitación en su mente. Siempre había estado enamorada de él, no había podido dejar de estarlo nunca; simplemente, había permanecido dormido en su interior.

«¡Elegir!». Por supuesto que habría elegido estar junto a él, y estaba segura de que Eliott lo sabía. Lo había sabido entonces y lo sabía en aquel momento.

Cuando él salió tras ella del dormitorio de Yuri, el silencio se hizo incómodo y agarró su bolso para hacer obvio que deseaba marcharse. No quería escuchar cómo Eliott hablaba de las probabilidades que tenía o no de morir a causa de aquel maldito gen hereditario del que ella no había oído hablar en su vida. Él la siguió con la expresión contenida y bajaron los tres pisos prolongando el incómodo mutismo. Sentía la respiración de Eliott demasiado cerca y evitó encontrarse con sus ojos hasta que las puertas del ascensor se abrieron; entonces, por un segundo lamentó perder esa cercanía.

Mientras caminaban a través de las canchas de baloncesto ya desiertas, Lara era consciente de lo cerca que su mano se balanceaba de la de él y deseó tanto volver a agarrársela que optó por cruzar los brazos bajo el pecho. La quietud de la noche los acompañó hasta el comienzo de la empinada cuesta que terminaba en la casa de color café.

—Lo he pasado muy bien —dijo Eliott.

—Y yo. Gracias por la cena, pero no hace falta que me acompañes hasta casa.

—Quiero hacerlo.

—No, prefiero volver sola. Yo... —Las palabras se ahogaban en su garganta.

—Lara, te quiero. Nunca he dejado de quererte y, pase lo que pase, te querré siempre.

Él la agarró con suavidad por los brazos y Lara se estremeció. Su voz era franca, profunda y con un color especial de esperanza.

—Suéltame, Eliott, por favor.

—Te quiero, Lara —repitió él y aquello hizo que la rabia creciera dentro de ella.

Se zafó de sus brazos y le pegó un empujón:

—Que te marchases no fue un acto noble, ¡fue prepotente! Pensaste que podías decidir por los dos. Como prepotente y egoísta es que ahora creas que, por pasar unas horas juntos o por saber lo de tu enfermedad, yo no voy a darme cuenta de que, si no fuera porque tienes un hijo y temes dejarlo solo, jamás habrías vuelto en mi busca.

—¿Te parece mal que quiera darle una familia a Yuri y que la mejor que puedo imaginar es la que formaríamos junto a ti? No sé cuántos años más viviré, pero quiero que tenga ese tipo de recuerdos, el de unos padres que se amaban, que le querían a él, que buscaron sus sueños hasta el final.

—Claro que me parece bien que quieras eso para Yuri, pero ¿qué hay de mí? ¿Qué pasa con lo que quieres para mí? ¿Ya no te importa que me quede viuda en unos años y sufra del mismo modo que lo hicieron tu madre y mi padre?

—¡Por Dios, Lara...! Claro que me importa, y no te negaré que hay una parte de egoísmo muy importante que me ha traído en tu busca, pero esta vez te estoy dando la oportunidad de elegir. Ya sabes lo que hay, lo que tengo, lo que podríamos tener e incluso sabes más de lo que sabe la gente normal; sabes cómo terminará.

—Ni siquiera eso es cierto, Eliott. Nadie puede asegurar que a mí no me ocurrirá nada antes de que a ti vuelva a darte un infarto.

—Lara, te quiero —repitió, como si esas palabras fueran lo único que realmente importase.

Le daba miedo mirarle a los ojos; sabía que, si lo hacía, terminaría besándole, y con la vista enfocada en el asfalto le confesó:

—Y yo te mentiría si te dijera que no te quiero, pero está Harvey.

—Y lo comprendo —Eliott aguantó un par de segundos y volvió a sujetarla por los brazos—, pero haz una cosa: ve a casa y coge el correo. Antes, cuando fui a recogerte, dejé algo en tu buzón. Y mañana, que es domingo, nos vemos donde siempre, a la hora de siempre. —Eliott cedió y la soltó.

—¿Quieres que nos veamos en la montaña? ¿Mañana? ¿Ese es todo el tiempo del que dispongo para decidir el resto de mi vida?

—¿No te parece que diez años separados han sido ya suficientes?

Lara quería besarle, no podía pensar en nada más, ni en lo correcto ni en lo incorrecto. Sus labios temblaban y quería besarle. La oscuridad los envolvía y él la miraba con tanta intensidad que la sinceridad yacente en sus palabras resultaba demoledora. Los años habían endurecido las facciones aniñadas en su rostro y le habían dado un mayor atractivo; el irresistible encanto natural había aumentado hasta lo inaguantable. Aquellos ojos del color de un zafiro que prometían un futuro emocionante la miraban sinceros. Todo él era tan atrayente que Lara empezaba a agonizar en la lucha interna que tenía por evitar el beso.

—Tú también me conoces mejor que nadie. —Volvió a sonreírle y retrocedió un paso; así facilitó que ella pudiera recobrar el aliento.

Lara encaró la cuesta con el corazón palpitante; le había costado mucho evitar besarle. Demasiado.

Eliott. Harvey. Eliott. Harvey.

Su mente saltaba del uno al otro. De la sonrisa esperanzadora de Eliott a la última mirada dolorida que Harvey le había lanzado.

Al llegar a su casa fue directa al buzón, tal como Eliott le había indicado, y encontró otra carta suya que rezaba: «Plan maestro». Se preguntó qué podía haberle quedado por contar y, sin esperar a entrar, rasgó el sobre con manos impacientes. Dentro, había dos pasajes de avión, con destino a Boston, Massachusetts. Empezó a reír y terminó por llorar sentada en los escalones del porche.

¿Cómo podía tambalearse su vida tanto? Con la primera carta había comenzado todo, el despertar en su interior. No había necesitado ver en persona a Eliott; sus palabras habían tenido suficiente poder como para que llevase ya días cuestionándose lo que había dado por sentado. Sin duda, volver a estar frente a él aquella noche había sido la confirmación de que siempre ejercería sobre ella un magnetismo sumamente potente. ¿Amor? ¿Admiración? ¿Obsesión? Quizá todo junto, pero había algo más que él conseguía hacer con ella; si bien Harvey le facilitaba el camino hacia lo sencillo, Eliott la empujaba a recuperar sus sueños. Claro que sus sueños de juventud siempre habían estado ligados a los de él, y quizá por eso su comportamiento no era desinteresado…

A comienzos de semana, su mayor preocupación había sido pensar en el destino del perchero de la entrada, qué se llevaría consigo, qué debía empaquetar, que dejaría allí dentro o qué vendería. Ahora se encontraba con una decisión infinitamente más compleja, casi imposible de tomar. Ante ella se desplegaban dos caminos, dos posibles vidas.

Uno de los caminos la conducía hacia una vida estable, fácil, llena de amor calmado y sensato, con posibilidades de alcanzar cualquier meta, cogida de la mano firme y protectora de Harvey. Envejecer junto a alguien dispuesto a dar lo mejor de sí mismo por ella.

El otro era un camino incierto, excitante, de búsqueda de sueños y pasión desbordante, con retos a los que sabía que debería enfrentarse en solitario bajo la amorosa mirada de un Eliott que se ausentaría más de lo que ella desearía porque él debía entregarse a su propósito de alcanzar la inmortalidad, y a sabiendas de que sería una vida con un límite cercano de tiempo.

Debía elegir un camino que desecharía de forma fulminante el otro, y debía hacerlo en ese mismo momento, porque era algo que no podía dejar reposar en el aire con la esperanza de que un fuerte viento la llevara al lugar correcto. Alguien resultaría herido, su propio corazón ya estaba sufriendo, pero el futuro era mucho tiempo y no estaba dispuesta a equivocarse.

Aquella fue la noche más larga de su vida. Rememoró los años junto a Harvey, releyó algunas cartas, repitió en su cabeza una y otra vez las conversaciones con Eliott de la noche anterior y, cuando por fin se hizo de día, lo vio todo con claridad.

El sol que brillaba en el cielo templaba la temperatura hasta hacerla agradable. El otoño en Portland era una exuberante explosión de coloraciones ocres, rojizas y amarillentas; los bosques parecían paletas de tonos tostados, y las carreteras y las aceras cubiertas por hojas caídas reflejaban en sus charcos los colores de la estación.

Lara sorteaba los troncos caídos que se fundían en el sendero, afianzaba los pies sobre el musgo resbaladizo que crecía sobre las piedras e intentaba capturar en su cara los rayos de sol que se colaban entre las ramas de los pinos y los abetos; así subía la cuesta de la montaña con paso firme, tanto como lo era la decisión que había tomado.

Desde por la mañana no había dejado de acariciar su dedo anular; lo sentía desnudo...

—No puedo. —Era lo único que había conseguido decirle a Harvey al devolverle el anillo de compromiso. Se sentía rota, algo dentro de ella moría al desprenderse de él. Una posible vida.

Lara sabía que él no montaría ninguna escena, que se comportaría tan caballeroso como siempre y, sin duda, eso lo haría todo más doloroso. Y así había sido. Harvey le había abierto la puerta de su apartamento, vestido con su habitual indumentaria informal de domingo (vaqueros y camisas amplias de cuadros sobre camisetas oscuras), la había invitado a entrar, serio pero amable, y ella había negado con la cabeza. De cada metro cuadrado de aquella estancia luminosa, amplia y ordenada, Lara tenía un recuerdo compartido con él. Tenía que hacerlo rápido para que el valor no se le esfumara, para que aquella atractiva imagen no la arrastrara. Tener que romper con él rozaba la agonía, significaba desechar un amor perfecto. Ella deseaba que él diera gritos, que suplicara con lágrimas e incluso que arrancara a golpes contra la pared, porque sentía que era lo que ella merecía. Sin embargo, Harvey la conocía bien, sabía cómo funcionaba. Él la había dejado llorar en la distancia con amargura, sin mover un músculo, conteniendo su dolor delante de ella. Parecía que hubiese esperado escuchar aquella decisión desde el día anterior.

—Dime, Lara, ¿has sido feliz conmigo estos años? —La había mirado a los ojos, sereno, imperturbable.

—Muchísimo.

—¡Sabes que con él todo será complicado! —había exclamado entonces, evidenciando el disparate que le parecía su decisión.

—Lo sé.

De hecho, si Lara podía dar un calificativo a la relación que había mantenido con Harvey era «fácil». Los últimos años había tenido todo lo que había podido desear: un día a día feliz, cómodo, estable..., fácil. Harvey era su amor de película, el chico guapo y atento que Lara nunca habría pensado que podría enamorarse de ella. Nadie de los que la conocía entendería su decisión. Nadie, excepto Molly. Eliott estaba lejos de ser el chico perfecto; era impulsivo, demasiado intenso, de carácter fuerte y no podía ofrecerle un futuro estable ni duradero, pero a Lara la hacía soñar con lo imposible, sentir que era capaz de lograrlo todo, la hacía creer en las señales, la hacía vibrar y estremecerse. Le ofrecía un amor imperfecto pero puro.

Harvey había entendido, a su pesar, lo que ella quería decirle. Ella no buscaba la felicidad completa, solo quería estar junto a Eliott, fuera como fuese, aunque en ese instante sintiese que se le rasgaba el corazón al tener que romperle el suyo.

—Pero yo no soy él, ¿verdad? —Sus últimas palabras habían sonado lacerantes. Sí, Harvey también la conocía bien.

Decidió dejar de pensar en Harvey, y se concentró en llenar los pulmones con el aire templado y puro del crepúsculo, esa siempre había sido su hora favorita, y en disfrutar de cada metro superado de aquella montaña, a la que hacía tantos años que no subía.

«Nadie dice que la persona que ames sea la que más te convenga». Eso era lo que Molly le había repetido por teléfono. Contar con su apoyo era importante; solo ella podría entender su decisión. De hecho, había sido ella quien le había abierto los ojos años atrás para que se diese cuenta de que estaba enamorada de Eliott; ella había sido la culpable de que recibiera todas sus cartas y era la única que los conocía tan bien como para apostar por su amor.

La tierra crujía bajo sus zapatos en el ascenso. Se sentía en paz, segura y emocionada. Únicamente le atormentaba el vago temor de que Eliott faltara a aquella cita, como la última vez; era lo que pellizcaba su estómago. Sin embargo, cuando el camino perdió la pendiente y sus ojos alcanzaron la explanada, vio el imponente cedro rojo y, cobijado bajo sus ramas, a Eliott.

Él se apartó el pelo hacia atrás con la mano y luego la saludó con una sonrisa triunfal. Se apoyaba en el tronco con una pierna; el sol, que se colaba por las ramas del cedro, lanzaba destellos sobre él, y Lara no percibió el humo que desprendía el cigarro liado entre sus dedos hasta que estuvo cerca.

No podía dar crédito a lo que veía; el enfado creció como la espuma y se abalanzó hacia él con la mano levantada.

—¡Imbécil! ¿Pretendes matarte o volver a mi vida?

En un movimiento rápido él detuvo la bofetada a tiempo de agarrar su muñeca por encima del pelo caoba de Lara y, acto seguido, tiró de ella para acercarla a su cuerpo. Sonrió, se quitó el cigarro que colgaba de sus labios con la otra mano, lo apagó contra la suela de su zapatilla y lo guardó en el bolsillo de su chaqueta.

—Solo llevo dos días contigo y ya has querido golpearme un par de veces. Y decías que yo era el violento... —bromeó Eliott, pero el semblante de Lara era serio y se explicó—: Aunque tienes razón; me he dejado llevar a un momento del pasado al estar aquí. Fumar es lo que hacía mientras te esperaba..., pero te aseguro que lo que quiero es vivir un futuro junto a ti. Dejaré de comprar tabaco, lo prometo. —Relajó el brazo con el que la sujetaba y la miró fijamente—. Lara, yo te quiero.

Eliott había dicho aquello repetidas veces ya, pero cada una de ellas parecía ser la primera. Era contundente, ya no era el chico de mirada perdida que escondía un secreto oscuro, ahora tenía enfrente a un hombre sincero consigo mismo y con ella, sin nada que ocultar. Allí estaba él, con las manos abiertas entregándole su corazón.

La brisa revolvía su pelo, los ojos brillaban sobre ella y el brazo que la rodeaba contenía el temblor de sus piernas. Lara tanteó una de las raíces que se levantaban reveladas contra el suelo y se sentó.

—¿Por qué? —balbuceó—. ¿Por qué me quieres?

Eliott se arrodilló frente a ella y le dijo:

—No hay un solo motivo, Lara. Por un lado, está la forma en la que tú me haces sentir y, por otra, lo que siento por ti.

Ella lo miró confusa y le instó con una expresión interrogante a que se explicase mejor.

—Tú siempre me viste capaz de todo y te creí; fui detrás de lo que tú soñabas para mí y terminó siendo mi sueño, la respuesta a mis preguntas. Me mostraste la razón de mi existencia, ¿cómo no me iba a enamorar de ti? Si además de darme alas eres capaz de mantenerme los pies en el suelo, si cualquier nota que ha salido de mí la has inspirado tú, si me complementas como el pedal al piano. —La miró y notó que a ella aún le faltaba por escuchar algo para sentirse satisfecha y convencida, por lo que la agarró de las manos y bajó el tono de voz hasta conseguir un susurro con el que envolverla—: Te quiero porque unos labios no son bonitos hasta que sonríen y tus sonrisas siempre han sido las mejores. Te quiero porque el color de unos ojos no importa si la persona no hace que brillen cuando sueñan con grandes cosas, y tus sueños eran siempre enormes. Te quiero porque las piernas más largas y eróticas no son nada si no consiguen mover las caderas de una mujer con el movimiento adecuado, y tú siempre andas como si caminases sobre una pasarela. Y te quiero porque un cuerpo perfecto es el que logra que desees estar junto a él cada noche cuando cierras los ojos, y yo te he deseado todas y cada una de las noches desde que supe cómo era amarte. Te quiero porque eres tú y no hay nadie igual en el universo con quien desee ejecutar el plan maestro.

—Boston... —Lara sentía todo su ser ardiendo, pero sonrió al pensar en los billetes de avión.

—Te necesito para que no se me suba la fama a la cabeza —bromeó Eliott, tomándola de los brazos y logrando que se levantara de nuevo para poder aproximarla a él.

—Yo también te quiero, Eliott —dijo por fin ella antes de enroscar sus brazos alrededor del cuello firme de él para poder besarlo.

Eliott la envolvió con fuerza y decisión para profundizar en un beso largamente esperado. Reconocieron sus labios, que ya besaban con experiencia, se perdieron en las caricias de unos cuerpos que habían madurado y se dejaron llevar por el ritmo frenético de dos corazones que, por fin, se habían abierto después de haber pasado media vida juntos y casi media separados.

Lara supo que aquello no había sido una decisión, simplemente debía pasar así. Los destellos esterales se encendían pausadamente envolviendo sus cuerpos, así comenzaba su segunda vida en una sola.

Era una locura pasar allí la noche, en medio de un bosque lleno de vida silvestre que incluía más de sesenta tipos de mamíferos, pero no había otro lugar en que quisieran estar más que allí. Él la ayudó a desabrocharse los botones del largo vestido camisero que llevaba bajo un abrigo de lana color crema y ella se sintió libre al sentirlo. Se sabía deseada, reconocía que su corazón siempre le había pertenecido y, cuando sus dedos, aquellos capaces de crear la música más maravillosa, surcaron la piel de su espalda, perdió el último atisbo de culpabilidad hacia Harvey y se entregó a Eliott por completo. Se abrazaron con desesperación apoyados en el grueso tronco, sintiendo cada uno el corazón del otro con besos intensos, queriendo recuperar el tiempo perdido. Las ramas del cedro se mecían sobre ellos y el suelo cubierto de hojas acogió la melena alborotada de Lara al tumbarse bajo el cuerpo de Eliott.

El tiempo se deslizó entre ellos sin atreverse a rozarlos y, tras horas de besos sin fin, de pequeñas conversaciones que volvían a encender sus cuerpos y silencios empleados en sentirse, acertaron a mirar más allá de sus respectivos ojos justo cuando el amanecer volvió a sorprenderlos allí arriba, en su montaña.

Capítulo 26

Octubre, 2015

Lara sintió el apretón en el antebrazo como una declaración de amor por parte de su padre. Ante ella se desplegaba un pasillo cubierto de pétalos amarillos; solo Molly podía haber escogido aquel color.

El atardecer teñía el cielo en tonos anaranjados que combinaban a la perfección con la gama de colores de aquella montaña. Desde allí, en lo alto, se podía ver cómo Portland encendía poco a poco sus luces en un festival de iluminación. Todo parecía propicio, puesto a propósito con la única intención de hacer de aquel un momento inolvidable, algo incomparable.

Molly había tomado las riendas de la organización para que pudiera celebrarse la boda en un par de semanas y se había dejado el alma en los detalles para que ese día tan ansiado fuera el más bonito de sus vidas: había pedido los permisos, solicitado las licencias, organizado la decoración y buscado el pequeño cáterin. No había tiempo que perder, cada día contaba en la vida que Lara y Eliott querían emprender juntos en Boston.

Él, por su parte, había conseguido un traslado de expediente de Thorton a Bercklee para terminar su curso de Composición para Cine, lo que en realidad había sido fácil al enseñar el contrato que había firmado con Hills Pictures para componer la banda sonora de la nueva película de Adrienne Delevinge; tener un alumno graduado allí con semejante currículum beneficiaba a ambos.

Lara y Eliott no necesitaban tomarse un tiempo para ver si su amor funcionaba, si sus caracteres se complementaban o si la convivencia se les hacía grande. Ellos no concebían ya pasar un solo día en la tierra separados y, contra lo que Lara podría haber pensado, a ninguno de sus familiares les sorprendió la noticia de la separación de Harvey, ni la de su inminente unión, y menos aún, la de su traslado a Massachusetts para perseguir sus sueños.

—Os odio por abandonarme, pero no os perdonaría que no os marchaseis —les había dicho Molly cuando la habían informado de su destino.

—¿Sabes que eso es contradictorio? —había apuntado Lara, que no podía dejar de abrazarla a cada rato.

—Quizá, pero es como debe ser. Os quiero y, al igual que yo he encontrado mi lugar feliz en el mundo, vosotros merecéis el vuestro de una vez.

Lara vio por fin a Eliott, sonriente y confiado, bajo las ramas bailarinas del cedro, enfundado en un elegante traje oscuro en el que destacaba una corbata del mismo tono azul que el de sus ojos. Juntó su brazo sobre el estómago e hizo una reverencia hacia ella; en ese momento, sintió que las barreras del tiempo y el espacio se rompían, y recuperó de la memoria la imagen de ella y Molly sentadas en los fríos escalones del pabellón del instituto viéndole saludarlas de igual forma antes del partido. Que ella avanzara hacia él había estado siempre escrito.

Sonaban los acordes de la melodía que Eliott había compuesto para la ocasión en tiempo récord como regalo de boda, y un silbido de admiración por parte de Johnny hizo reír a los pocos asistentes del enlace al sobresalir por encima de las notas que interpretaban los alumnos del conservatorio de Portland, a los que Eliott había conseguido para la ocasión a cambio de pizza y de una carta de recomendación para ingresar en la Academia de Música de Cambridge.

Lara se sentía guapa, cómoda dentro de aquel sencillo vestido con caída de gasa, tan fina que perfilaba sus curvas y se elevaba con la brisa descubriendo el cuerpo de raso. Entonces Molly levantó su pulgar hacia ella, como si le diera permiso para avanzar, porque consideraba que era el momento preciso de hacerlo (no en vano, era la que llevaba la batuta que marcaba el ritmo para que aquel momento resultase mágico), y ella miró a su padre, se afianzó al firme brazo que le aseguraba un paseo sin tropiezos y azuzaron el trasero del pequeño Yuri para que iniciara los tambaleantes pasos de mano del hijo de Claudia, que era un poco mayor que él.

—Con este primer paso, empieza tu verdadero vuelo, pajarito mío —le susurró su padre al oído. Y Lara, con la congoja amenazando en su garganta, avanzó sobre el aromático suelo segura de ir por el camino correcto.

Leyeron sus votos bajo el árbol, esperando la bendición del fraile George, el viejo amigo de Eliott, algo a lo que Lara había cedido por complacerle, aunque había rechazado rotunda la idea de unirse a él en una iglesia. Que hubiese comenzado a creer en las señales no quería decir que de pronto confiara en el Dios de Eliott.

La casa de color café encontró nuevos dueños y, como si el destino obrase su magia, también se vendió la antigua casa de Eliott. Nada los retenía en Portland, los recuerdos se transportaban ligeros porque la felicidad que los llenaba había borrado los días grises de su pasado. Así subieron al avión rumbo a Boston, con la certeza de que la distancia no disminuiría ni un ápice el amor que sentían por los que allí se quedaban. El futuro era demasiado brillante y emocionante, era un sueño cumplido.

Y así se desarrolló su nueva vida de ensueño, volando entre Boston y Los Ángeles, pasando Acción de Gracias y Navidad siempre en Portland y los veranos en Kenia.

Lara redescubrió la vida, porque con Eliott todo era siempre intenso. Cada nuevo proyecto que caía en sus manos parecía ser el más importante, el trascendente, el motivo de su existencia. No había nadie como él cuando se trataba de exprimir las emociones, de extraer lo positivo, pero reaccionaba igual con lo negativo, por lo que, cuando algo se torcía, Lara debía recordarle la mente maravillosa que tenía y, usando sus propias palabras, que «los caminos del Señor eran inescrutables». Siempre debía contener un poco la risa cuando decía aquello, pero a él le reconfortaba y terminaba siempre por pensar que un gran motivo maravilloso se escondía detrás del más mínimo revés.

Eliott trabajaba mucho y, cuando lo hacía, se entregaba en cuerpo y alma, lo que hizo que ella se uniera mucho a Yuri, de quien se fue sintiendo madre poco a poco, con el tiempo... Yuri era un niño apacible, temerariamente curioso, pero de fácil entretenimiento porque había heredado el maravilloso oído de los Warren. Ella lo notó cuando en su pequeño piano lo descubrió reproduciendo las sintonías de los dibujos animados que veía por televisión. En ese momento se sintió orgullosa, aunque nada tuviera que ver con ella aquella genialidad, y, de hecho, podía decir que fue el instante en el que se sintió madre por primera vez. Luego llegaron los abrazos de consuelo con las primeras heridas, las risas a la hora del baño, las visitas a los diferentes estudios de grabaciones o salas de ensayo (en las que, al entrar, Eliott los recibía con la sentida exclamación: «¡Ha venido mi familia!») y los besos de antes de dormir. Lara se convirtió en madre sin darse cuenta, pero el sentimiento era de los que echaban raíces en el alma para toda la eternidad.

Al poco tiempo de casarse, dejó de ejercer como abogada matrimonial y, durante los dos primeros años, se dedicó a disfrutar de su nueva vida, que era tan diferente a la anterior que a veces sentía que era una persona distinta. Luego se decidió a buscar trabajos temporales como camarera en diferentes cafeterías. Como su vida daba saltos entre Los Ángeles y Boston, era complicado mantener uno fijo, pero encontraba satisfactorio el hecho de poder ser espectadora de muchas vidas, de las conversaciones, de los sueños y miedos, que algunos clientes incluso se atrevían a compartir con ella al otro lado de la barra.

Eliott le prometió entregarle los veranos y así fue. Por mediación de la organización de voluntariado en la que había trabajado durante sus años de instituto, Lara pudo ponerse en contacto con una ONG que atendía orfanatos en Kenia. Nairobi resultó un lugar de gente maravillosa que siempre estaba cantando y bailando sin apenas tener nada y que, además, se preocupaba por ellos. Yuri siempre era recibido en los orfanatos con admiración por su pelo rubio, pero, pasados los primeros minutos, los niños eran solo niños y Lara disfrutaba viendo el aprendizaje tan maravilloso que recibía su hijo con aquellas experiencias. Eliott también descubrió con aquellos viajes un nuevo sentido a su existencia, pues lo poco que hacían allí también lo sentía trascendente. Para ellos la vida era un regalo, no había opción de pararse para mirarla, solo para vivirla con intensidad.

Febrero, 2017

Había sido divertido asegurarle a su jefe que debía salir antes para acudir al estreno de *Mientras el corazón siga latiendo*. Él había pensado que era una excusa y había terminado despidiéndola, pero ella ni siquiera había fingido disgustarse, tenía la seguridad de que al día siguiente todo Hollywood reconocería el nombre de su marido. Por eso se había quitado el delantal, lo había dejado sobre la barra y se había despedido del hombre sonriente con un «Hasta mañana».

Sin embargo, en aquel momento ya no quedaba nada de aquella diversión en ella:

—Lo recuerdo perfectamente, las guardé entre *Emma* y *La indomable Sophia*, dentro de ese horrendo sobre dorado en el que te las dieron —aseguró Lara—. Lo cogí y lo metí en este bolsillo interior del bolso, cerré la cremallera y me lo apunté en el móvil para no olvidarlo.

—Pues deberían estar ahí —dijo Eliott recostado sobre la cama con las piernas cruzadas.

—¡Eso ya lo sé! Levanta el trasero y ayúdame a buscar las invitaciones —bramó ella, angustiada al ver lo tarde que se les estaba haciendo.

—No sé por qué te pones tan nerviosa. Aunque no las llevemos nos dejarán entrar. No creo que muchos vayan con esta pinta. —Eliott se atusó las solapas del frac y le dedicó una sonrisa relajada—. Aunque... parece que..., a ver, mira aquí.

Eliott se descubrió el bolsillo interior y mantuvo el gesto de aguantar la risa. Lara se lanzó sobre él como una leona al descubrir el sobre dorado, que contenía las invitaciones para el pase de la película, sobresalir del forro interior.

—Eres la peor persona del mundo, Eliott.

Él la recolocó entre sus piernas, le subió la combinación color marfil por encima de los muslos y tiró con suavidad de su cara para besarla.

—Pero voy a darte un paseo por la alfombra roja de Los Ángeles.

—¡Deja que me baje! No voy a permitir que me destroces el maquillaje en mi primera noche junto a las estrellas de cine —rio ella zafándose de sus brazos.

La limusina que los recogió los llevó hasta el mismísimo Dolby Theatre. A Lara le temblaban las piernas, pero cuando le abrieron la puerta y la mano de Eliott la ayudó a ponerse en pie, sobre los altísimos tacones que Molly le había obligado a comprarse para la ocasión en una de sus charlas por Skype, sintió un orgullo inmenso en su corazón. Aquella película de Doody Lumberg sonaría con la mejor combinación de acordes que ella podía imaginar, una banda sonora compuesta por Eliott Warren. Otro sueño hecho realidad hacía que ella sintiera que la vida le concedía con premura muchos deseos a Eliott; era consciente de que aquel estado de felicidad tenía fecha de caducidad y que debía apurar al máximo cada instante para alcanzar esos momentos soñados.

Los fotografiaron de forma fugaz (el compositor de la banda sonora no tenía tanto interés como lo levantaba la protagonista, June St. Tropez, nominada los dos últimos años para el Oscar a mejor actriz). De todos modos, Lara vivió esos segundos de destellos con intensidad porque brillaron sobre Eliott y a este se le escapaba una sonrisa de satisfacción. Se preguntó si por fin sentía que era grandioso, que había alcanzado la gloria, la eternidad, que había hecho algo que trascendería más allá de su muerte, porque aquella película sería de las que se convirtieran en un clásico eterno, en parte, por su banda sonora. Algo que incluso sobreviviría a su hijo.

—Estás pensando en Yuri, ¿verdad? —Eliott interrumpió sus pensamientos una vez que estuvieron sentados en las butacas.

—¿Tú también? —le sonrió ella con dulzura, reconociendo que extrañaba al pequeño, que se había quedado en casa con su abuela, quien había volado hasta Los Ángeles para estar cerca de su hijo en la noche más especial de su vida.

—En realidad, me estaba preguntando lo que hay que hacer aquí para conseguir un paquete de palomitas —bromeó él.

Lara rio y besó su mano justo antes de que él tuviera que dejarla. La orquesta le esperaba para deleitar al público, que aplaudía entusiasmado por escuchar la obertura musical previa al pase de la filmación y él debía hacer una entrada apropiada una vez estuviese llena la sala. Justo cuando las luces se atenuaron, atravesó el pasillo central recibiendo el aplauso de todos los asistentes y a Lara se le puso la piel de gallina al sentir en su cuerpo la emoción que se concentraba allí dentro. Él llegó hasta el atril central, cogió la batuta, saludó con la cabeza a los músicos y elevó los brazos para llamar la atención del pianista que iniciaría con unos acordes la interpretación que ella tantas veces había escuchado tocar a Eliott, antes de dar paso con suavidad al resto de la orquesta. La melodía inundó el interior del teatro, envolvió al público como en una nube y ascendió sus sentidos hasta el mismo cielo.

Diciembre, 2017

Regresar a la montaña era como abrir la caja de los recuerdos. Su infancia, su adolescencia, incluso los años de ausencia estaban ligados de alguna manera a aquel lugar... Su reencuentro, la boda... Aquel cedro rojo había sido un testigo silencioso de toda su vida.

—Quiero que me traigas aquí, quiero formar parte de él.

—¿Cómo? —preguntó Lara, despreocupada. Acurrucada en sus brazos había perdido la vista en la panorámica privilegiada que desde allí se tenía de Portland.

—Mis cenizas; quiero que el árbol se nutra de mí, así pasaré a formar parte de él. Mi alma irá al cielo, o eso espero, pero mi cuerpo seguirá formando parte de este mundo si me introduzco en las raíces de este árbol.

Eliott tocó el tronco robusto y firme en el que él se apoyaba. Tenía a Lara sentada entre sus piernas, con la cabeza apoyada en su pecho y la rodeaba con sus brazos por la cintura.

—¡No quiero hablar de eso, Eliott! —protestó ella con un escalofrío surcando su cuerpo.

—Pero hay que hablar de eso, Lara. Tienes que estar preparada; no puedes seguir ignorando lo que ocurrirá antes o después.

Lara se tapó los ojos, pero en realidad quería taparse los oídos. Solo hacía unos meses que su médico, tras los últimos exámenes que le habían realizado, había descartado la posibilidad de implantarle a Eliott un desfibrilador automático, lo que significaba que, si volvía a sufrir una fibrilación ventricular, sería mortal casi con toda seguridad.

—Si yo notase que me vuelve a pasar algo, llamaría rápidamente a emergencias, pero si me ocurre mientras duermo, deberás hacerlo tú.

—Eliott, no te va a pasar nada. Lo sé, deja de hablar de eso, por favor.

—Si te das cuenta demasiado tarde, llama igualmente a emergencias —continuó él, ignorando su petición—. Y lo más importante: tendrás que mantener la calma. No puedes perder los nervios. Yuri estará probablemente cerca y no puedes hacerle pasar por una escena traumática. Si me he muerto cuando te des cuenta, ya no habrá nada que hacer por mí, pero sí habrá algo que hacer por él. Prométemelo, Lara.

—Déjame en paz, Eliott. —Ella intentó deshacerse de los brazos de él para levantarse, pero la agarró con fuerza.

—¡Prométemelo, Lara! —insistió.

—¡Lo prometo! —Entonces se giró y se agarró a él con fuerza, como si fuera a ser víctima de una muerte súbita en aquel mismo instante.

—Y luego, me incineras y entierras mis cenizas aquí.

—Te odio, Eliott. —Se lo dijo desde el corazón, con la cara hundida en su cuello, porque aquella conversación dolía tanto como si estuviera ocurriendo en realidad, porque un soñador como él debería soñar con la posibilidad de que aquello no le ocurriera, de que formaría a pasar parte del tanto por ciento de pacientes que no sufren las peores consecuencias, de que vivirían eternamente juntos y felices.

—Lo sé... Yo también te amo, con cada latido de mi corazón.

Marzo, 2018

—¿Qué miras? —le preguntó Eliott por encima del hombro.

—Es una foto de Instagram; me la manda Molly. Harvey se ha casado.

Lara se la mostró a sabiendas de que él arrugaría el ceño como si aquello le molestara. Por un instante, sintió una punzada en el pecho; en la foto de la pareja de recién casados a Harvey se le veía feliz. Luego suspiró aliviada; llevaba casi tres años soportando la culpa por el daño que le había causado, pero ver que finalmente él había podido rehacer su vida, que se había vuelto a enamorar y que sonreía de aquella manera, la hacía respirar por fin con una tranquilidad pacificadora.

—No pongas esa cara, Eliott; me alegro de saber que es feliz —le regañó Lara a la par que enroscaba sus dedos entre el enmarañado pelo de él, que, sentado a su lado en el sofá, repasaba las partituras de la nueva composición que estaba grabando en Los Ángeles.

—Y yo me alegro de que esté lejos de ti. —Eliott tiró los folios al suelo y se abalanzó sobre ella, quitándole el teléfono de las manos antes de esmerarse con besos y mordiscos en el cuello para que ella apartase de su mente los recuerdos de Harvey.

La pasión no se había desgastado con el paso de los años y, como ambos sabían que la guadaña podía hacer su aparición en cualquier momento, las declaraciones de amor eran diarias y sus cuerpos se encontraban cada noche, y algunas veces incluso durante el día si conseguían encontrar un momento sin Yuri merodeando cerca de ellos, como era el caso de aquella tarde. El niño estaba en clase de movimiento musical, en una academia infantil que estaba a tan solo dos calles de su casita alquilada en Venice. Ya no se trataba del diminuto apartamento sin puertas en el baño en el que él había vivido al principio; ahora, cuando tenían que pasar una temporada allí, alquilaban una casita de techo puntiagudo, con una habitación amplia en la buhardilla que tenía una ventana en la que Lara podía sentarse con los pies por fuera para mirar el mar.

—¿En quién piensas ahora? —le preguntó acusador Eliott.

—En ti, solo en ti —respondió ella acomodándose bajo su cuerpo.

Era imposible resistirse al más mínimo de sus roces. Ella se entregaba a él, decidida a hacer que aquel amor, que no sería el más largo, al menos fuera el más intenso e inolvidable.

Noviembre, 2018

Cogidos de la mano, respiraban al unísono sentados a los pies de la cama. Aquella tarde llovía en Boston como si alguien estrujase las nubes sin descanso y los relámpagos se iluminaban en el cielo sin que ninguno de los dos reparase en que Yuri contaba los segundos que los separaban de los truenos.

—¿Quieres que lo lea yo? —se ofreció Lara pasados unos minutos.

—No, tranquila. Lo hago yo... Es solo que una vez abierto el sobre ya no hay vuelta atrás —contestó Eliott apesadumbrado.

—Sea lo que sea, no hay vuelta atrás de igual forma. Tan solo vamos a saber la verdad. Y la vamos a afrontar juntos, como todo.

Él apretó su mano antes de soltársela e inspiró con lentitud. Le daba tanto miedo leer lo que contenía aquel sobre que su corazón le martilleaba el pecho de forma dolorosa. ¿Y si la historia se repetía?

Si todo era un patrón, si había dejado una condena como herencia..., todo recaería en Lara antes o después, doblemente.

Ella había insistido en realizarle los análisis a Yuri porque pensaba que la medicina avanzaba rápido y quizás hubiese forma de que, si el niño había heredado la mutación genética de su padre, se pudiera hacer algo por él. Eliott había esquivado la pregunta multitud de veces, hasta que ella se había puesto seria un día.

Rasgó el sobre y desplegó el informe médico con cierto temblor incontrolable en las manos. Lara sintió que se mareaba un poco, probablemente a causa de los segundos que llevaba sin respirar, y observó la cara de Eliott al leer. Cuando vio cómo sus ojos se enrojecían, tomó una gran bocanada de aire.

—No te preocupes. —Se levantó enérgica y se puso frente a él con decisión en el gesto—. Buscaremos los mejores especialistas; seguro que, al estar diagnosticado desde tan pequeño, le podrán hacer un seguimiento más exhaustivo y todo estará controlado...

—No tendrá que vivir con miedo —susurró él.

—¡Claro que no! No tendrá miedo; ni él ni nosotros...

—No, Lara. Que no tendrá que vivir con miedo como yo, porque no tiene la mutación. ¡No la tiene! No la tiene, Lara.

Ella se quedó muda y abrió mucho los ojos. Las señales que le mandaban aquellos ojos azules sumergidos en lágrimas eran contradictorias.

—¿No la tiene?

—No la tiene.

—¡No la tiene!

Eliott se abrazó a su cintura y la atrajo hacia él para hundir la cabeza en su barriga y ahogar ahí su llanto. La apretaba con fuerza entre sacudidas. Era la primera vez que lo veía llorar y, afortunadamente, era de felicidad. Ella acogió su cabeza y besó su oscura melena repetidamente.

—¡Cinco! —gritó Yuri al otro lado de la habitación.

Lara y Eliott se miraron y comenzaron a reír. El cielo caía sobre ellos, pero ahora les parecía un escenario maravilloso.

—Vamos afuera, Lara. Saca las botas de agua de Yuri y salgamos a celebrar la vida bajo la lluvia.

Mayo, 2019

Había sido un buen día. Yuri había jugado a subir y bajar sin descanso las escaleras de la iglesia St. Clements mientras esperaban a que Eliott saliera de aquel edificio de la Bercklee College of Music, como cada semana. A veces la espera era larga porque los alumnos retenían a Eliott en su clase más de la cuenta. A sus treinta y dos años, seguía teniendo ese encanto conquistador que hacía que todo el mundo lo adorase, sobre todo las alumnas. Aunque esas chicas intentaban esconderse detrás de sus carpetas llenas de partituras, Lara sentía sus miradas envidiosas cuando Eliott la saludaba con un apasionado beso a las puertas del conservatorio.

—No deberías besarme así delante de ellas. Se les sale el amor por los ojos cuando te miran, mientras que a mí me lanzan rayos asesinos. Me hacen sentir lo mismo que Pipper y Kelly, tus animadoras del instituto —le había advertido Lara presa entre sus brazos.

—¡Que mueran de envidia! Soy todo tuyo —había replicado Eliott antes de deslizar la mano hasta su trasero.

—¡Compórtate, Eliott! Aquí eres un profesor. —Ella había reído loca de amor—. Aunque puedes continuar en casa.

Para disfrutar de aquella tarde cálida y húmeda de mayo en Boston, habían dado un largo paseo por la bahía, donde los vientos de la costa traían olor a salitre y habían cedido a las peticiones de Yuri por cenar en la pizzería a pesar de tener que anular la reserva en una marisquería. Habían regresado con la tripa llena y los pies hinchados a su apartamento, decorado con las fotos de sus incontables viajes realizados a lo largo de los últimos tres años. Yuri había elegido para esa noche su pijama con el logotipo de la NASA que habían comprado en Houston el mes anterior y, en cuanto sus rizos rubios reposaron en la almohada, le había vencido el sueño.

A Lara le gustaba dormir con la ventana ligeramente abierta para que el bullicio de la calle se colara en la habitación. Todo era diferente de sus días en la casa color café, de sus días en el apartamento de Harvey frente al Ayuntamiento de Portland, de la casita en Venice... Cada lugar tenía alma propia, y su apartamento de Boston era uno con mucha vida.

—Anoche tuve un sueño —dijo Eliott, de pronto, mientras acariciaba el brazo de Lara, que se acurrucaba a su lado bajo las sábanas.

—¿Mmm? —contestó ella, soñolienta, restregando la mejilla en su hombro.

—Estaba en el gimnasio del instituto, se oía mucho alboroto, como cuando había un partido de los Cardinals, pero no había nadie allí más que yo. De repente, estaba botando el balón y dando pases largos no sé a quién y... el griterío era impresionante, con música entremezclada, como si a la vez estuviera metido en una de las fiestas que daba Johnny. ¿Recuerdas? —Lara asintió y Eliott respiró profundamente—: Me sentía pleno. A mí alrededor escuchaba el clamor de la gente, los aplausos del público y escuché mi nombre. Escuchaba «Eliott» y miraba hacia ellos porque me sentía orgulloso de ser yo. No por ser padre, ni por ser tu marido, sino por ser yo mismo. ¿Lo entiendes?

—Eliott —susurró Lara, como si su nombre fuera una palabra mágica, llena de poder y desbordada de amor.

Se acercó a él y metió la nariz por detrás de su oreja. Nicotina y colonia de bebé. Abrió la boca para regañarle porque había vuelto a fumar a escondidas, pero al notar el compás sosegado de su respiración la cerró y buscó con la mano su pecho.

—Es que has dejado tu huella en el mundo, Eliott. Me alegro de que por fin te sientas orgulloso de ti mismo.

Le besó con ternura en los labios antes de regalarle su cuerpo una noche más de forma apasionada, con respiraciones hondas cada vez que sentía el potente latido de un corazón que había luchado un día más. Luego se acurrucó junto a él, en el mejor lugar del mundo.

Septiembre, 2019

Eliott dormía.

Lara sintió frío y se despertó. Abrió los ojos, vio que las cortinas ondeaban ligeramente y percibió el silencio de la noche interrumpido por algún que otro coche al ascender la avenida. Se apretó a Eliott y el frío penetró hasta sus entrañas. Cerró los ojos, pensó en el color azul de los suyos y le abrazó como si pudiera así derretir el hielo con el calor de su cuerpo.

Eliott no dormía.

Lara sintió que su corazón se le disparaba presa del pánico. Los últimos años su mente se rebelaba haciéndole pensar infinidad de veces cómo sería cuando llegara el momento, pero aquella sensación de irrealidad, pánico y soledad era mucho más desgarradora de lo que su imaginación había sido capaz de reproducir en sus intentos de prepararse para aquella situación.

Lo zarandeó, le golpeó en el brazo y luego en el pecho, lo llamó mirándole a la cara, pero él no abría los ojos. Se abrazó a él con todas las fuerzas de su cuerpo hasta el punto de hacerse daño, pero no aflojó. Quería gritar hasta rasgarse la garganta hasta que su corazón se parase y lo hizo pegando su boca en el centro de su pecho. La locura la poseyó durante unos minutos eternos.

Entonces se levantó de un salto, tanteó la mesita de noche para coger su teléfono a oscuras y llamó al servicio de emergencias a pesar de saber que sería inútil.

Yuri estaba en la habitación de al lado y debía aferrarse al resquicio de cordura que aún tenía en aquel momento para controlarse y actuar como ambos habían hablado infinidad de veces.

—La vida continuará más allá de mí y deberás vivirla por ambos —le había repetido él hasta la saciedad, pero no era algo que ella quisiera escucharle decir.

Mordió sus labios hasta notar el calor de la sangre en el interior de su boca, pero al menos así controló los dolorosos sollozos que se ahogaban en su garganta en la soledad de su habitación, a oscuras en plena noche. Mientras esperaba la ambulancia, Lara lloró con un dolor y una amargura sin límites agarrada al cuerpo de Eliott, el que tantas veces le había hecho el amor. Lloró por Yuri, por la vida que tendría sin un padre tan maravilloso. Lloró por Eliott, por todo lo que podría haber hecho en la vida, los logros que habría sido capaz de alcanzar y por la música que ya nunca sería compuesta. Y desgarró su alma con las lágrimas que le brotaban de los ojos como agua ardiente al pensar en lo larga que se le haría la vida sin él.

Capítulo Final

Octubre, 2019

—¿Y ahora qué es lo que hay que hacer? —preguntó Molly, que parecía incómoda sentada de piernas cruzadas sobre el suelo húmedo lleno de hojas caídas.

—Pues háblale a él o di lo que quieras o sientas. Reza, a él le gustaría que al menos tú lo hicieses... O piensa en él; es lo que hacía yo cuando venía a recordar a mi madre. Lo que te apetezca, Molly.

Las cenizas de Eliott ya alimentaban las raíces del cedro, lo que a Lara le hacía pensar que, de alguna manera, él había cobrado otra forma de vida. Subir allí cada domingo tomaba un nuevo sentido para ella, ya nada sería igual, ni siquiera aquel lugar. Las dos sentadas formaban un triángulo perfecto frente al árbol en el que se apoyaban una vieja pala de metal desgastado junto a la urna en la que Lara había transportado los restos. Aquel último adiós era, a su vez, un nuevo comienzo.

—¿Pero él qué hacía mientras tú recordabas? —insistió Molly.

—Eliott me acompañaba hasta aquí, se quedaba atrás y me esperaba en silencio, eso es todo.

—Yo hablaré con él —dijo con decisión.

—Como quieras —contestó Lara. Estaba en calma, allí, bajo aquel árbol; el más bonito del mundo, como decía su madre, donde se podía respirar paz aunque el mundo temblase.

Allí sentiría también a Eliott a partir de ahora. Se quedó embelesada con los recuerdos que la invadían, como si pendieran de cada rama como hojas verdes. Por un efímero instante, recordó con más claridad sus ojos zafiro y su pelo negro revuelto, y se estremeció al revivir los besos que allí se habían dado hasta el amanecer. Habían disfrutado juntos unos años absolutamente perfectos, pero siempre sentiría que no habían sido los suficientes, los que merecía su historia de amor.

—¿Qué crees que diría si supiera que Steven te ha pedido que te cases con él? —preguntó Lara dejando escapar una sonrisa.

Lara era consciente de que su amiga la observaba intentando leer su mente. Molly la miró de soslayo y después al tronco.

—Pues estoy segurísima de que, aunque en el fondo pensara que tengo una suerte inmensa de que el hombre al que amo esté enamorado perdidamente de mí y quiera estarlo de por vida..., fijo fijo que se enfadaría muchísimo.

—Es lo que yo pensaba —convino Lara.

—¡Le daría un ataque al corazón!

Ambas se miraron y, al darse cuenta de lo inadecuado de aquellas palabras, rompieron a reír. Se abrazaron y las risas terminaron en lágrimas reprimidas.

—Le echo de menos. Cada vez que veo a Yuri se me encoge el alma; ¡se parecen tanto! —confesó Molly con congoja. No quería llorar, no si su amiga no lo hacía.

—Sobre todo cuando se enfada, tiene el mismo arranque de mal genio. Aunque luego se sienta al piano y de espaldas me parece estar viendo a Eliott de pequeño desde la ventana de mi habitación... Sí, Eliott está en él muy vivo y, bueno, ya siempre estará aquí.

—Odio que os marchéis de nuevo. No sé qué hay en Kenia que no puedas encontrar aquí. ¡En Portland también hay gente necesitada!

—Mi lugar está allí, Molly. Pero vendremos, volveremos. Siempre lo hacemos, necesitaré hacerlo. —Lara puso una mano sobre el tronco del cedro.

El viento silbó en sus oídos tras acariciar las ramas como dedos que tocan las teclas de un piano. Lara sonrió. A sus espaldas, Yuri se balanceaba por las piernas de la rama de un árbol algo alejado.

—Tengo algo para ti. —Molly metió la mano en el bolsillo de su chaqueta y sacó un sobre que acercó a las manos de su amiga. Lara la miró confusa y no fue capaz de mover los labios. —Me dijo que te la diera justo ahora, cuando llegase este momento. Tenía que concederle su último deseo guardando silencio hasta que sucediera.

Lara cogió la carta y acarició con la yema de los dedos el lugar donde estaba escrito su nombre.

—Ahora voy a llevarme a Yuri y os dejaré a solas. —Molly miró al conjunto indivisible que ya parecían formar Lara y el cedro, pero antes puso la mano sobre el tronco de madera rojiza y se despidió—. Te quiero, Eliott.

Lara no vio cómo se marchaban, no podía apartar la mirada de aquella carta inesperada; aunque, si lo pensaba bien, aquello era tan propio de él… Una última carta, la despedida que no habían podido tener. Respiró hondo y, con la melodía del viento en sus oídos, rasgó el sobre y sacó el folio intentando guardar la serenidad suficiente como para que ni una sola lágrima pudiera estropear aquel preciado regalo.

Querida Lara:

Sé que no hemos tenido mucho tiempo, pero el mejor amor, el perfecto, no tiene por qué ser el que más dure, sino que basta con que sea capaz de trascender, y nuestro amor sé que será de los que se recuerden, porque le puse música para que sonara para siempre.

La muerte me habrá robado tus besos, pero no la paz que me da el saber que logré la inmortalidad de nuestro amor.

Siempre has sido la única para mí: en mi mente y en mi corazón. Has sido mi vida desde el principio y hasta el fin. Y esté donde esté yo ahora, que no es a tu lado, debes saber que me he llevado una parte de ti. Sí, soy un egoísta hasta el final, lo sé; pero sabes, al igual que yo, que un trozo de tu corazón siempre será mío, que al irme te lo he arrancado y ahora me acompañará camino de la eternidad. A mí me consuela pensar que así no me he ido tan solo.

Continuar adelante con un corazón incompleto no va a serte fácil, pero mi experiencia en corazones defectuosos me da la autoridad de decirte cómo vivir con uno: debes enfrentarte al resto de tu vida con valentía, no todo el mundo tiene la oportunidad de vivir tres vidas en una.

Sí, ahora empieza tu tercera vida. Soy consciente de que la soledad te acechará, que la tristeza querrá apoderarse de tu ánimo y que tus labios sentirán frío cada noche, pero no debes dejar que nada de eso te frene. Cada día cuenta, lo hemos aprendido, ¿verdad? Cada minuto es único e irrepetible. Vivir es un regalo. No desandes, no olvides, no malgastes los latidos. Por eso, ahora tienes que decirme adiós. Aquí y ahora, debes dejarme en la montaña; puedes estar segura de que no voy a moverme de aquí. Sí, sé que es un chiste demasiado malo, pero perdóname porque odio pensar que esta carta pueda hacerte llorar. Lo que pretendo es secar tu dolor y llenarte de esperanza.

Vete de aquí, Lara. Vuelve a Kenia o encuentra un nuevo lugar que consiga llenar tu corazón, uno que necesite tu ayuda y todo el amor que eres capaz de entregar. Recuerda que tener miedo solo es un paso para llegar a ser valiente, no me necesitas para este nuevo comienzo, hazlo lo mejor que puedas. No hay errores, todo forma parte del camino para llegar al lugar al que estás destinada. Sigue las señales, quizá sea yo quien te las mande; ten por seguro que, si existe la forma de hacerlo, la encontraré.

Tú me regalaste la oportunidad de vivir la única vida que siempre quise tener, pero tú has soñado siempre con decenas de vidas posibles y tu destino es ir a por cada una de ellas. Aprovecha también la compañía de Yuri antes de que él eche a volar por sí solo, no creo que necesite que le empujes a hacerlo, pero, llegado el caso, dale una buena patada en el trasero, ayúdale a encontrar su lugar en el mundo y la misión que debe cumplir en él.

Vive de forma intensa y sueña a lo grande, Lara. Sigue adelante sabiendo que yo viví estrujando mi corazón para entregaros todo el amor que cabía en él, a excepción de una última gota, la que te entrego ahora en la última carta que te escribiré.

Y ahora, con mi corazón vacío, sabiendo que el tuyo está lleno de mi amor, te esperaré siempre aquí, en la montaña.

Eternamente tuyo,
Eliott

Lara no lloró mientras la leía, quizás era el efecto sedante de aquel árbol o la mano del mismísimo Eliott desde el más allá enviándole sosiego. Pensar en esa posibilidad le hizo incluso reír. ¿En serio estaba sopesando la posibilidad de que él estuviera aún en algún lugar, convertido en alma errante, esperándola, velando por ella? La idea era romántica, creyente, muy de Eliott.

Suspiró, se acercó la carta al corazón y soltó a la nada un «Te quiero y te querré hasta el último de mis días». Entonces, se puso en pie, alzó la cabeza e inspiró fuerte. Definitivamente, a su historia de amor no se le había concedido el tiempo suficiente. Toda una vida juntos tampoco habría bastado, reconoció. Dio media vuelta y comenzó a descender la montaña con paso calmado, reconfortada con aquellas últimas palabras. Ella seguía respirando, tenía una vida por delante, y estaba dispuesta a hacer que mereciese la pena vivirla con un amor en el corazón que sería y sonaría eterno.

FIN

Agradecimientos

Esta siempre será mi primera historia, la que me hizo escritora, la que me permitió soñar con serlo. Tantos años después, sigue latiendo tan fuerte en mi corazón como el primer día y que vuelva a tener otra vida es gracias a muchas personas. Principalmente a mis lectores, porque, si no hubiese quien quiere leer mis novelas, solo serían bonitas historias dentro de mi cabeza. Vuestro interés, cariño y apoyo son la razón de que yo siga perteneciendo a este mundo literario.

Gracias a mi editora Esther por este largo y bonito viaje, a Berta por hacer esta historia pluscuamperfecta y a todo el equipo de Ediciones Urano por su trabajo.

Sin mi familia todo esto no habría tenido un comienzo y ahora son animadores incansables. No hay nadie que crea más en mis historias, en mis posibilidades, en mi futuro sin límites, y yo no puedo más que agradecerles su terrible imparcialidad y su inconmensurable amor.

A veces, solo te comprenden los que hablan tu mismo idioma, por eso gracias de todo corazón a Patricia García Ferrer por ser abrazo y empujón, a Kate Danon por ser risas y mi constante, a Sara por ser filtro y entrega, a Elsa García por ser entusiasmo y locura, a Ana Lara por ser amiga y experta, y a Caro Musso por ser la primera y la que sigue.

Gracias infinitas a las librerías por ser la parte romántica del proceso, la vocacional, la luchadora. Ver tu libro en una librería es siempre un pellizco en el corazón.

Gracias a ti por leerme, por compartirlo conmigo y con los demás, por seguirme, por hacer que tenga mil vidas en una sola.